小さい午餐

小山田浩子

twililight

a small luncheon

Hiroko Oyamada

目次

まえがき

この本は２０１９年1月から２０２１年1月までの約2年間、新潮社「考える人」のサイトに毎月掲載された、私にとって初めての連載「小さい午餐」をまとめたものです。掲載からちょっと間が空いてしまいましたが、このたびtwililightの熊谷充紘さんのお声がけで書籍化することになり、うれしくありがたいばかりです。連載、書籍に関わってくださった方々に深くお礼申し上げます。

基本的には私が実際にどこかへ行って昼食を食べた経験を書いていますが（途中で新型コロナウイルス感染症が発生したため家で食べたり弁当を買ったりしている回もありますが）、ただ、あったこと、見たこと感じたことを書いていくうちにどんどん虚実が混ざっていき、その店を訪れた複数回の経験が圧縮されひとつになっていくような場合もあり、食べて帰宅して書き始めると思わぬ別の記憶が思い出されて文章に影響することもあり、最終的には毎回、どの店の何月何日何時何分の、とも言い切れない出来事の記録になっていて、twililightから刊行されている2冊の本（『パイプの中のかえる』『かえるはかえる　パイプの中のかえる2』）と同様、エッセイなのですが私小説であり、事実でありフィクションでもある、というような本になっているかと自分では思います。

この連載はもともと、新潮社の佐々木一彦さんの依頼で始まりました。佐々木さんは、穏やかでもの柔らかなのに、ときどきすごく眼光が鋭くなり、「それはだめだと思います」などときっぱりおっしゃることがある、私が信頼する編集者の方です。エッセイ自体そんなに書いたことがない私に連載を提案してくださったのも、改行が多ければ多いほどいい、改行の際は1行空けたりするとなおよいとされているらしいWEBメディアの文章であるにもかかわらずあまり改行を入れない私の書き方のままで進めてもらえたのも、いつも素早く丁寧に感想を返してくださったこともどれもとてもありがたく、毎回原稿案を送るのが緊張ながら楽しみでした。連載途中で担当が別の方に変わり、もちろん新しく担当してくださった方のことも信頼し尊敬していますが、佐々木さんが私に声をかけ、面白がってくださったからこそこういうふうに自由に書き始め、書き続けることができたと思っています。ありがとうございます。

暗くなったり考えこんだり泣けたり、調子に乗って失敗したりもする日々ですが、お昼ご飯がある程度おいしく楽しく食べられたらありがたい、大丈夫だ、と感じます。どこで生まれても、暮らしていても、誰もが食べたいようにお昼ご飯を食べられる世界であるよう、強く願っています。

小山田浩子

小さい午餐

居酒屋の日替わり定食

家でする仕事をしている。周囲に高い建物がない田舎のアパートなので窓を開けると風が通る。外の匂いがする。松葉の匂い、冷気に混じった生木の匂い煙の匂い、ツンツンというハサミの音は、近所のあちこちで脚立に乗った庭師が松やクロガネモチやらを切る季節だからだ。こたつが欲しいが部屋が狭いので置いていない。日中はムーミン柄の小さい毛布（スナップボタンで留められる）を下半身に巻きつけている。平日は保育園への送迎以外家にいる。整体師に運動不足だと叱られたので1日2回はラジオ体操をするようにしている。ずっと座っている尻が痛い。ときどきどうにも辛くなる。仕事にも息抜きにも集中できない。部屋が散らかっている。昼になったのに家に残りご飯がない。インスタントラーメンもない。冷凍うどんもないしスパゲティの具もないしオリーブオイルも切らしている。仕事が一段落していたので思い切って外で食べることにした。いつもならそんなことはしない。出先で昼時になったならいざ知らず、お昼のために外出するなんて時間とお金がもったいないしなんだか罪悪感がある。でも今日はそうする。誰かに見られて陰口を叩かれたって気にしない。というか子供を保育園に預けている在宅労働者が外食しているのを見て陰口を叩くような人がいたらその人がおかしいし陰口を叩かれるかもと不安に思っているのも我ながらおかしい。誰だってお昼を食べるし、その場所は自由に決めていい。近所に入ったことのない居酒屋があって、そこがランチ営業をしていたはずだ。確か去年か一昨年くらいの時期にオープンした店で、看板はまだうすら新しいが店が入っている建物自体は古い。2階以上はアパートになっている。だからもともとそこは別の店だったのだろうが、何屋だったのか店の前に立っても全く思い出せない。見上げると2階外廊下のところどころ塗装の剝がれた手すりに明るい色の毛布が2枚並べて干してあった。

店の引き戸を開けると牛脂が焼ける甘く香ばしい匂いがした。ワイドショーの司会者の声が聞こえた。レジ上、天井間際に据えつけられた小さい薄いテレビの中で司会者が斜めに傾いで台に寄りかかり喋っていた。黒いTシャツ（長袖の上に半袖を重ね着してどちらも黒い）姿の、私と同年代に見える女性がいらっしゃいませと言った。初めて入る店内はカウンターと大小のテーブル席と奥に小上がりというのかちょっとした座敷のような席があった。大きい方の4人がけテーブルに夫婦っぽい中年男女がはす向かいに座り、奥の座敷にも誰かいる気配がした。平日の13時すぎ、店の外観からして、あとは田舎の住宅地の居酒屋のランチ営業という条件からして客がいないのではと思っていたのでホッとした。カウンターに座ろうかと思っていると、店員が窓際の2人がけテーブル席を示してどうぞと言った。座ると座面が暖かかった。ついさっきまで人がいたらしい。むしろ繁盛店だ。卓上のランチメニューを開くと日替わり定食（日替わりおかず2品）、鶏唐揚げ定食、煮魚定食、刺身定食などの定食メニューが写真入りで印刷されている。日替わりが最も安い。定食には小鉢、味噌汁、ご飯のほか茶碗蒸しがつくようだ。茶碗蒸しはうれしい。よく、ランチの寿司などにお吸い物代わりに茶碗蒸しがついてくるような気がするが、普通の定食で味噌汁もある上に茶碗蒸しがあるなんて考えただけで心豊かになる。丼ものもある。天丼、親子丼、カツ丼、それらには味噌汁はついてきそうだが茶碗蒸しはつくのだろうか、写真がなくてよくわからなかった。店員がやってきて卓上を拭き湯呑みを置いた。茶色いお茶が入っていて薄く湯気が立った。「日替わりは、今日は牛ばらと厚揚げの炒め物に鯛の刺身がちょっとつきます」牛ばら厚揚げ炒め、店内のいい匂いはこれかと思った。隣のテーブル席の中年夫婦の前に黒い1人用鉄板が載っかった定食盆がそれぞれ置いてあった。2人はあらかた食べ終えていて、鉄板の上には何かの残骸のような茶色が少し見えただけだった。きっと牛ばらの炒めはこの鉄板に載っかってくるのだろう。私も日替わり定食を頼んだ。日替わり！　と女性店員が言い、カウンターの奥の厨房に立っていた、女性とお揃いの黒Tシャツの首元に白い薄いタオルを挟みこむように巻いた男性が頷いて日替わり、と言った。店員は彼らだけのようだった。奥の座敷から、若い女性のキャハハハハ、という笑い声が聞こえた。なにそれー、とかダンナがー、などという単語も切れ切れに聞こえた。若い既婚女性がランチがてらお喋りしているらしい。中年の男女は一言も喋らず、気まずそうでも充足したような、正面ではなくはす向かいに座っているところに何か歴史を感じた。男性は腕組みをして天井を見上げ、女性はテレビを眺めつつ静かに何かを噛んでいる。それでどう思いますナントカさん！　ワイドショーの司会者が大きな声で言った。そうですね、と呼びかけられたスーツ姿の男性が喋り始めた。画面にはその人の肩書きらしいものが表示されているのだがよく見えない。丸い眼鏡をかけた肩の分厚い壮年男性で、顔つきや雰囲気からしてタレントや俳優ではなさそうだった。私は持ってきた文庫本を開いた。子供や学生だった頃は片手で読みながら食べて、行儀が悪いと叱られていた。今は料理が運ばれてきたら本を閉じて一生懸命食べる。人が作ってくれたご飯はそれだけでおいしいという言い回しを、かつては押しつけがましくて、あとは暗に作ってくれるだけありがたいけど別においしくはないという含みがありそうで嫌だと思っていたが今は心から賛同する。そこに金銭の授受があったとしても人が作ったご飯はありがたくておいしい。もったいなくて本なんて読んでいられない。座敷から笑い声の主の片方が出てきた。髪の毛を金に近いような茶色に染めた若い女の人、ざっくり開いた襟ぐりから痩せて白い鎖骨が見えている。デニムの腰は思い切り細い。ギャル風と言っても差し支えないような風貌の、でももしかしたらもう2、3人子供がいるかもしれないような雰囲気も漂う彼女は店備えつけの茶色いつっかけを素足に履き手に黄色いタオルハンカチを持ってカウンターが途切れたところにあるくぼみに入っていった。そこに手洗いがあるのだろう。

日替わり定食が運ばれてきた。あれ、と思った。鉄板ではなくて普通の皿に牛肉の炒め物が載っている。もやしとニンニクの芽も入っていて、牛肉は黒くしっかり焼いてあって、すき焼きにニンニクと胡椒を加えたような匂いがした。匂いと様子は十分魅力的だったが、てっきり鉄板でじゅうじゅう供されると思っていたので少しがっかりした。大盛りか何かだと鉄板なのか？　この店にはあいう鉄板は2枚しかなくて出払っているのか？　それとも私が何か侮られたのか？　牛ではなくて先に茶碗蒸しの蓋を取った。何も載っていないなめらかな薄黄色で、付属の竹を模したプラスチック製スプーンでひと口食べると熱かった。ダシのにおい、程良い塩気、茶碗蒸しを自分で作るとまるで味がしなかったりする。食べたときの印象よりたくさんの醤油や塩で味をつけないといけないらしい。調味料の入れすぎを恐れる気持ちを外注する費用も外食費には含まれている。もう具なんてなくていい、卵とダシだけでいいと思っていると小エビが出てきた。かまぼこと銀杏と鶏胸肉も入っていた。私の嫌いなしいたけは出てこなかった。もしかしたら、と私は思った。あの鉄板は全然別のメニュー用で、例えばステーキ定食とかハンバーグ定食とか。そんな定食は掲載されていなかったような気がするがメニューを隅から隅まで見たという確信もない。牛肉の炒め物は甘辛い、見た通りの味がした。魚も、鶏肉も豚肉もめったに食べない馬肉や羊肉もどれも大好きだが、牛肉はやはり違う。牛肉が一番好きという意味ではなく、なんというか舌には牛肉専用の味蕾《みらい》があってそれが反応しているような感じがする。否応ない。ニンニクの芽もくにゃっと炒めてあるのに芯があって甘い。別に鉄板に載っていなくても熱い、ご飯も味噌汁も熱い。味噌汁は油揚げとねぎと麩、刺身にはわさびに大葉に紅タデもついて舟形の皿ごとひんやり冷え、大豆とさつま揚げ入りひじき煮小鉢も見た通りの味だった。「あ、お茶のお代わりもらえますー?」手洗いから出てきた若い女性がカウンターの中に呼びかけるようにして言った。「あ、はーい、持ってきまーす」「すいませーん」よいしょっというような仕草で、若い女性はこちらを向いてサンダルを脱いだ。女性店員は銀色の魔法瓶ポットを持って厨房から出、小上がりに上半身だけを突っこんだ。デニムのお尻ポケットに何か紙の束が差しこまれている形が浮かんだ。札束に見えた。座敷の奥から、やや低い、でもやっぱり若い女性の声が礼を言うのが聞こえた。「なんか、長居しちゃってごめんねェ」なんとなくこちらも髪を明るく染めていそうな、化粧がより濃そうな、タバコやお酒を好みかつ子供好きでもありそうな。「ありがとねー」「いいえーぜんぜーん。じゃあこれ下げますね。どうぞごゆっくりー」言いながら出てきた店員の手に2枚の件《くだん》の黒い鉄板が載った定食盆があった。鉄板2枚、私以外の全員が何かを鉄板で食べていた。それが今日の日替わりなのなら納得するが、そうでなかったらそんな偶然あるだろうか? それも、一見するとメニューから見落とすような記載をされているメニューが? 私は食べながら肉に一味唐辛子をかけた。お新香は真ん丸い水気の多い真っ黄色い甘いたくあん、隣の中年男女の男性の方が突然立ち上がりお金も払わず何も言わず店の外に出た。男性の盆を下げに来た女性店員に「あの人ねえ」と残された女性がこれまた親しげな口調で言った。

「熱いの食べて暑くなったから外出てるって、あの人」そんな会話はしていなかったような、2人はずっと無言だったように思ったが店員は何のこだわりもなさそうになるほどー、と返した。「今日でも思ったよりあったかかった。天気予報で思ってたより」「いいお天気ですしねー」「ああ、お腹いっぱい。私のも下げていいよ、ごめんね、私ご飯、今日も減らしてもらえばよかった、ちょっと残しちゃって」「あー、全然、そんな」「ごちそうさま。ご飯、ほら、炭水化物、あんまり食べると、ね?」「ああ、ダイエットですか?」「でもこないだね、テレビで、あたしたちみたい中高年はあんまり炭水化物、抜くと余計太るんだって。抜きすぎると」「あらまー」「控えめね、なんでも、控えめ。ゼロじゃだめ」喋りながら女性は立ち上がった。すかさず店員はレジに立った。「領収書お願いね」「はい……ではちょうど、いただきます。いつもありがとうございます」「じゃあねえ、またねえ!」女性は最後、やや声を大きくして言った。ありがとうございます、と男性店員がカウンターから首を突き出すようにして言い、小上がりの方からもまたねー、と応じるような声が聞こえた気がした。聞き間違いかもしれない。ワイドショーでは元政治家のお笑いタレントが大写しになって、目を見開いて額に青筋を立てるように筋肉を動かして怒っているというよりは、怒っている演技をしているような顔で何か力説している。きゃははは、と座敷で笑い声が高まった。そんなことしたら、ダンナ死んじゃうじゃん! まじうける。うっける。うけるよねー。私が食べ終えると女性店員がポットを持ってきてお茶を注いでくれた。あ、ありがとうございます。こちらお皿お下げしてよろしいですか？　はいお願いします、おいしかったです、ごちそうさまです。熱いほうじ茶を飲みながら次来たとき何食べようか考えている風を装ってメニューを手にとり開くと、果たして一番下に写真なし、文字だけでビーフステーキ定食というのが印刷してあった。１２００円、定食では最高値メニューだった。私はややホッとして、でもどこか釈然としない気分でお茶を飲み干し文庫本をカバンにしまって立ち上がった。若い女性2人はまだ話していて、私はお金をレジに置きながらさりげなく座敷の方を見た。さっきの若い女性の正面に白髪交じりのおかっぱ頭で赤い口紅を塗ったおばあさんが座っているのが見えた。え、と思ったが、調理担当の男性がカウンターの奥で何かを冷蔵庫にしまっていた手を止めこちらを向いてありがとうございましたッ、とちょっと怒ったように言ったのでごちそうさまでしたと答えて店を出た。アハハハハー、と若い女性とおばあさんがどちらがどちらかわからない声で笑った。窓のすりガラス越しに、女性店員が私の座っていた卓を拭いているシルエットが見えた。私は自分が何かの団欒に侵入してしまったような気がして、でもそれが割に面白かった感じもして、これからはときどき、月に1回くらいは外でお昼を食べようと思った。帰途の路上、松葉がたくさん落ちていて踏むとちょっときしんで滑って強く匂い今にもひと房ふた房と降ってきて、見上げると脚立に乗って顔も髪も手に持ったハサミも全てが逆光になっている誰かがドウモー、と言いながら軽く頭を下げた。

ラーメン店のラーメン

平日13時過ぎ、初めてのラーメン屋に入った。昼時だと何人かが店の前の丸椅子で待っていることも多いのだが今日は誰も待っていなかった。

ガラス戸を開けると暖房のだけではない熱気がふわっとこちらにきた。ちょっと鼻に詰まるような甘いデンプンを含んだ湯気の匂いもした。若い女性の店員さんが出てきて私に「おひとりですか」と言った。白抜きで店名入りの黒Tシャツ、バンダナでまとめた髪の毛、化粧気のない頬、まだ10代かもしれない。私ははいと答えた。店内は満席で、私は店を入ってすぐのところにある券売機で券を買って待つよう言われた。券売機には多種のメニューが示され、壁にはメニューを説明する写真入りの張り紙がある。店名を冠したラーメンが先頭に配置してあり、他には真っ赤な辛い味噌ラーメン、味噌ベースではない辛いラーメン、つけ麺、鰹節が載っかった和風ラーメン、塩ラーメン醤油ラーメン、季節限定と書かれた麺もある。私が張り紙を見ているとドアが開き男性が店内に半身を突っこむようにした。ドア上部につけられたベルがチリッと鳴り頬に乾いた外気が当たった。私は少し体をずらして彼の姿が店員によく見えるようにした。私に声をかけたのと同じ女性店員が、満席なので店外の椅子に座って待つよう指示し男性はドアを閉めた。私は千円札を券売機に入れ店名を冠した麺の発券ボタンを押した。張り紙の写真によるとモヤシが山盛りになった麺で、麺と野菜は大盛り無料で味つけ卵つき850円、お釣りを財布に入れ券を手に細長い店内を見た。入り口からすると右手に厨房左手が客席、全体にあまり広くなく、壁に面したカウンター席と2人がけ4人がけのテーブル席、収容人数は全ての椅子を塞いで16人ほどだろう。休日だと女性客が並んでいるのを見たことがあるが今日いるのは男性ばかりのようだった。スーツ姿、あとは何かの運動部らしい黄緑色のユニフォームというかトレーニングウエア姿のグループがいて2つの4人テーブルを占拠し無言で食べていた。大学生くらいだろうが高校生かもしれないし社会人かもしれない。よくわからない。年々、自分より若い人たちの年齢がわからなくなる。向こうから見たこちらも同じだろう。おばさん、おばあさん、軽く振り返るとガラスのドア越しに3人の男性が座って順番を待っているのが見えた。私がここで券を買っていただけの間に3人、人気店なのだ。すぐに店に入れてラッキーだったのかもしれない。人がたくさんいるのに静かだった。厨房からは金属が触れ合うような音や火の音、水音がかすかに聞こえる。店員同士の声もあまりしない。客も静かだった。緊張感があるというのとは違い、みなそれぞれが食事や調理に集中している感じがする。ラーメンは食べながら語り合うには向かない種類の食事かもしれない。誰かがゲホゲホと咳きこんだ。

カウンター客の1人が立ち上がった。女性店員がありがとうございましたーと言いながら厨房から出てきた。厨房の中からその声を追うように2人の男性の声がややずれながらございましたー、マシターァ！　と続いた。最後の声は煽り上げるような独特の、しかし居酒屋などで聞き覚えがあるような節回しだった。メガネをかけた男性客は椅子の背にかけてあった上着を着てから（前かがみでラーメンを食べていたせいか）ちょっと膨らんだ上半身腹部のシャツを下に伸ばしてズボンに入れこむようにしながら無言のまま私の脇をすり抜けて店を出た。食券制だから会計がないとはいえ、無言無反応はどうだろうと思ったが、マナー違反というほどではないのかもしれない。そういう話題を確かいつか東海林さだおのエッセイで読んだ。あれは立ち食いそばの話だった気がする……店員は卓上を拭き椅子を直し水のポットを持ち上げ残量を確認してから私の顔を見てどうぞと言った。座りながら彼女に食券を渡した。「麺と野菜大盛りもできますがどうされますか」普通でお願いしますと答えた。「味卵無料でおつけできますがおつけしてよろしいですか」お願いします。「ニンニクどうされますか」ニンニクですか？「はい。ニンニク、お入れしてよろしいですか」ニンニクについては掲示がなかった。そもそも、この店のラーメンにおいてのニンニクの位置がわからない。張り紙の写真にもニンニクらしきものは確認しなかった。お入れしてよろしいですか、という問いかけを字義どおりに取るのなら先方は入れたいと思っているということになる。ニンニクが入ってこそのうちの味ですので、お嫌でしたら抜きますけどよろしかったらぜひどうぞという意味になる。「多めとか抜きにもできますが」私はその日人に会う用事はないが家族はいる。保育園に迎えにいけば先生とも話す。あまりな口臭になるのは避けたい、しかし、私はこの店の海抜ゼロの味が知りたいとも思う。ええと、でしたら、あの、普通みなさんどうされるんですか、ニンニク。「あ、人それぞれっていうか……。抜く方も結構おられますし、多めとかもっとっていう方も」ですよね。じゃああの、たとえば普通にニンニク入りのやつを普通に食べたら結構におう、とかですか。「そうですね……まあ普通に」普通ににおうニンニク、彼女はやや困惑した顔で「ニンニク少なめもできますけど」と言った。あ、じゃあ、そうしてください。少なめで。少なめ。「はいかしこまりました。ラーメン、麺野菜普通盛りの味玉つき、ニンニク少なめで」おそらく通常の客の3倍（もっとかもしれない）くらい時間がかかったオーダーの私に彼女はペコンと頭をさげると厨房にそれを伝え、すぐに戻ってきて足元に荷物用のカゴを出してくれた。他の客は手ぶらだったのか、こんなカゴを使っている人はいなかった。私は心からありがとうございますと言ってそこに自分のリュックサックを入れ椅子の下に押しこんだ。私は店で注文するとき、こんな風に他の客より時間がかかってしまうことがある。コミュニケーションに難があるのかもしれないし、読解力がないのかもしれない。

私の右隣の男性はつけ麺を食べていた。広島風のではないつけ麺だった。写真やテレビでは見たことがあるが、現物を見るのはよく考えると初めてだ。ちょっと興奮した。太い黄色い麺を濁った茶色いつゆ（スープと呼ぶのかもしれない）に浸して食べている。想像より麺が太い。男性はその太くて黄色い麺を、すするというより口元にたくしこむような感じで唇と箸を動かしている。あれだけ太かったら唇の筋肉では持ち上げられないのだろう。反対側、左隣の男性は赤いスープのラーメンを食べていた。味噌かそうでない方かはわからない。辛そうでおいしそうだ。顔じゅうに汗をかいている。カウンターで距離が近いのであまりじろじろ見るわけにもいかず、またさっきのニンニクにまつわるやりとりを聞かれていたかもしれないと思うと急に恥ずかしくもなり、私はかがんで椅子の下に入れたカゴを引っ張り出しリュックサックをとって中から本を出しまたリュックサックを戻した。読みかけのプルースト『失われた時を求めて　5　ゲルマントのほう I』（吉川一義訳の岩波文庫版）、なんとなく場違いなような気がするがこの本が場違いでない場所だと私自身が場違いな気がする。1人の男性が立ち上がってごちそーさまー、と言いながら出ていった。ありがとうございましたー、ございましたー、マシターァ。

1ページも読まないうちに女性店員が私のラーメンを持ってきた。写真の通りモヤシが山盛りで、黄色いキャベツが混じっていて、山のてっぺんにかき氷シロップのように茶色いタレがかけられている。山裾に豚バラのチャーシュー、その隣にうす茶色い卵丸ごとが半ばスープに沈むようにして配置、ニンニクは細かいみじん切りで白くかすかに黄色くおそらく生、それが、少なめという発注が通っているのか不安になるくらい、ティースプーン山盛り1杯分くらい、チャーシューと卵と反対側の山裾に盛りつけてある。これで少なめなら普通とか多めとかにしたらどれだけのことになるのだろう。私はニンニクがない方の山裾をほぐすようにしてモヤシを口に入れた。シャキシャキしていた。スープには白い脂身の粒がたくさん浮いてややとろみがある。濁ったスープから麺を掘り出すと黄色くて太くて四角い、さっき見たつけ麺のと同じ太麺だった。人生でこんなに太いラーメンの麺を箸で持ったことがない。噛むと口の中で角角《かどかど》が感じられた。弾力とかコシがあるというのとも違う、噛むとプツンというかブツリというかそういう感触で切れた。噛んでも口の中でつぶれるのではなく固体感というか立体感というかそういう感触が残り続ける。私の両側、つけ麺の男性と辛いラーメンの男性がほぼ同時に立ち上がり店を出た。どちらかがごちそうさまっと大きな声で言い、もう1人はすごく小声か無言だった。ありがとうございましたー、ましたー、マシターァ！、女性店員がきて右、左と席を拭き券売機の前にいたであろう男性をそこに誘導した。右側に座った男性から券を受け取り、「麺と野菜はどうされますか」「麺大盛り、アブラ抜き」油？　脂？　「ニンニクどうされますか」「抜き」「はい。和風ラーメン、麺大盛り野菜普通アブラ抜きニンニク抜き、少々お待ちくださいませ」左隣にも男性、「麺と野菜どうされますか」「どっちも大盛り」「味卵おつけできますがどうされますか」「んー、ください」「ニンニクどうされますか」「あっ、なしで」ニンニクを抜く客も多い……食べているうちだんだんモヤシ退治、麺退治のような気分になった。どんなラーメンでもそういうところはある。丼を見て、また箸の感触で、モヤシも麺もまだこんなにある、と思ってちょっと倦《う》むようないまいましいような感じ、食べたくて食べているのか義務なのかわからなくなるような、すっかり忘れていたニンニクがスープに馴染んで広がって麺にくっついていたらしく不意に歯がシャリっとした。一瞬で口じゅうがニンニクのにおいになった。これは……好きか嫌いか、ありかなしか美味か不味か、成功か失敗か。店の客はどんどん出ていきその度にありがとうございました、ましたー、マシターァ、ごちそうさまと言う客言わない客、ベルが鳴って入ってくる新しい客、減らない麺、モヤシ、ニンニク、あははは、と、それまでひっそりしていた店内に朗らかな笑い声が聞こえた。「お2人ですか」「ん」「食券お求めになってからあちらのテーブル席にどうぞ」「ほーい」「お前どれにする」「これ」「あ、おれもそれ」「真似すんなよ」「真似じゃねえよ」笑いながらドスンと座った。女性店員が「麺と野菜どうされますか」「野菜だけ大盛り」「あー、おれも」「味卵お入れして大丈夫ですか」「お願いしまーす」「おれも」「ニンニクどうされますか」「抜き」「おれ普通入れで」何屋さんかわからないが同僚めいた口調で喋る、ここから姿は見えないが大人の若い男、片方はニンニクを抜き片方は入れる。注文を済ませた2人は喋っている。「だりー」「今日あれじゃゃん、タクボさん。聞いとる?」「知らん」「なんか見本持ってくるって。何時つったかな」「見たい見たい。引き止めといておれ席にいなかったら」「はー。でも結局さー、部長が決めんじゃゃん」「普通っしょ」「ふつーふつー」「あ、そういや、次はあんかけ麺食うって言っとらんかった自分」「あァ?　忘れとったし。次、次」「次は俺もあんかけにしようかな……つうか終わる？　終わってる？」「まだまだっしょ。まだまだ」「まじか」「まだまだまだまだ」「最近春と秋こんよね」「あっても……秒で終わるけ」「秒」全てと言い切るにはスープが濁っていて見通せないが箸でかき回した感触ではほぼ全てのモヤシと麺を食べ終えた。モヤシの先端の黄色い芽が丼に張りついていたので剝がして食べた。退治と思って食べても食べ終えると名残惜しいのがラーメンだ。箸でかき回しても麺はもうひっかからない。もうひと口スープを飲みさらにもうひと口と思ったがやめた。冷めかけて粘度が増したスープがこげ茶と茶の濃淡に渦巻いて細かいニンニクと脂身の粒が浮かんで揺れている。水を飲むと冷たくておいしかったのですぐにもう1杯注いで飲んだ。ふーと息が出た。卓上にあったティッシュで口と鼻の下を拭き立ち上がり財布を出しつつレジにいこうとしてああ違うんだったと思ってリュックを背負い直したところで女性店員と目があったのでごちそうさまでしたと言った。ありがとうございましたー、ございましたー、マシターァ。いつの間にか店内には空席ができている。一般的な昼時を過ぎたらしい。2人連れの男性のところにはもうラーメンがきていて、前傾姿勢でモヤシが山盛り（何せ野菜大盛り）のラーメンをわしわし食べている。制服らしい全く同じブルーのシャツに紺色のパンツ、似たような太い銀色の腕時計黒い短髪、しかし、このどちらかがありでどちらかはなしだ。店を出て背負ったリュックを前に回してガムを取り出して嚙んだ。

喫茶店の天丼

コーヒーと天丼という看板の店がある。看板にはUCCという文字も見え、だからつまり喫茶店というか珈琲店なのだが、でも外観の一番目立つところにコーヒーと天丼と書いてあるのだ。コーヒーと◯◯、の空欄にはおそらくケーキもピザもスパゲティもカレーも和風軽食と考えればおむすびやうどんなどもある程度自然に入ると思うのだが天丼、しかも「コーヒーと天丼」という並びには、天丼屋がアフターコーヒーに力を入れているわけではないという主張も感じられる。1回その看板を目にしてからずっと気になっていたのだがなんとなく入れず、今日は軽く意を決して行ってみた。平日の11時半ごろ、焦げ茶色の木製テーブルセット、トラノオやベンジャミンやポトス、ヤシ系統の何かなどの鉢植えが作り物と本物と混じって店中に置いてある。ごく普通の街の喫茶店という感じがする。看板を見ていなければ天丼が名物とは思わないだろう。私はドアに近い窓際の席に座った。窓際の棚に置かれたトラノオの鉢植えにはドライフラワーのスターチスと造花のカーネーションが差しこんであった。先客は2組3名、お揃いの青いジャンパーにシャツにネクタイ姿、中小企業か小さい工場の重役と管理職という感じの2人客は向かい合って座っているが会話はなくかつてあった気配もなく1人は漫画雑誌を手に持って1人はスポーツ新聞をテーブルに広げて読んでいる。傍にコーヒーのカップが見える。もう1人の客は白いポロシャツ姿のおじいさんで、後ろ姿の肩が丸い。厨房に一番近い奥の席に座って厨房の中の誰かと会話をしている。「じゃけ、今はハイボールなんよ」「ふーん。ハイボールか」「うすいけえ」「うすいんか」声からすると厨房の中にいるのもおじいさんのようだった。「ハイボール、うまいよ」「わし最近ウイスキー全然飲まんのよ。うもう思わんの。ビールも、もう、うもうない。苦い」「生は苦うないが」「生はね。ほんでハイボールか」「配合、自分でするけえ。毎晩ね、うすーく」

60代くらいのエプロン姿の女性が私の席に水とおしぼりを持ってきた。私は天丼を頼んだ。「天丼ね」きれいに化粧をして髪もセットしてどこかマダム然とした女性は頷いて厨房に戻り天丼と伝え、すぐその足で私の席に戻ってきて卓上に2冊の女性週刊誌を置いた。表紙にジャニーズの誰それがどうとか皇族の婚約者がどうとか大書きしてある。私が顔を見るとマダムは「こういうの、あそこに置いてあるからね」と指差した。見ると、厨房前のレジ下が本棚になっていて漫画雑誌と週刊誌らしい雑誌、それから廉価版というのか、コミックスではないし文庫でもないサイズの角背の漫画本がぎっしり並んでいる。鬼平犯科帳、ゴルゴ13、バレーボーイズ、ドーベルマン刑事、はだしのゲン、白竜、知っているもの知らないもの想像がつくものつかないもの、多数のタイトルが見える。入り口のドア脇にある新聞立てにはスポーツ紙が入っている。そう言われてみれば、先客はみなそれぞれの前に新聞か雑誌を広げている。喋っているポロシャツのおじいさんも、読んではいないがスポーツ紙を卓上に広げている。なんというか、ここはそういう文化で、私は歓迎されたのか牽制されたのか心配されたのか……コップの水を飲んだ。卓上には砂糖壺と小さいメニューが置いてある。天丼のほかに天ぷら定食もある。ランチ、というメニューもあるし、ラーメン、焼きそば、うどん、ラーメンライスうどんライス、焼きそば定食、天丼一本やりというわけでもないのだ。カレーはない。スパゲティもない。喫茶店として当然ありそうなものがない。もちろんコーヒーや紅茶やレモンスカッシュやモーニングもある。ミルクセーキもあるがケーキやパフェ類はなし。店員はさっきの女性と厨房の中のおじいさんの2人、ふと気づくとポロシャツのおじいさんと厨房の男性の会話が途切れ油の音が聞こえていた。男性の方が調理を担当し、女性は接客担当と見えた。店内を見回すと壁に『うまい！　天丼』と書いた紙が貼ってあり、そこにはアンパンマンに出てくる「てんどんまん」のステッカーが貼ってあった。それを見て、子供の頃アンパンマンやカレーパンマンには1ミリも食欲を刺激されなかったのにてんどんまんにだけは激しい食欲を覚えたことを突然思い出した。

ばいきんまんがてんどんまんの頭の蓋を取って中身を食べてしまう、そうするとてんどんまんは弱ってしまい、新たにご飯やえび天を入れねばならないのだが、その、ばいきんまんに食い荒らされている天丼が本当にものすごくおいしそうだったのだ。てんどんまんの天丼、子供の頃、家では天ぷらが夕食に出ることはあったが、天丼が出ることはなかった。天ぷらをした翌昼、天ぷらが余っていればそれを自分でご飯の上にのせて天つゆをかけて食べることはあった。天ぷらは当然しなしなになって、えびやちくわや味付け海苔はもう残っていなくて、皮の青が衣に滲《にじ》み出たナスにオクラにサツマイモ、かき揚げ、チンして温めた天つゆ、自家製天丼もおいしかったがでもそれはてんどんまんの天丼とは違う。ステッカーのてんどんまんは両手にバチ（箸？）を持って片足あげて自分の丼（つまり頭）を打ち鳴らしながら踊るポーズ、てんてん、どんどん、てんどんどん。そうやっててんどんまんが歌い踊りつつ登場することも思い出した。私の子供はアンパンマンをあまり好まなかった。アニメを見せても嫌がったのでほぼ見ていない。だから私はてんどんまんの様子も声も歌もその存在も今、おそらく20数年ぶり、いやほとんど30年ぶり（ウィキペディアによるとアンパンマンのアニメ放送開始は１９８８年、だが広島でもそうだったかはよくわからない）に思い出している。その遠い幼い頃の記憶と食欲の鮮明さ、憧れ、私が１人感動していると角盆に載って天丼がきた。

という右の文章は長々しているかもしれないが時間の感覚としてはすぐだった。天丼はできたてに見えた。黒い角盆の上には蓋なしの丼容器の天丼、味噌汁のほかに、冷奴、きんぴら、モヤシの和え物、カイワレの和え物、漬物の小鉢小皿がぎっしり並びプラスチックのしょうゆ差しまで載っている。私は『うまい！　天丼』の張り紙を見た。卓上のメニューも見た。天丼（味噌汁つき）600円。これで600円？　税別だとしても648円、丼を持ち上げると容器越しに中身の熱さが感じられた。えびが2尾、青ジソ、ピーマン、サツマイモ各ひと切れ、衣に包まれてなにかよくわからないもの2、衣は厚いところと薄いところがあり、いわゆる天ぷらの名店的な軽い香ばしい儚い衣ではない。旅館の夕食のやたら硬くて均一な衣とも違う。細かい揚げ玉を作ってそれをくっつけ直したような派手なのでもない。片方のえびを持ち上げると熱いご飯に接していた部分の衣が緩んでくっついて剝がれてえびの半身がむき出しになった。全体に茶色い天つゆがかかっている。かじると果たして揚げたてだった。米と接していない方の衣はカリッとしている。天つゆがかかっているところはしっとりしている。米と接しているところはふやけている。米も熱い。天つゆは甘みが少なくかすかに日本酒の香りがした。なんというか、これが正統派天ぷら店の外観白木の内装白衣の料理人によって出されたらちょっとそぐわないと思うかもしれないが、この店のこの雰囲気の中てんどんまんステッカーを見つつだったら何も文句はない、おいしい、心底充足し満腹するような味、青ジソはシソ部分と衣がそれぞれ逆方向に湾曲して内部に空洞ができていたがそれこみでサクッとしていてサツマイモも甘い、なんだかわからなかったものはちくわ（おそらく長さを2等分したものを縦4つ割）と皮をむいて棒状に切ったナスだった。味噌汁は油揚と木綿豆腐とワカメとネギ、きんぴらはかすかに生姜の風味がしてカイワレの和え物は上に白ゴマ、モヤシの和え物はひんやり冷えて甘酸っぱく、冷奴にはおかかと青ネギ、お新香はそれぞれ小さい薄いものがひと切れずつだがキュウリと大根ぬか漬けとたくあん、細切りの白菜に昆布、家で母親が揚げたてできたてを出してくれたような天丼、常備菜を組み合わせた小鉢、熱い味噌汁、マダムが白い湯のみに入った緑茶を私の卓に置き水もコップに注ぎ足した。私の天丼を作り終えて暇になったらしい厨房のおじいさんはまた会話を再開している。

「あすこの2階の座敷とって、みなで集まってのォ」「オー」「ドイもきたし、ノザキも、オチアイもきて」クラス会だか町内会だかのような話だった。「ワキヤは?」「そうそうワキヤも。あいつ呼ばんでもくるけえ」「オーオー」「女はヨウコにカツヨとハルミと」女性は下の名前だった。「ほんでまあ大概きたわ。カタオカとヤマダがこんかったくらいだろ」「ああ、あいつらはのぉ。ムラヨシは?」「おったげなおらんげな」ポロシャツのおじいさんは後ろ姿で、厨房の中も見えない。だからどちらがどちらの声なのかわからない。どちらも楽しそうだった。「まあじゃあ、盛り上がったんよの」「盛り上がったいうて、ほんでもみなこの歳で……ドイの独り舞台よ。あいつはああなると上機嫌に誰彼誰、チャラチャラチャラチャラチャラ喋りくさって」ハクトウワシのワッペンがついた野球帽をかぶった男性が入ってきた。座るより先にスポーツ新聞をとっている男性にマダムが天丼ね? と言った。男性は頷いて座った。会話が途切れ油の音がし始めた。

もう少しいようと思い、私は片手を上げてマダムにコーヒーを頼んだ。「ホット?」はい。今までずっと無言だった工場ジャンパーの2人が立ってそれぞれ読んでいたものを棚に戻し1人がまとめて会計し出ていった。支払いの時も各々の雑誌を戻すときも店を出るときも完全に無言だった。あんなに会話がない状態で向かい合ってコーヒーを飲むのは気詰まりではないのか。むしろそれがいい、無言を楽しめる2人なのか。2人は今から仕事に戻ってどんなことをするのだろう。そこでは喋るのかその必要はないのか。運ばれてきたコーヒーにスプーンとフレッシュとともに個包装のアーモンドチョコレートが添えてあった。野球帽のおじいさんにも天丼が運ばれてきた。おじいさんは読んでいたスポーツ紙を卓の前方に広げたまま押しやってその前に角盆を置いて読みながら食べ始めた。

おじいさんとその娘と思われる女性が入ってきて向かい合って座ってランチを注文した。女性は立ち上がると父親のためにスポーツ紙、自分のために女性週刊誌をとった。週刊誌を開きながら娘は「スープもう全部食べた?」と静かな声で尋ねた。父親は黙って頷いた。「冷凍のも?」また頷いた。娘はそう、と言った。中学生くらいの男の子と母親らしい女性が入ってきた。「いらっしゃい。もう治ったん?」とマダムが声をかけた。「うん、治ったァ」母親が答えた。「よかったねえ」「でも、4日もかかっちゃったァ……ふふ、天丼2つ」「2人とも、天丼ね」「朝から天丼なんて……笑っちゃう」母親はまたふふふ、と笑った。私は時計を見た。12時過ぎだった。男の子がどんな表情をしているかは見えなかった。背中の曲がったおじいさんが1人で入ってきてスポーツ紙をとって座りながら鍋焼きうどんを注文した。紫のスカーフを巻いた女性が入ってきて歌うように「ランチお願い」と言った。マダムが「あら、元気」「元気よー」「本当に元気そう」「そうよー」次々人がくる。想像していた以上の人気店だ。運ばれてきたランチは遠目に見たところ平たい白い皿にキャベツの千切りが盛りつけられ何種類かのおかずがキャベツに立て掛けるように置いてある。えび天やゆで卵、肉らしい茶色も見えた。それに皿盛りのライス、味噌汁、りんごとオレンジの小皿としょうゆとソースのボトルにアジシオの小瓶。ランチは天井より100円高い。鍋焼きうどんを頼んだおじいさんは運ばれてきたうどんを箸ではさみあげると、水のコップに浸してから口に運んだ。

「あれはどこじゃったかいの、なんかあっちに縁があったろ」「オジーさんの嫁さんの里が、それよ。道ができたけ」「今アパート建てよる、言うて聞いたが」「オー。あのほう、儲かるかい」「知らんが、あがに建てよる建てよる言うて回るんは儲かるんじゃろぉのぉ。逆かの」「道ができたけえ」私はコーヒーを飲み干した。コーヒーの味についてはよくわからないが熱くて香ばしくておいしかった。「……ほいじゃ、雨が降らんうち、わし、帰ろう」ポロシャツのおじいさんがゆっくり立ち上がった。「降りげなか」厨房の声が意外そうだった。「なんとのぉ、空が暗ァわ」その言葉に、店の中にいた人々が一瞬、新聞や雑誌や料理やコーヒーから目を上げ窓の外を見た気配がした。私も見た。確かに薄暗くなっていた。男性は黒いダウンジャケットを羽織ってからマダムに支払いをすると、厨房に向かって片手を上げ「ほいじゃあ、また、元気で会おう」「オー」こちらに向かって歩いてくる姿は後ろ姿と声から想像していたよりも若い感じがした。私もなんとなく潮時と思われたので立ち上がり会計を頼んだ。店の奥のレジ前に立つと厨房の内情が見えた。揚げ鍋、小さい片手鍋、まな板の上にパック入りの木綿豆腐、炊飯器、中のおじいさんは手洗いにでも入ったのか姿が見えなかった。マダムが言った金額はメニューに書いてあったままだった。税別ではなかった。だから、あの天丼は648円ではなくて純粋に600円支払えば食べられる、すごいなあと思いながらごちそうさまでしたと言って店を出た。アスファルトに雨粒の跡がありみるみるうちに増えた。雨がばらばら降り始めていた。私はリュックサックから折り畳み傘を取り出した。油の匂いとコーヒーの匂いに濡れた道路の匂いが混じった。雨粒の跡はどんどん道路を埋め黒くしていった。黒いダウンに白いポロシャツのおじいさん、というかおじさんがクリーム色のスクーターに乗って私の目の前を走り去っていった。唇が口笛の形に尖っていた。

カフェの野菜チキンサンド

朝から市内に出た。私は広島市に住んでいるので市内に出るというのは変な言い方だが、広島で「市内」というといわゆる繁華街というか中心部というか、デパート（そごうやパルコや中国地方にしかないらしい福屋の本店やあとは三越など）がある辺り、地図上の広島市内のさらに一部を指す。市内には美術館や東急ハンズやそれに原爆ドームもあり市電こと路面電車が複数路線走っている。私が住んでいる辺りは広島市の端っこで最も田舎の辺りなので、「市内」に「出る」感は強い。こういう用法は他の地方にもあるのだろうか。人によったら市内ではなくて広島ということさえあるのだ。私昨日広島出たからバターケーキあなたの分も買ってきたよ……その日は地元のメディアの取材を受けることになっていた。朝からしとしと雨が降っていた。通勤通学時間より遅いのであまり混んでいない、でも座れない程度に人がいる市電の中は濡れた布と髪の毛の匂いがした。初対面のインタビュアーと話をし、初対面のカメラマンが写真を撮った。「雨じゃなかったら、外で撮ってもよかったですけどねえ。今日はどうにも、後ろがくぐもっちゃうなあ」カメラマンがそう言いながら窓際に立った私に向けてシャッターを切り、ベテラン風の女性インタビュアーは「そんな言って。カメラさんの腕で、うまく撮ってくださいよ」「そりゃもちろん。はい、じゃあ首だけちょっとこちらに向けてもらえますか、あ、いい感じですねえ、じゃあ体そのままで目線だけこちらに、はい、いいですね、いい感じです」取材と撮影が終わるとお昼時だった。インタビュアーにこの辺りのおすすめのお昼の店は知りませんかと尋ねると「ここから歩いて行ける距離だったら、小さいカフェ、私はまだ入ったことないんですけど、野菜がいっぱい食べられておいしいって聞きました、後輩ちゃんに」と教えてくれた。「小さいから、いっぱいかもしれないんですけど」

カフェは本当に小さかった。店の前に置かれた細い傘立てに傘がぎっしり差しこんであり、無理にねじ入れると壊れそうだったので私の傘はちょっと飛び出る程度に差した。店側が用意した傘立てに対してこれだけ傘が多いということは相当混んでいることになる。満席だったら別の店に行こう、市内だからいくらでもあると思いながらドアを開けた。狭い店内は折れ曲がっていて、直角に交わった各辺に2人ずつ椅子のあるカウンター、壁沿いに丸い小さいテーブル席が3つあった。カウンターには客はおらず、テーブル席の1つには日本人の2人連れ、もう1つには外国人旅行者に見える2人連れが、それぞれ向かい合って座っていた。いらっしゃいませ、カウンターへどうぞ。内巻きになったボブヘアの目の大きな女性がカウンターの中から出てきてにっこり笑って私に言った。私はカウンターに座った。テーブル席に最大4人くらい座れるとしてそれが3つで12人、カウンターが4人分、合計16人がこの店の定員で、現在いる客は5人。いやあのテーブルに4人は無理だあれは2人用なのだ、としても10人つまり半分の入り、あの細い傘立ては選択ミスだ。目を上げると、カウンターの奥、私の席の正面に大きな真四角のオーブンがあり、中がオレンジ色に光り並んで焼かれつつあるパンか菓子かの陰影が見えた。メニューにはサラダランチ、サンドイッチランチ、パンケーキランチ、スムージーやパフェなどもあった。キッズランチというのもあった。水のコップを運んできたさっきの店員にサンドイッチランチを頼んだ。「お飲み物は?」アイスティーで。「食後にしますか」えーと、いや一緒にお願いします。「サンドイッチランチ、アイスティー、ご一緒で」はい。私は店内を見回した。旅行者風の2人はどちらも若そうな女性で、2人ともが足を横に出すようにして組んでいる。しっかりした、アウトドアっぽいスニーカー、荷物カゴに大きなリュックが入れてある。最近は広島も外国からの旅行者がとても増えた。こういう大きなリュックを背負ったりキャリーバッグを引いたり、1人だったり2人だったり大家族風の老若男女だったり、声高に喋っていたりそれぞれにスマホを見ていたり寄り添いあっていたり、この2人はもう飲食を終えたのか空のグラスとカップを前に、それぞれぼんやり黙っている。せっかくの旅行が雨でなんだか申し訳ないような気がした。思ってすぐそれは僭越だしむしろ失礼な感慨だとも思った。とはいえ、でもやっぱり、海外は日本ほどしょっちゅう雨が降らない土地も多いと聞く、彼女らはちゃんと雨の装備をしてきただろうかと考えてしまう。傘は。さっきの傘立てのどれが彼女らの傘かわからないが、雨の中この大きなリュックは傘を差してもどこかが濡れるだろう。日本人の方の2人組は顔を近づけてごそごそ小声で喋っていた。2人とも頬を広く薄赤く塗っている。テーブルの上にはグラスや、ケチャップがついた小皿や小さいプラスチック製マグカップや色つきストローがいっぱいに散らばっていた。子連れらしい。それにしては子供の気配がない。声も聞こえない。と思ったら、かすかに、ポロン、ポロンという音が聞こえた。店の奥に白い薄いカーテンで仕切られたスペースがあり『くつぬいでね』という紙が貼ってある。キッズスペースらしい。紺色とカーキ色と黒の靴がそれぞれきちんと揃えて脱いである。またポロン、ポロン、おもちゃの木琴の音だ。キッズスペース、ここからもテーブル席からも中が全然見えない、大人しい子供たち、3人いてこの静けさ？　幼児におもちゃの楽器など与えるともう大人の神経がおかしくなるくらいがしゃがしゃ鳴らしまくるものではないだろうか。投げたり。踏んだり。舐めたり殴ったり。それともよほど魅力的な、無言で集中してしまうようなおもちゃが中に？　スマホに見入っている？　子供ながらTPOをわきまえて？　何歳？　立ち上がって覗きに行きたい気がしたがそんなことしたら不審者だ。もう1つあるテーブル席にはreservedと焼印で書かれた木の札が置いてあった。

カウンターの中には2人の店員がいた。1人はさっきのボブの人で、もう1人はショートカットにマスクに薄いゴム手袋でうつむいて料理をしている。さらに奥にもう1人いるらしく声だけが聞こえた。ボブの人はどうも新人のようで、動きの1つ1つをマスクの人と奥の人に指示されていた。

あ、お皿出しといてくれますか。お水のコップです。これ冷蔵庫に。終わったらこっち拭いといてください。いえ、全部。旅行者の2人が立ち上がりリュックを背負い始めた。リュックのカラビナか何かがぶつかるらしいカチャカチャという音がした。欠伸混じりのような声で2人は何かを言った。英語にも思えたがよくわからない。奥から、レジ行ってください！　鋭い声だった。はい！カウンターから飛び出してきた新人さんがお会計は別々ですか？　と尋ね、私まで一瞬緊張したが旅行者はちゃんと理解したらしく何事か返し、通じ、彼女がレジを打つ音を背中で聞いていると指示を出していた店員が奥から現れてマスクの人から受け取ったサンドイッチの皿を私の前に置いた。重たい音がした。アイラインをピッと長めに引いて、艶のない赤に唇を塗った女性だった。髪の毛は黒くてまっすぐだった。「サンドイッチお待たせしました。アイスティーもすぐお持ちします」分厚くて巨大な皿の上は全粒粉のパンに白いチキンと野菜が挟んであるサンドイッチ、葉野菜のサラダとくし切りの紅白グレープフルーツ、すぐに、これまた分厚いグラスに入ったアイスティーが運ばれてきた。サンドイッチを持ち上げてかじった。クミンと、ほかに何かわからないがスパイスの味がした。酸味もある。レモン系でなくて酢の、それも甘酢とかピクルスのではないかなり鋭い酸味だった。かすかにゴマの味もした。豆の味もした。ちょっと粉っぽい舌触りのペーストがパンに塗ってある。フムスだ。フムスはひよこ豆に白ゴマなど入ったペーストで、1度だけアメリカに行ったときにベーグル屋でメニューを指差して頼み、そこに「Hums」と書いてあったのを「ハム

（複数形）」だと思っていたらハムは「Ham」で、だから出てきたサンドにハムがなくてただぽてっとしたベージュのクリーム状のものが挟んであってとっさにがっかりしたが食べたらとてもおいしかったこと、メニューを改めて見るとHumsではなくてHummusと書いてあって、その単語をスマホで調べるとフムスという中東の料理だと判明したことなどを思い出した。ベーグルとゴマの風味と舌触りがとてもよく合った。そのときは確かレモンの味もした気がするが、こっちのフムスはレモンなしのようだった。あるいは酢の味でよくわからなくなっているのかもしれない。いずれにせよおしゃれな味がした。体にも良さそうだった。指を広げて、満遍なく力をかけつつかじり取る。とても具が多いサンドイッチで、ひと口かじるごとに押さえている手が緊張する。かじった圧ではみ出した具が向こう側から落っこちそうになる。パンは軽く焼いてあるものの野菜の水分で刻一刻と湿りもろくなっていく感触がした。ときどきスパイスの粒らしいガリっとした歯ごたえがありその度一瞬肩がひやりとした。合間に飲むアイスティーがものすごくおいしく感じられた。

ドアが開き新しいお客が入ってきた。若い、学生っぽい女性2人連れだった。あのー。予約してたタカムラなんですけど。お待ちしておりました、そちらのテーブルにどうぞ！　そう言いながらアイラインの店員がきびきびと出てきてreservedの札を取ってそこに2人を座らせた。マスクの店員がボブの店員に「お水お願いします」と小さい声で言った。ボブの店員ははい、と答えた。雨の匂いがした。窓越しにも雨脚は強くなっており、店内に灰色の雨と芽吹いた街路樹の色が混じって透け皆顔色が悪く見えた。不意に足がふわっとした。かじりかけのサンドイッチを両手に保持したまま見ると、子供が1人、私の椅子の足元にいた。くるっとした髪の毛を2つ結びにした可愛い女の子、女の子は私と目が合うと黙って立ち去り、店内のディスプレイのアンティーク風のキャビネットの前にしゃがむとその取っ手を撫で始めた。まるで猫でも撫でるかのような手つき、靴を履いていなかった。雨の店内で靴下姿だった。紺色に白い模様が編みこまれたとてもおしゃれな靴下だった。キッズスペースの中からは相変わらず時折ポロン、ポロンと聞こえる。女の子に何か言おうと思ったが何をどう言っていいかわからず、母親たちを見ると2人は相変わらず深刻そうに何事かを話しこんでいた。顔を正面に戻すと、ボブの店員と目が合い、向こうは少し困ったような顔で微笑んだ。この人は私より年上かもしれないと思った。女の子はふっと立ち上がりキッズスペースの中に戻っていった。サンドイッチは巨大ではなかったが野菜に嚙みでがあり、スパイスのせいもあってか胃がどんどん重たくなった。

アイラインの店員がパンケーキの皿を予約席に運んだ。小ぶりで分厚いパンケーキが何枚か積み重なり、そのわきにホイップクリーム、ミント片、赤いソースがかかっていて不安定そうで、しかし、店員の足取りは確かで誇らしそうだった。わあっと明るい声が上がった。おいしそう！　おいしそう！　後を追うように、ボブの店員がグラスの中がグラデーションのようになったソーダをその席に運んだ。ピンク色と黄色、キッズスペースからおかっぱ頭の子供が出てきて母親の足に触り何か言った。母親はため息をついて立ち上がりキッズスペースに顔を突っこんだ。パンケーキの2人は写真を撮り合っていた。注意して食べていたが私の皿の上には野菜やチキンやフムスが落ちて散らかっていた。それをフォークですくって食べた。サラダには砕いたナッツが散らしてあった。出されてそれなりに経っているのにグレープフルーツはキンと冷えていた。

みたび店のドアが開いた。それまで真顔だったアイラインの店員が満面の笑みで、あっ、チエちゃん！　と言った。「お久しぶりでーす」「久しぶり！」「元気？」マスクの店員も顔を上げて笑んだ。マスクからのぞいている頬が、若い母親たちと同じように平らな感じに塗ってあった。黄色っぽいオレンジ色だった。「はい！　おかげさまで！　今日雨すごいですねー」「あっ、チエちゃん、傘、こっちの奥に置いていいよ、表の傘立ていっぱいでしょ？」アイラインの店員が言った。すぐ閉められたドアから入った湿った冷気が時間差で私のところにきた。「あ、いいですか？　じゃあそうしまーす」喋りながら彼女は一旦入った店内から出て細い傘を持ってまた入ってきた。私はボブの店員に目で合図して立ち上がった。彼女はすぐに伝票を持ってレジに来た。チエちゃんの傘の先端から落ちたらしい水の跡が木の床にずるずるした形で染みていた。ごちそうさまでした。ありがとうございました、またどうぞ。はい。満杯の傘立てからは旅行者たちの傘が抜かれ、学生風女子たちの傘が加わり、チエちゃんの傘は1回差しこまれてまた抜かれ、さっき飛び出ていた私の傘は今は奥まで収まっていた。一番深いくらいだった。それを引っ張り出して差して歩いて市電に乗って市内を出た。歯のどこかに引っかかっているらしいスパイスの粒がずっとじゃりじゃり匂っていた。

喫茶店の豚しゃぶサンド

日帰りで大阪に行った。広島から新大阪間は約1時間半、東京へ行く場合はこれが約4時間かかる。4時間は長い。ほとんど1日という感じがする。それに比べると大阪はあっという間だ。平日午前10時過ぎの新幹線は出張風の人が多いが家族連れや旅行者も見え、博多発東京行きのぞみ指定席は広島の時点で半分の入りという感じだった。私は3人がけ席の窓際（A席）に座った。通路を挟んで、USJに行くのだろう家族連れが座っていた。2人がけ席を前後に使っていて、声高ではないが楽しそうに話している。広島ではすでに乗っていたから山口もしくは九州から乗っているのだろう。子供はミニオンのTシャツ（ミニオン柄ではなくて、着るとミニオンに見えるよう黄色の生地に水色のつなぎがプリントしてある）にミニオンの目玉つきキャップ姿だった。どうやってそこまで持ち上げたのかと思うような大きなキャリーバッグがそこここの網棚にはめこむように置いてある。広島駅を出る間際、ひとつ空いた通路側の席（C席）にスーツ姿に小さい黒い四角いキャリーバッグを引いた男性が来た。私より若そうだが同年代と思っていいだろう、キャリーバッグを網棚に載せ、白いビニール袋を前座席背面に引っ掛けて座ると彼は少しだけリクライニングを倒した。服装などからして今から東へ出張なのだろう。広島からなら関西も東だ。走り出してすぐ彼は白いビニール袋から駅弁を取り出した。見覚えのある掛け紙、むさしの若鶏むすびだった。

「むさしの若鶏むすびだった」と言われてああれね、と思わない人が全国的にどれくらいいるのか私には感覚的にわからないが理性で考えたらおそらく大半だろう。「むさしの若鶏むすび」と言われると私は勝手にその折詰の形状から容器を持った時の湿りたわみ、内容物を食べる順番、味、などが五感に勝手に再生される。布陣は海苔を巻いた三角むすび2つ（こんぶと梅）に鶏の唐揚げ、生キャベツ、ウインナーと枝豆、たくあん、オレンジ、塩の小袋。広島駅から乗る新幹線内で駅弁をというとき私もいつもこれを選ぶ。今回は違うものを買って食べようと思っていてもついこれにしてしまう。パンも食べたいなと思ったらパンと若鶏むすびを買ってしまう。それくらい、おいしいのはおいしいのだがちょっと不可解なところもある弁当で、再難問はキャベツだ。生キャベツが千切りではなくてざく切りというか角切り、小袋入りの塩がついてはいるのだが、車内だと塩を出して入れておくところがないし蓋に開けると捨てるときさらさら落ちるしと言って上からふりかけてもキャベツには全然塩は絡まずそして絡んだところであまりおいしくない。いつも困る。オレンジは皮つきくし切りなのでどう食べても手と口が汚れるしたくあんは人工的に甘いタイプだし枝豆はいつも全体が濡れている。しかしそれでも、他の候補も検討吟味した上でそれでもやっぱり毎回買って食べてしまう若鶏むすび、それでこそ、そういうところこそ名物と思う。私は今回、大阪で会う人と昼食を食べる予定にしているので若鶏むすびは買っていない。持っているのは水と人に渡すお土産だけだ。自分が好きな弁当を10時過ぎ（朝食は6時半ごろ食べた）に1つ空席を挟んではいるものの隣で食べている人、見るまいと思えども盗み見ているとC席氏はまず小袋入りの塩の袋を開けそれを唐揚げにまんべんなくふりかけた。おっ？　と思った。あの塩は、私の解釈では生キャベツ用であり、唐揚げ用ではない。唐揚げには充分味がついている。濃い味が好きなのか、しかし氏は小袋入りの塩を全て唐揚げに用いたように見えた（小袋はだから弁当が入っていたビニールにゴミとして入れられた）。とすれば、濃い味が好きなのに全く無味のキャベツが残されてしまう。アブラナ科独特のにおいとかすかながら頑なな苦み、おそらく無味のきゅうりとか無味の大根とか無味のレタスと比べても食べにくい、どうするつもりなのか。あるいはあれは彼の知恵で、キャベツに塩をかけてもちゃんと味がのらないが油で揚げてある唐揚げに振りかけることで塩は定着し、そしてそれらを一緒に食べることで結果的に塩をキャベツに援用するということなのか……もういっそキャベツは残すのか。それもありだ。弁当のおかず全てが好みに合うなんてことはない。大概、1つか2つは別にいらないけど残すのもな、という品目がある、それを食べずに残すのも大人の見識だ。私はこんなに盗み見ていては失礼だと自分に言い聞かせ極力氏を見ないようにし、でもどうしても見てしまい、キャベツの挙動を確認し、するとどうも氏はちゃんとキャベツも食べていて、それも単独で普通におにぎり、キャベツ、唐揚げのローテというかバランスを保って食べておられて、いったいどういうことなのか、なじみがあるからこそ動揺しながら手元の本を見たり車窓を見たりしているうちいつの間にか私は寝ていた。目覚めたときは新神戸停車直前のアナウンス中で氏はとっくに弁当を食べ終えリクライニングをさっきより傾けた状態でスマホを見ていた。新神戸新大阪間で寝たらまずい。私は水を飲んだ。氏が降りるのは新大阪より東だったらしく、私がすいません、と言って前を通ろうとすると足をぐっと引っこめ場所を空けてくれた。弁当の殻はもう捨てたらしく白いビニール袋もなくなっていた。

昼食は喫茶店で、名物だという豚しゃぶサンドを食べた。トーストしたパンに豚しゃぶと生野菜がゴマだれとマヨネーズ的な味つけで挟んであって、今まで食べたことがありそうででも決してない味でとてもよかった。単純そうな家で真似できそうな、しかしやってみたら絶対こうはならないだろう味だった。またその店はバターを染みこませた豆で淹れたコーヒーが有名ということでこれも飲んだが、水面は全く澄み切って油のかけらもなく黒く、私の舌にはバターの味はわからなかったものの不思議に滑らかな感じがして、どちらもやはりそういうさりげないところが名物と思われた。おいしいですねと言うと、その店に案内してくれた相手は「普段自分はコーヒーをそんなに飲むわけじゃないんですがここのはおいしいと思います」と言い、私も同意し、2人でサンドイッチを食べコーヒーを飲み仕事の件やその他の件について話し話し足りなかったので冷たいコーヒーをお代わりして話した。その間、かすかに暗い店内には、ケーキセットを頼む女性4人連れ（にぎやか）、何か仕事関係の打ち合わせと思しき黒ずくめ姿（スーツではなく、シャツもネクタイもズボンも黒い）の男性2人連れ（小声）、年配の女性1人客などがひっきりなしに出入りし、その度に黒いエプロン姿の店員さんが棚にずらりと並んだカップを1つ取り出してコーヒーを注ぐ。「お客さんごとにカップを選んでくれているらしいですよ」私のは寸胴型の厚手生地に薄い橙色の花柄、相手のは同じ形で青い幾何学模様、ここが食器店で値段が高くなければ2つとも買って帰ろうかなと思うほどいい感じのカップだった。2杯目に頼んだアイスコーヒーにはバターは入っていないそうで、透明なキューブ氷と一緒に四角く凍らせたコーヒーが入っておりだから溶けた分もうっすら茶色で、溶けた分をどこまで飲めば礼儀正しいのだろうと思いつつストローで吸い吸いして結局すべて吸いきった。相手と挨拶して別れ、地下鉄の駅へ向かって歩いているとドラッグストアの袋を下げキャリーバッグを引いて歩く家族連れがいた。半透明の袋からウナの箱がたくさん透けて見えた。

他の用事を済ませ新大阪駅に戻り乗る予定の便まで少し時間があったので駅構内の店で串揚げ（おまかせ6本）と生ビールを1杯頼んだ。夕食には早い（しどうせ帰宅したら何か晩ご飯を食べる）のだからおやつというかなんというか、店の座敷席にはもう完全に酔ったように喋るサラリーマンの5人連れがいた。「おれ最近ヤフオクやっとってナー」「おー、ヤフオク」ヤフオク、の発音が、ヤフ、でガタリと上がりオク、でガタリと下がる。街を歩いていると関西弁よりむしろ外国語がよく聞こえてきて、今日会った相手はあまり関西弁を出さなかった（互いに敬語だったせいかもしれない）ため、今日の在阪で初めて関西弁を聞いた気がした。「ナニ売るん」「買う方買う方」「ナニ、買う？」「棚」「タナ⁉」「なんや、嫁に頼まれて棚、北欧の」「ホクオーのタナ⁉」「木ィがな、黒っぽいやつやん」「ホクオーやのに？」「だからこそやん」「お待たせしましたー」店員さんが生ビールとサービスの生キャベツの角切りを運んできた。角切り生キャベツ！　ソースはソース差しから小皿に出して使うよう言われたのでそうする。粘度が全くなく色が濃く黒いソースは、軽いロウ質というか、水をはじくような表面になっている生キャベツには全然つかない。全部落ちる。いくら断面（細い）を押しつけてもなじまない。仕方なく、キャベツをスプーン的に使ってソースをすくうようにしつつでも垂れないよう口に入れる。舌は一瞬ソースで覆われるもののキャベツを噛む頃にはもうその味は消えている。これで正しいのだろうかと思うが、そうしないとまるで味がしないし、そしてそうしても大して味はしない。その後卓上にあった塩もつけて食べてみたがやっぱりピンとこない。困ったなあと思いつつキャベツを食べる。ヤフオクについて語り合っていた席から、アイザワくんという、彼らの後輩か部下と思しき人物の悪口が聞こえた。とても楽しそうな悪口だった。アイザワくんは営業を担当していて空気が読めず仕事が遅く粗く気が回らずそれなのにしなくていいことをやり言わなくていいことを言いとがめられるととんでもない言い訳をし社内のみならず取引先からも呆れられているらしいがそれ以上に、今飲み会をしている複数名のサラリーマンたちから深く深く愛されているのがわかった。アイザワ、と聞くと私はどうしてもカープの捕手の會澤選手の顔が浮かぶ。彼はリーグ3連覇にも大いに貢献していて選手会長もやっている頼もしい選手なのだが私より5歳も歳下だ。正捕手でしかも選手会長が5歳下なんだもんなあ、私ももういい大人なんだよなあ、生キャベツくらいで惑うていては、などと思いながらでもやっぱりおいしかないなあ、生キャベツでビールを飲んでいると、細くて長身の店員さんが串カツが6本並んだ浅いざるバットを運んできた。黄金色のパン粉に覆われて中身が何かわからない。これって中身はなんですかと店員さんに訊ねると、彼女は申し訳ないがこれは厨房のおまかせだから自分も中身を知らないのだと早口で言い、そして「ご注文は以上ですか」と言って伝票を置いて厨房へ去った。細かいパン粉をソースの小皿に押しつけるとパン粉自体は茶色いままで、その下の目地というか、粉と卵部分がすっと黒くなった。かじると前歯に染みるほど熱い。「ほんまにアイザワくんはしゃーないな！」「ありえへん！」サラリーマンたちがどっと笑った。順番に食べてみたところ、串の内容物はサーモン、エビ、牛肉、ししとう、うずら卵、根菜と思しき何か、だった。最後の1本は薄いカレー風味で、ポクッとしつつシャキシャキしてやや粘りがあり甘みも感じその味と食感はどう考えてもレンコンなのだが、いびつな楕円形をしたそれには、目視しても、舌で探ってもかじり跡を確認しても、穴が1つもなかった。

2度目のラーメン

2度目のラーメン屋に入った。

おいしいよと人から聞いた店で、前回は休日に夫と子供と3人で来た。座った子供はすぐ手をのばして卓上の薬味入れの壺の蓋をいじり始めた。私はやめるよう言った。中身がなにか知りたかったらお母さんが見せるから自分で触らんで。それ割れるけ。倒れたら大変じゃけ。少し前、別のラーメン屋で子供が座敷席の卓上にあったラー油壺を倒し、中身を全部机と畳の上にこぼしたことがあった。店員さんは親切に拭いてくれ、また我々も持参のティッシュ等で拭《ぬぐ》ったのだが唐辛子やニンニク片のたくさん混じった粘度のある赤黒いラー油は簡単に取れるものではなく、謝る我々に店員さんは笑顔で「片づけておきますのであちらのお席にお替わりくださいね」私の言葉が聞こえているのか聞こえていても脳まで到達していないのか、子供はまた蓋をいじり陶器が高く鳴った。夫は壁に貼られたメニューを見ている。カチャン、カッチャン、私は再び子供を叱った。覚えずかなり激しい声が出た。子供が泣き出した。夫は子供を抱き上げそんな叱り方をすることはないだろうと言った。「こんなことで」だってこないだも……ラー油の……「それはそれだしこれはこれだよ、子供にそんなのわかんないよ」そうだけど。そのタイミングで店員さんが注文を取りに来た。夫は決めてあったらしい自分のものを頼むと私に自分のと子供のとを頼むよう言った。私はまだメニューを見ていない。この店にはそもそも紙のメニューはなく全ての情報は壁に貼ってある。様々な味があるようだ。そして、ただの「ラーメン」というメニューはないようで、なんとかだし（さんまとかほたてとか）のなに味（醤油とか塩とか）という注文をせねばならないようで、だしと味の順列組み合わせ、私は泣いている子供にどれがいいか尋ねた。ええとね、だしがね、さんまと、ほたてとえびと……子供はさらに泣いた。じゃあね、塩か醤油か。塩か醤油だったら、どっち？子供は泣き続けた。夫は、「そんなこと今こんなに泣いてるのに答えられるわけないでしょう」私はじゃあ、と、メモを構えて待っている店員さんに夫と同じものをあと2つ、と頼んだ。夫が、えっ、と声を上げた。「せっかく3人で来ているのに同じ味頼むの？　こんなに味があるのに」子供はまだ泣いている。店員さんはいいですか、これで、というような顔で私を見、私は頷いた。店員さんが立ち去った。夫が、子供と外に出ているからと言った。「ラーメン来たら呼んで」引き戸を引いて出て行った2人、泣き声が聞こえなくなり静まり返った店内、ラーメンが別の客に出される音、カウンターの上の白い小さい薬味壺や調味料入れや箸立て、2人連れ3人連れの客もいたのに誰もしゃべらなかった。どれくらい経ったか店員さんが子供用の器とフォークとスプーンを持ってきてカウンターに置いた。フォークとスプーンにはクマがついていた。「あの、ラーメンも、もうすぐ」私は店の外にいた2人を呼び戻した。子供は泣き止み笑顔が見えていた。元は夫婦で子供を挟んで座っていたのだが、子供は私の隣に座るのは嫌だと言った。「ママあっちへ行って！」私は夫と席を替わり子供が私のいた席に移動し夫が真ん中に座った。席替えをしながら夫は子供の言うことを本気にしなくてもと言った。私の隣になった若い男性2人連れの片方がラーメンを食べながら「当然だろ」と小声で言った。それは会話の一部だったのかもしれないがその前に彼らの間におそらく会話はなくその後もなく、ただぐつぐつという低い笑い声だけが聞こえた。放り出された一言の行き先は私であるような気がした。子供は夫が小さい器にラーメンを盛っている間にまた薬味壺をいじりだした。夫は静かにそれはたまねぎ、それは辛いやつだよと子供に教えている。いいお父さん、私はなんだか涙が出てきて泣きながらラーメンを食べた。味なんてわからない。熱くて麺だということしかわからない。私が泣いているのに気づいた夫は驚いたように一瞬静止し、こちらにティッシュを何枚かよこした。子供はしきりに汁を飲み夫がおいしい？　と尋ねるとうんと答えもっとスープちょうだいと言った。隣の若い男たちが店を出、私は騒いで申し訳ありませんでしたと言いながら会計をした。店員さんは子供に飴をくれた。

という経緯があった店を再訪したいと思う人思わない人すべきではないという人さまざまいるだろうがおいしいよと聞いていた味が全くわからなかったのが今となっては不本意だ。子供をきつく叱ったのは私が悪いかもしれないしそれについては反省しているし、お店にも店に居合わせた方々に対しても申し訳なく思うがでも、子供がなにをした時どれくらいで叱るのが適切かなんていう数値はないわけで、また、こちらの精神状況もあちらの精神状況も日々刻々と変化する。体罰や、やみくもに四六時中怒鳴りまくっていたらそりゃあいけないが、あの日は、双方のナニが悪かったのだ。ちゃんと今度はなに味だかわかりたい。前回食べたのがなにか記憶にないので夫に尋ねるとまぐろだしの醬油味だ、とのことで、おいしかったかと尋ねるとおいしかったと言う。「結構魚の味がしたよ」どうしてまぐろにしたの？「さんまだしのラーメンは他の店で食べたことあったし、えびとか貝類はなんか想像がつく気もして」

壁に向かうカウンター席と、調理台を囲むカウンターの席でテーブル席はない。店内は前回の記憶より一回り大きい気がした。なんというか、前回はもう、四畳半くらいのスペースに人がぎちぎちに混み合って黙って座っていたような気がしていたがゆとりがある。ちょうど客が出た直後らしく、調理台を囲む方《ほう》、出入り口を背にした席にすぐ座れた。席を指示してくれた店員さんは確か前回もこの人だったなという女性だった。彼女の顔を見た途端申し訳なく恥ずかしくなったが、向こうは私のことは覚えていないようだった。調理台の方のカウンターはL字型になっていて、ただ、調理台には稼働中のコンロなどはなく、調理はここから見て正面奥にある厨房で行われているようだった。奥に、男性が1人麺を茹でるあるいはスープを見る格好にやや前かがみに立っている。記憶の通り、紙のメニューはなくすべての情報は壁に貼ってある。ラーメンはさんま、ほたて、えび、あさり、まぐろ、とあってそれぞれに塩と醬油、あとはつけ麺と思しき表示、麺の量についての表示、トッピング、季節限定のだし、などが並んでおり、トッピングにはわんたん、もやしの大盛り、煮卵、チャーシューなどが並んでいる。ご飯には『売り切れ』の札がついている。まだランチタイム中なのに売り切れとは、相当ご飯の注文があったのだろう。私は食べたはずなのに味を覚えていない「まぐろだしの醬油味」を注文した。まぐろの醬油ですね、と復唱しながら店員さんは伝票に書きこんだ。伝票は昔ながらの手書きだった。厨房はそんなに広く見えないが、あそこにこれだけの種類のだしがそれぞれ鍋に入っているのだろうか。大変そうだ。それとも、同じスープに違う魚の粉を入れる的な方法で味をつけるのだろうか。紺色の、タクシー運転手っぽい服装の男性が終盤に差し掛かったらしい角度に丼を持ってラーメンを食べている。間に1席空けて高校の制服を着た男の子が3人並んでいるのは今日は半ドン（とはもう言わないのだろうか、午後休）か、定期試験かなにかか。四角い大きな斜めがけスポーツバッグが床に置いてある。最近の学生さんは荷物が大きい。卓上には件《くだん》の薬味壺、胡椒と唐辛子の小瓶、ハンドル式すりごま器、薄皮の剝かれた生ニンニクと伏せた陶器の小皿が並んでいる。小皿をひとつとって表を向けると、そこに小さい金属のおろし金がついている。壺の中身は刻んだ玉ねぎらしきもの、生だろうか……私だって裏や中身が見たくなる。そりゃ子供はもっと見たいだろう。それはわかっている。とはいえ見てもいいけどこぼすなよ、落として割るなよだって難しい指示だ。いろいろ考えていると唯一の正解は子供を連れて外に出ない、になってしまう気がするがそれはしかし、やっぱり絶対に間違っている。子連れはファミレスやフードコートに行けと言うのも一理あるがでも、この店だって子供用のクマつき食器が用意してある以上幼い子供が来ること自体は拒否されていないわけだし……引き戸が開く音がして、外の空気が入ってきて、若い、大学生くらいに見える男女が角を挟んで私の隣に座った。やや灰色がかった色の長めボブの女の子は真珠色の薄い上着を肩をずらすようにふわっとまとっている。男の子は黒い髪を濡れたように光らせ畝《うね》が立ったような形に整えている。そして、それぞれスマホを手に構えながら、前来た時うちなに食べたっけ、と女の子が男の子に言った。「さんまじゃね？」「さんまじゃないよ」「じゃあなに」「忘れた。自分の、覚えとる？」「えーと、多分ほたて。じゃあ俺今日もほたてする。あ、ご飯も」「ご飯売り切れって書いてある」「まじか」「あ、イエ」出てきた女性の店員さんが言った。「今、もうすぐ、炊けますんでご飯、大丈夫です」「じゃあご飯と、あと麺大盛りで」「私はさんまの、醤油で」「ほたての方は醤油にしますか塩ですか？」「あ、じゃあ、えーと醤油、うん、や、やっぱり塩で」「ほたての塩大盛りとさんまの醤油とご飯ですね」女性が厨房に注文を伝え、男女はそれぞれスマホに目を落とした。女の子のスマホの背面が光っていた。角の取れるかたちに磨いた大きな不定形の色ガラスがびっしり並んでいるようなデザインで、そこに添えられた女の子の爪はちんまり短くてなにも塗られてないような色をしている。女の子がふと顔をあげてメニューの壁を見、「あーうち、もやし大盛りにすればよかった」とつぶやいた。「やさい」「え、すればいいじゃん。まだ間に合うしょ」「えー?」「すいませーん、えーと、ラーメン、大盛りじゃない方、もやし大盛りできますか」「できますよー」「お願いしまーす」「かしこまりましたー」「ありがとう」「ほん」「そいえばさ」「なん」「こないださ。ぬんちょんの披露宴、あったって知っとるやろ」「おー」2人は基本的にはスマホに目を落としつつ、指も動かしつつ、しかし時折交わす目線でちゃんと2人の間をつなぎつつ会話を続けた。「さくらこちゃんと一緒に行ったん、うちの運転で」「おー。駐車場あったん?」「うん。で、したら途中、さくらこちゃん、コンビニ寄れりー? って」「よれりーって」「で、まあ、寄った」「うん」「したらさ。金ないって、ATM」「うん」「ご祝儀よ?」「え?」「ご祝儀。ATMで、当日」「ほーん」「ありえんくない?」「んあ?」「だって新札じゃなくない?」私もそれはありえない、と思ったが男の子はあまりありえないと思っていない風に「あー?」と言うと首をこきこき左右に動かした。「ご祝儀、新札じゃん。ピン札。うち結構前、わざわざ昼休み銀行行って替えてもらってきとったし、さんまんえん。やのにさくらこちゃん、当日コンビニよ? 銀行やっとらんし」「あー、ね」「で、うちさすがにそれは、って、やいやコンビニはどうよ? って言ったけど、そんなんしらんしーて」「ふんふん」「ご祝儀袋あるんって聞いたらそれはあるって」「あるよね」「でも、出て来たお札、くっしゃくしゃ。全然、きれいじゃない万札、3枚」「あー」「うち、お金戻してもっかい出してみ? って、ほら、時々きれいなお札出るときあるじゃん」「あるっけ」「少しはさ。ましかなって。もう銀行無理やったらアイロンかけるとかさ、最悪。その日の朝よ？　つうかさくらこちゃん実家住みやけん、親に言ったら新札くらい、出てこん？　普通」「ふーん」それは多分家によるだろうが、出てこないこともないかもしれない。「うちがひとりでからヒーってしとるのにさくらこちゃん普通に、そのくっしゃくしゃ、顔の向きどっちやっけ諭吉ーとかへらへらしてから。いや上？　諭吉が上？　裏？　つってぃやいやいや諭吉の顔とかより新札じゃないとって言っても、そんな誰も気にせんよーって。いや気にするじゃろ。あのこあーゆーとこ、ありえん」「そーかー」女の子が男の子の方を見て「え？自分も知らんのもしかして。披露宴に持ってくお金、新札じゃないといけんのよ」「やー、知っとるけどまあ」「うそやろ」「いや知っとるし」私も、彼は知らなかったんじゃないかな、と思った。正直、ピン札だろうとどうだろうとどうでもいいとは私も思うがどうでもいいのだとばかり言うわけにもいかないところはある。冠婚葬祭……店員さんが私の前にラーメンを置いた。ありがとうございます。私は箸を取った。厨房に戻りかけた店員さんに男の子が「すいません、えーと、ホタテの大盛り、味玉追加まだいけますか」「はい」「自分もいる？　たまご」たずねられた女の子はいらーん、と首を振った。薄茶色く濁ったスープの中央にもやし、チャーシューや煮豚ではなく豚肉の薄切りが何枚かもやしの傍に載っている。あとはネギ、卵やメンマはなし、全体的に柔らかい見た目の一杯だった。見覚えがない。本当に初めて見る、肉がチャーシュー的なものではないという特徴的な事項さえ覚えていなかった。一口麺を掘り起こすと細めの、固すぎも柔らかすぎもしない素直な麺、もやしは細くて白い、ネギは青い、スープをすすると意外なほどはっきり魚の味がした。魚の骨とかアラ由来ではなさそうな、かつおだしっぽい感じ、それがかつおじゃなくてまぐろなのだから、まぐろ節というものか。おいしい、初めてじゃないけど初めてだ、と思いつつ、かすかに鼻の奥がツンとする。脳が記憶していないことを鼻腔だか味蕾だかが記憶していて、一緒に前回の記憶というか感情を再生しているような、そんなことは今せんでいい。中華というか和食的な、でもやっぱりラーメンでもあって、麺も肉もあっさり柔らかい。おいしいか不味いかで言ったら絶対においしい。白いご飯とも合うだろう。「ニンニクいれるん?」女の子の声がした。「いれるし」もやしを噛みつつ顔をあげると男の子がニンニクをすりおろしているらしく、手元は見えないが彼の上半身の右側が細かく揺れていた。揺れながら男の子が「いれんの?」「手、臭くなるし」「すってあげるよ」「まじ。ありがとう」「最初からじゃなくて、これ、途中でいれようやァ。したら味変わるけ」「いいねいいね」この優しい味に確かにニンニクは合うかもしれない。私はすりごま器を手にとってぐるぐる回して器に入れた。香ばしい匂いがした。次は唐辛子らしい赤い調味料を振り入れた。辛味はさほどでもないが、振り入れてから麺を噛んでみるとカレーっぽいような、一味とか七味ではない外国のスパイスの香りがして意外だった。元は優しめで、そこにあれこれ入れて味を作るべきラーメンらしい。そこに、だしと味の順列組み合わせ、全貌は相当回数通わねばわからないだろう。それか、その前に運命の組み合わせに出会ってこれだこの味となるのか。男女のところにもラーメンが来た。茶碗に入ったご飯も来た。２人はしばらくそのままで食べ、途中「そろそろやん?」と言いながらニンニクを入れ、「さいこう」「さいこう」と言い合いつつほたてとさんまのスープを交換していた。「やっぱり入れたほうがうまい」「ほうじゃね」私は、鼻の奥がやっぱりどうにもつんとして、しかしここで泣いたらおかしな人だと思いながら鼻をかんだ。店を出ると風が強かった。おいしかった。もしかしたらとてもおいしかった。私も子供を叱りたくなんてない。泣かせたくないし、そしてできれば自分だって泣きたくない。

とんかつ店のロース定食

2年ぶりに胃カメラを飲んだ。健康診断の一環として、血圧や血液検査等と一緒に行う。20代半ばに胃潰瘍をして以来、年に1回は胃カメラを飲むよう言われているのだが、うっかりしていると1年2年あっという間にすぎてしまう。前日夕食を21時までに食べて朝食は抜き、飲水も朝7時以降は禁止、それはちゃんとわかっているのだが、そしてさほど空腹を感じているわけでもないのだが、子供の朝食用に味つけ海苔を出していてつい1枚口に入れそうになる。皿から床に転がり落ちたプチトマトを拾って食べてしまいそうになる。指がごく自然に食べ物を口に入れようとしてしまうのは本能なのか。どうして朝ごはん食べないのと子供に聞かれ、胃の中を検査するときに邪魔だからと答えた。「じゃま?」胃にカメラを入れて写真撮るんだけど、今トマト食べるでしょ、赤いでしょ、もし胃がケガしてて血が出てたら治さなきゃいけないけど、そこにトマトの赤いのがあったら血かトマトかわかんなくて困るでしょ。「どっちも赤いもんねえ」子供は頷いて頬にプチトマトを詰め「リス」と言った。

胃カメラは鼻からにした。あなたは鼻の穴の奥が狭いので入れる時痛いかもしれないと言われたら実際痛かった。2年前も痛かったことを痛がりながら思い出した。私も画像を見たかったので、診察台の上で首を曲げ鼻に管を繰りこまれつつモニターを見あげる、カメラはいくつかの分岐と門のようなものを通り食道や胃を映し出した。管が馴染んだのか痛みが徐々になくなった。時折カメラの先端から水のようなものが出た。看護師さんがカメラの管に何かジェル的なものを塗る仕草をしているのも視界の隅に見えた。モニターの中で胃壁が時々動いた。朝食べていないだけあって何もなかった。カメラが引き抜かれつつあるとき喉がごうごう鳴っているような気がした。出血もびらんもありませんねという診断結果で、血圧等他の数値もまあ大丈夫だった。会計を済ませ外に出ると11時半、近くにとんかつ屋があった。ランチタイムが始まったばかりなのに3台分の駐車場は埋まり中にたくさん人がいる気配がある。人気店のようだ。とんかつは大好物だ。すっと店に入りかけ、いや、でも絶食後いきなりのとんかつはどうかとも思った。体に悪いのではないか。

最近、昔ほどたくさん食べられなくなった。揚げ物も肉類も炭水化物も、自分の気持ちよりも先に箸が止まってしまう日がある。このままいくと今に、おそらく、絶食後にとんかつなんてとてもじゃないと思う日が、そして絶食空腹関係なくとんかつはちょっとなあと思う日がくる。絶食後にとんかつ屋を見て食べたいなと思っている今は、だから私はとんかつを食べたほうがいい。

店内は果たして混んでいた。小上がりの4卓、テーブル3卓はいっぱいで、9人分の椅子が用意されたカウンターに2席だけ空いていた。私はその片方に座った。隣はスーツ姿の男性2人連れだった。ヒレの定食、ロースの定食、カツ重（卵とじ）、串カツ定食、エビフライとのミックス定食などがあり、特選、というのもある。特選は1日10食限定と書いてある。私はおしぼりと温かいお茶を持ってきた女性にロースの定食を頼んだ。小豆色エプロン姿の女性が「カウンターさん、ロースひとつです」と言うと、カウンターの中にいる、店主と思しき白衣の男性が「はいロースひとつ」と応じた。メニューはとんかつ系の定食とビールとジュース、あとはおかわりのご飯や豚汁のみで、つまりここにいる全員が揚げ物を食べている、あるいは食べようとしているということになる。見渡すと中高年のお客さんが多い。単身、同性2人連れ、男女、50代60代70代ことによると80代かもしれない、ポロシャツだったりスーツに首から社員証らしいカードホルダーを下げていたり色眼鏡をかけていたりする人々、とんかつは何歳になっても大丈夫なのかもしれない。いずれにしても胃を大切にしないといけない。空席を挟んで左隣はチューリップハットをかぶった還暦くらいに見える男性、その隣もその隣も男性、カウンターの女性客は私だけだった。カウンターの中、私のちょうど真ん前に揚げ鍋がある。あるというか、カウンターの高さのせいでその存在は見えないのだが音と店主の動きからしてあるらしい。油の匂いは意外なほどしない。調理は全てこのカウンター内で行われるようで、狭い中に先ほどの店主らしい白髪の男性ともう1人壮年に見える男性が立っている。2人とも白い上っ張りに白い帽子をかぶっている。まな板、上に細くとがった包丁が横たえられている。その奥に千切りキャベツが山盛りになったざるとパセリが入ったボウル、おしんこの小皿と割り箸が置かれている角盆が並び、コンロには豚汁の鍋、かつ重用だろう、中に玉ねぎと茶色いだし汁が入った親子鍋もある。配膳担当はエプロンの女性たちが3名ほど、カウンターの高くなったところにキャベツとパセリが盛られた皿がいくつも並びカツの揚がりを待っている。店主が静かだが朗らかな声で「はいヒレひとついこう」と言った。はい、と壮年男性とエプロンの女性が応じた。店主はちょうど揚がったらしいヒレカツ、厚みがあって広さはないやや棒状でまさにヒレ肉のカツ、を見えない揚げ鍋から引き上げてまな板の上に置き、素手で軽く抑えながら細くとがった包丁ですっすっと切りカウンターに並べた皿の1つに盛りつけた。すぐにエプロンの女性がその皿を取り、いつの間にかご飯などがセットされた角盆に載せると小上がりの客に運んだ。「つぎはカツ重ふたついこう」「はい」店主がさっきのヒレカツより薄い、揚げ色も薄めのカツをひらりとまな板の上に置くとまた切り分け、すぐさまそれが若い男性の持つ親子鍋に入れられた。店主は2枚目の薄いカツを切り分ける。卵を割るところを見たかったが見逃した。若いほうの男性が煮あがった玉ねぎとカツと卵を高さのあるやや小ぶりのお重の上に滑り入れた。カツ重はテーブル席の女性2人連れ客の前に運ばれた。白髪を綺麗なウエーブにして、黒いおしゃれなメガネをかけた女性がワァ、と嬉しそうな声をあげて箸を取った。「お皿だけあげて」不意に声がした。見ると店主が、長い箸に白い細いキャベツを挟んで私の隣のチューリップハットの男性に声をかけている。

男性は顔をあげた。「お皿だけあげて。キャベツあげましょう」男性は食べかけのとんかつの皿を両手で持ちあげた。店主がそこにふわっとキャベツの千切りをのせた。お皿だけあげて、というのはライスや豚汁が載った盆ごとではなく、カツとキャベツの皿だけ上にあげてくれ、キャベツのお代わりを置きますからと言っているのだ。彼の皿にはカツが3切れほど残っている。その隣の客の皿にも同じくらいカツが残っていたが、店主はそちらにはキャベツを入れなかった。もうすでに1回お代わりが盛られているのかもしれない。私の隣のサラリーマン、もう食べ終えてお茶を飲んでいる、が不意に、「売り上げはどうなりそうなのかな」と言った。もう1人がハッ、というような声を出したがそれ以上何も答えなかった。そのまま2人は店を出て行った。どちらも同い年くらいに見えた。片方が両方の支払いをしたが、それが売り上げはどう、と言ったほうなのか言われたほうなのかはわからなかった。「はい、ロースひとついこう」店主が言った。まな板に置かれた肉はかなりしっかりした茶色、さっきのヒレよりカツ重より濃い揚げ色、店主はそれをタンタンと切り分けてカウンターのキャベツの皿に載せると、布巾で軽く手を拭いて調理台の高いところに置いてあった湯呑みをとってひと口飲んだ。山盛りのキャベツに白衣の小さい肩が当たってキャベツが数本はらりと落ちた。女性がお盆を皿に載せ厨房を出た。私のロースかなと思っていたらそうだったので嬉しかった。

運ばれてきた盆には、ロースカツとキャベツとパセリの皿、豚汁、ご飯、そしておしんこの小皿が載っている。おしんこは口径の小さな色の薄いたくあんがふた切れ、キュウリぬか漬けと千切りの白菜漬け、カツの衣は細かいパン粉が硬そうに香ばしそうに揚がっている。卓上のソース入れからキャベツにひと回しソースをかけ、カツの右半分にもソースをひと筋垂らした。からしは納豆についているような小袋入りがソース入れの隣の容器にいくつも入っているのをとって皿の隅にひしぎ出す。肉は白く中心がうっすら赤く繊維の隙間から透明な汁が湧いて対流しているのが見える。かじると衣が香ばしい。生パン粉の霜柱のようなサクサクではなく細かい乾いたパン粉、それもしっかり加熱され油の切れたカリカリ、肉は柔らかくしかし縦に並んだ繊維を押しつぶすかみごたえもあって脂身がシャクっとして甘い。とてもおいしい。ご飯も白く熱く、口に入れると米とソースの香りが鼻腔にこもってからプンと抜けた。豚汁にはゴボウと大根と人参とネギ、薄切りではなくて厚みのある豚の細切れが入っている。味噌の色は薄めだった。絶食後の胃に熱い油ものを入れたことによる変調も特に感じられない。おいしいおいしいと思って食べていると、私の右隣席に60代くらいの男女がやってきて座った。「特選まだあるの?」「あります」「じゃ特選ひとつ」「はい」「私は串カツ定食」「カウンターさん、特選と串カツです」「はい特選と串カツ。じゃ次、ヒレ、ロースといこう」パセリもからしとソースをつけて食べる。からしを追加し、左半分にもソースをかける。「1番さん、特選ミックスふたつです」私の真後ろから女性店員さんの声がした。「はい特選ミックスふたつ」特選ミックスは特選の肉とエビフライのセットで、この店で最も高価なメニューだ。「絶対に先に漫画読んどいたほうがいいんだって」特選ミックスを発注したと思しき男性の声がした。「普通、実写化ってなんだよ原作と全然違うじゃんってなるけど、これは本当にそのままだから」「じゃああとから読んでも同じじゃない?」若い女性の声が応じた。「おんなじならさー」「いや、感動するんだよ、漫画読んでたほうが。もう、主人公も脇役もそのままだから。立体!ってなる。感動」「じゃあ、あの人漫画でもオネエなん?」「誰?」「敵のー。ほら、まあまあ強い」漫画原作の映画を見てきたらしい。男性は原作を読み女性は読んでいない。「そう!　彼なんてもう、ほとんど二次元だね!」彼の中で偉いのは二次元なのか三次元なのか。「ふーん。でも、読んどらんくても面白かったよー。カンナちゃんすごくかわいかった」「いや、そういう表面的な見た目とかをなぞってるだけじゃなくて、なんていうのかな、気持ちみたいなものまで、本当に原作に忠実に描いてあって」そんなに熱心に原作を勧めるなら一緒に見る前に彼女に貸せばよかったのではないだろうか。「漫画何巻もあるんでしょ?　全部買ったん?」「嫁が先にはまって、一気に既刊セット買ってきてそれで夫婦で」なんとなく、2人はカップルないし夫婦だと思っていたので嫁、という単語にぎょっとしかけ、しかし、もちろん男女が親しく映画について話していたら恋人か夫婦だと思うほうが間違っているのだ。友人、同僚、きょうだい、なんだってあり得る。脳は勝手に色々なことを思いこんで、そこから外れると驚いたり下手をしたら腹を立てたりする。それは間違っている……「お皿だけ上に」声がした。顔をあげると店主が微笑みながらキャベツを私に差し出そうとしている。私は箸を持ったまま皿を両手で押し頂いた。店主がそこにキャベツを載せた。重さは感じられなかったが拳1・5個分くらいある白い細い千切りキャベツ、ありがとうございます。このキャベツの自動追加はカウンター客のみに行われているようだ。きっと、くださいといえば小上がりやテーブルの客ももらえるのだろう。店には次々客が来た。入って来た男女がこんにちは、と親しげな声を店主に投げかけた。「アッ、お久しぶりです」店主が笑って頭をさげた。「お元気ですか?」「エエ、エエ。今日は?」「食べに来ましたよ」「わざわざクバから? それはそれは」「我々は、ヒレとロースね」「はいヒレとロース」店主は嬉しそうに再び頭をさげ、客は小上がりに座った。双方親しそうなのに敬語だった。「つぎ、特選、串カツといこう」特選は分厚い、「枚」で数えるのがふさわしくないような分厚いロースだった。肉には竹串のようなものが刺してあり、まな板の上でそれが肉から抜かれた。他の肉にも刺してあったか、特選専用なのか、揚げ具合を見ているのか。店主はザン、ザンと切り分けた。それは隣の席に運ばれた。すぐ女性の串カツもきた。皿の上にあると余計に肉の厚さ高さが目立つ。よく干されたたくあんはあまり甘くなく歯ごたえよく、キュウリは浅く漬けてありどちらもおいしい。あと数口となった豚汁に卓上の一味を振って飲み、最後のとんかつを食べた。まだちゃんと表面がカリカリしている。皿に残ったからしを全てつけるとやや効きすぎた。キャベツも全て食べた。「つぎ、特ミックスふたつ、いこう」ねえねえ、と隣の男女の女性のほうが言った。「このネギすごくおいしいからひとつあげる」横目で見ると、彼女は、串に刺さった長ネギを隣の男性の特選の皿の上に載せている。ここの串カツは玉ねぎではなくて長ネギらしい。衣が剝がれ、肉のない、白い長ネギが油に濡れてひと切れ串の半ばに刺さって分厚い肉にもたれかかっている。男性のほうは特にそれに反応することなく食べ続けていた。私はお茶を飲み、ごちそうさまでしたと手を合わせてから立ち上がった。ありがとうございました、と店主が言いもう1人の男性店員さんも言いエプロンの女性たちも言った。ロース定食は税込1500円、ああぜいたくをした、しすぎた、でもおいしかった、と思いながら店を出た。帰宅して子供に胃はどうだったかと聞かれ大丈夫だったと答えると、「これでトマト食べれるねえ、よかったねえ」1人だけいいもの食べたのがちょっと後ろめたくなりながら私はそうだねえと答えた。

別府冷麺

用事があって別府へ行った。別府には子供のころにも来たことがある。地獄めぐり、泥色の大きなあぶく、赤い湯青い湯もあった。大きな鬼の像が真剣に怖かったから幼稚園児かせいぜい小学校1、2年生くらいのことだと思う。街のあちこち、道端や普通の民家と思しき家のパイプなどからも白い湯気が立ち上っているのを眺めたこと、土産物店で試食したかぼすを練りこんだ薄緑色のやわらかい餅のお菓子がおいしくておいしくて、ねだったが買ってもらえなかったのでなんども試食して親に叱られたのも覚えている。温泉に大きな、2歳下の弟の頭より大きなざぼんが浮いていていい匂いがして触ると硬くて、そうだあの餅に入っていたのはかぼすではなくてざぼんだったかもしれない。船旅だった。お正月で、船の甲板から初日の出を見ると言って起こされ半分寝ながら毛布にくるまったまま洋上の日の出を見た気もするし、湯気の中で鬼を見上げたあと海水浴をしてこれぞ天国というようなことを思ったような気もする。いくつかの旅行の記憶が混じり合っているのだろう。なんにしても久しぶりの別府、せっかくならまた地獄めぐりをしたかったが日程的にそれは難しく別府駅前で昼時だった。別府冷麺というのが有名だというので食べに行った。

グーグルマップで調べた徒歩圏内の店は有名店らしく、ホームページにはお取り寄せ可という文字もある。別府の街は、観光客向けのお土産街と地元の人しかいないような生活道路と猥雑な路地とが入り混じったようになっていた。おしゃれなカフェやアートっぽい竹細工の店とやけに天井が低い薄暗い土産物店が並び、お地蔵さん、健康居酒屋という看板、成人向け映画館のかなりあけすけなポスターが開陳されているわずか数軒隣に保育園か幼稚園と思しき建物があったりもして心がざわついた。駅前にも温泉があったが、記憶の中の地獄のようにあちこちから湯気が噴き出したりはしていない。複数の土産物店に『別府レトロタオル』というのが並んでいた。子供のころの土産物に描かれていたような瞳に星の散ったまつげの長い頬の赤い少女のイラストタオル、また別の店には芸能人がロケで立ち寄ったことが写真つきの張り紙で示してあった。カラー写真が日焼けし色が抜けたようになっているせいで芸能人の黒目が緑色に光って見えた。どこからともなく焼肉のいい匂いがする。全員白いTシャツにジーパン、キャップ姿の集団が笑いながら互いに肩を叩きながら歩き去る。ドレッドヘアで大きなリュックサックの男性が片手に自撮り棒を持って大股に行く。

目当ての冷麺店の前にはベンチが用意されておりそこに2人の男性が座って待っていた。名前を書く紙を置いた台もある。現在満席らしい。重たげな黒い布ののれんに赤い筆文字で店名が染めてある。私は彼らのどちらかの名前の下に自分の名前を書き、人数のところに1と書き彼らの隣に半人分くらいの隙間を空けて座った。ベンチの向こうには赤いスタンド灰皿が用意してある。「な。ちょうどいい」並んで座る男性の片方が言った。2人ともスーツを着ているが上着は脱いで傍に置いている。「にちりん乗ったら大分別府間もう15分くらいだから明日は朝ぱっと大分行ってアレしてそいつと別府駅で待ち合わして昼飯食ったら、な、ちょうどいい」高めによく通るのにどこかこもった独特のいい声、聞き取りやすい早口だった。にちりんは九州を走る特急だ。もう片方がふんふんと頷いた気配がした。「昼飯食いながら話そうと思ってんの。あいつ民間行くつってもったいないじゃん。ナントカの1級なんて希少価値なんだから民間なんか行ったら待遇買い叩かれんの目に見えてんだしうち来いよっつって、なあ?」「いくつくらいの人?」片方が言った。こちらは静かな声だった。どちらも標準語だった。「俺らより上?」「いや、下、下、全然下、40いってないんじゃないかな」「オー」「な? もったいないだろ。それでナントカ1級持って民間なんていうことは彼らは公務員的な何かなのだろうか。民間と公務員だと民間のほうが待遇において買い叩かれるのが本当だとしたら、なんというか、やっぱり日本はとても不景気ということなのだ。店から誰かが出てくる気配や呼ばれる気配はない。すりガラス越しに人が動いているのが見える。店員さんは黒い服を着ているようだ。店の前には大きな公園があって、木々が日陰を作っているが誰もいない。木は桜で、春には壮観だろう。「田舎で困ンのはやっぱ方言なんだよな。島に住んでるお年寄りだともう生まれてこのかたいっぺんも島を出てませんみたいな人がザラなのよ。中学出てすぐ漁師になって親戚の結婚式に博多行ったのが人生一番の遠出ですみたいなおじいちゃんたちが」「うんうん」「テレビあるから、観てるから、向こうはこっちの言うことわかるけど、向こうが言ってることがこっちぜんっぜんわからない。あれは困るね」「そういうとき、どうすんの」「金額とか日時はいちいち書いて確認して現場現物見してもらって指差し確認して」「面倒くさがられない?」「いや、俺がちゃんと事情わかって書類作んないと困るのはあちらさんだから」「どういう人生だろうね、そういう……ずっと島でって」なんとなく、空を仰ぎつつのような気配のある声で言った。「幸せそうよ」こちらも気持ち、ゆったりした声になった。「少なくとも、俺みたいあちこち異動で全国っていうのよかいいんじゃない。自分の島で、自分の船で、ずっと一生、同じ銘柄の酒飲んで」引き戸が開き、作業服を着た60代くらいの日焼けした男性が出てきた。1人だった。1人かと思っていると案の定、店から顔を出した店員さんが名前を書いた紙を見て「申し訳ありません」と2人連れの男性たちに声をかけた。「今、カウンター1席空いてるんですが、お1人でお待ちのお客さん、先にお通ししてもいいですか」男性たちはいっすよー、と明るく言った。「すいません。もうすぐテーブル席空きますんで。じゃあお待ちのオヤマダ、さま……、どうぞ」私はどうもすいません、と彼らに頭を下げつつ店に入った。客席はL字型のカウンターと4人掛け2人掛けのテーブル席、私の席はカウンターの一番奥だった。カウンターの上には木製のボックスに入り縦に置かれたティッシュ、コショウ、唐辛子、蓋つきの箸入れが順繰りに並んでいる。すぐ隣にレジがあり、初老の女性が立って会計をしている。私の背面に位置するテーブル席のお客さんのようで、彼女の娘か義娘と思しき若い女性が幼児と手をつなぎつつ帰り支度をしていた。卓上にたくさん丸めたティッシュがある。幼児と食事をするとどうしてもティッシュがたくさん出る。女性はティッシュを1か所にまとめていた。そのうち何枚かは持参のウエットティッシュのようだった。レジ奥に瓶ビールと瓶ジュースが冷えている冷蔵庫がある。私の隣席は中年の男女客で、男性は頬づえをついて漫画雑誌を読み女性は麺を食べている。男性はもう食べ終えて丼が下げられているのだろう。

私は冷麺を頼んだ。メニューは冷麺、その大盛りと特盛りの他に温麺、ラーメン、中華そばというのもある。温麺は冷麺を温めたものだろうか。ラーメンと中華そばはどういう関係なのだろう。1つ100円のおにぎりもある。冷麺750円、温麺800円、ラーメンは700円で中華そばは700円、なかなか複雑な価格体系のような気もする。水はセルフサービスと書いてあったので入口脇の緑色の冷水機に取りに行く。四角い透明な氷がたくさん入った水を冷水機にあてがったプラスチックコップに受けると旅情と思う。それが地元のショッピングモールのフードコートでも旅情、と思う。プラコップを冷水機の弁に押し当てる動き、氷水の落ちる大きな音、勢い余っていくつかコップ外に飛び出す氷が、子どものころの旅行中立ち寄ったサービスエリアの記憶を連れてくる。父が運転して母が助手席で地図を広げて、途中立ち寄ったサービスエリアで食事をして両親が運転と地図を交代して、カーナビはまだなくて、スマホももちろんなくて全て地図と道路標示頼りで、後部座席で私と弟は遊んだりもめたりして米子や浜田、松江、秋吉台、船で行ったはずの別府でもどこかでこうしてプラスチックコップで水を飲んだだろうか。私が水を汲んでいると店員さんが空いたテーブルを拭き始めた。さっきの2人連れはもうすぐ呼ばれるだろう。レジには真っ黄色の招き猫が置いてある。私の席からは厨房内の食器棚が正面に見えた。丼鉢が、丸く膨らんだもの、シュッとしたもの、大きいもの、白、黒、青磁、同型同色のものごとに重ねられ整然と並んでいる。頭にバンダナを巻いた店員さんは男女老若動きつつ、時折短い、こちらにはあまり意味がわからない符丁のような言葉を発して意思疎通をしている。予想通りテーブル席にさっきの2人連れが案内されてきた。落ち着いた声のほうの男性が「大分はどこも寿司がうまいっつーの」と割合強い語気で言いながら席に着いた。どういう話題なのか、相方は笑っていた。彼らはそれぞれ大盛りか特盛りか声に出して迷ってから大盛りの冷麺を注文した。カウンターの前の段になっているところに店のパンフレットが置いてあった。それによるとかつて満洲に住んでいた日本人が引き揚げてきて開いたのが元祖だという。満洲は朝鮮との国境が近いため、朝鮮風の冷麺が朝鮮↓満洲↓別府と伝わってきたということらしい。パンフレットには温麺とラーメンと中華そばの違いも明記してあり、温麺は冷麺を温めたもの、ラーメンはいわゆる豚骨ラーメン、中華そばは醬油スープのラーメンであるらしい。なるほどここは九州、ラーメンと言ったら豚骨、そのバリエーションとして醬油ラーメンと表記するわけにはいかないということだろう。

冷麺が来た。丸い白い縁のやや膨らんだ丼に澄んだ茶色のスープ、中央に半切りのゆで卵、黄身は柔らかめに茹でられたオレンジ色をしており、赤いキムチに小口切り青ネギ、いりごま、濃い茶色の肉片が2枚、肉の形状はチャーシューっぽいが色が豚ではなく牛肉で、おそらくスネ肉とかそういう部位だろう、肉の中に透明なゼラチン質が走っている。白くこれまた丸みのあるレンゲでスープを飲むとかなり塩気がある。脂っ気は一切なく結構和風の味だ。牛のスープにカツオ昆布出汁を入れて醤油で調味し脂を除いたのだと思うが牛感はかなり抑えられている。麺をはさみあげるとちょうどこんにゃく程度の灰色をしていてやや透明感もありそしてとても丸い。断面が完全に円形をしている麺、すすると唇に舌に今まで口に入れてきたどの麺とも違う丸さ、やや歯ごたえがある。それにしても丸い。ラーメンやうどんの麺は包丁で切った切り角がある。そうめんにそれはないがやはりでも、伸ばす時できた角度のようなものがある。スパゲティも断面は丸い、が、この冷麺の麺の丸さと比べると全然違う。なんというか、丸さの純度が違う。それは、表面のなめらかさの違いなのか硬度か密度の問題なのか太さの妙なのか、35年生きてきて今年36、あらゆるものを食べてきたとは全く思わないがそれにしても、麺なんていう身近な食べ物を口に入れてそれが丸くてこんなに鮮烈な感覚がするとは思わなかった。上に載っているキムチは一見白菜のようだが噛むとキャベツで、辛味酸味はあまり強くないが表面がキュッキュと軋むような感触でこれまた塩気が強い。牛肉は柔らかくかすかに弾力がある。スープの強い塩気はこのつるつる丸麺に汁が絡みにくいことを想定してだろう、ごくごく飲んだら体に悪そうなくらいなのだが、冷たくてつい飲み干しそうになる。私が食べている間に立て続けにお客さんが会計をした。私の席のすぐ隣がレジのため、皆が1度私の隣に立つ感じがする。若い人も年配の人もいる。働いている最中の昼休みっぽい人もいたし観光客らしい人もいた。徐々に店内は空いていった。冷麺を食べ終えるのはあっという間だった。会計をして店を出ようとすると、引き戸を開いたすぐ真ん前の足拭きマットのところに大きな猫が寝そべっていて踏みそうになった。猫の目は開いていたがこちらを見ておらず、私に踏まれかけたことは全くなんでもないし気づいてさえいないというような顔で横たわり続けている。外に出るには猫をまたがねばならないがそれはちょっととためらっていると察したのか黙ってゆったり起き上がりこちらを見ず公園のほうに歩き去った。店の前の灰皿でタバコを吸っていた中年の男性が黙って猫の行くほうに首を向けながら白い煙を吹いた。頭も脚も胴も尾も、ふさふさした香ばしそうな色の毛に覆われた猫だった。

町中華の中華丼

用事があって、目的地を設定したグーグルマップを頼りに歩いていた。地元の、別に家からそう遠くないし車で通り過ぎたことも多分あるのだが降りて歩いた覚えはないあたり、液晶画面に表示される現在地と目的地、推奨ルートを眺めつつ無事たどり着き用事を終え帰り道はまあ適当にとスマホをしまって歩き出す、しばらくすると妙に懐かしい感じがした。信号のある横断歩道があってその数十メートル手前に信号機なしの横断歩道がある。真新しそうな、駐車場が広いコンビニエンスストア、むちうち捻挫に保険適用と大書きしてある接骨院、学習塾、どれも見覚えがないのになぜ懐かしいのだろう。美容室が並びそのうち1軒は看板にプードルの絵がついたペット美容室で、中から小型犬か猫サイズと思しき茶色いペットキャリーを抱いたモヒカンの男性が笑みを浮かべて出てきたところだった。と、突然見覚えがある店が現れた。中華料理店、赤いのれんに屋号が白く染め抜いてあって営業中という木札もすりガラスも年季が入っている。店の前にアロエが上下左右に伸びているのも多分昔から、昔っていつよ、多分私が子供のころ、と思ってはたと気づいた。このお店を過ぎてゆるくカーブした道を行くとすぐ先に眼科がある。この道は私が子供のころ眼科へ行くときに通っていた道だ。

私は10歳から眼鏡をかけている。当時はクラスに眼鏡をかけている女子は私だけだった。男子はいた。子供のころは多分成長中ということもあって視力がしょっちゅう変わる。せっかく眼科で検眼して気球が見える機械をのぞいて間抜けロボットのようになる眼鏡で調整して眼鏡を作っても、半年とか1年でまた、目をすがめてものを見ているのを親に咎められてしまう。姿勢が悪いからとか暗いところで本を読むからとか言われ、見えてるこれでちゃんと見えてると言い張っても聞き入れられず眼科、眼鏡屋、そして毎回、新しくなったレンズを通して見る世界の鮮明さに驚いて、少し気分が悪くもなってもしかしてこれ度が合ってないんじゃないか私が検査のとき上下左右を言い間違ったんじゃないか不安になってでも1時間も経たないうちにしっくりしてよく見えるとさえ思わなくなる、その道のりを今歩いている。もっと近所にも眼科はあったが親がここを選んだのはなにか理由があったのか、この眼科に通っていたのはいつごろまでか、大学生になってコンタクトレンズを作ったのは違う眼科だった気がする。初めてコンタクトで登校した日、確か夏休み明けとかだったと思うがあまり親しくない同級生や先輩からいいじゃんコンタクトじゃんと褒められて、褒められているのだから嬉しがればよかったのに当時は、なんというか、じゃあ今までの、自分で選んで気に入ってかけていた眼鏡の顔はなんだったとも思ってちょっと憮然とした。疎遠な先輩にわあ垢抜けたねと褒められ思わず今までそんなに垢溜まってましたか私と言い返し座がシンとなった……だからまあ最後にこの中華料理店の前を通ってから20年くらいは経っていて、入ったことはないが当時からこれくらい古びて見えていたと思う。ということは、たとえば創業30年とか50年とかかもしれない。住宅地で、昔からある飲食店がどんどん減っているのを考えると老舗と言ってもいいだろう。仮に安かったってなんだって、おいしくなきゃそんなに続かない。中は見えないが、人が動いている気配があるなと思っていたら引き戸が開いて中から紺の前掛けをつけた男性が出てきた。手に銀色の岡持ちを持っている。彼は店の脇に停めてあったバイクに岡持ちをセットしてヘルメットをかぶって走り出した。

そのときはすでに昼を食べていたので店には入らなかったが、後日改めて行ってみた。今度はその店を目的地に設定してグーグルマップ、店に着いたのは11時半少し過ぎだった。厨房には男性と女性が1人ずつ、どちらもなにかを調理中で私に気づいていないように見えた。店内は5人掛けのカウンターが厨房に面してて、その背面に座敷席が3卓分ある。カウンターには上着を脱いだサラリーマン2人連れと、初老の男性1人客がそれぞれカウンターの端っこに座っていた。座卓には、私くらいの年齢に見える女性とその両親らしい家族連れが座って具の多い麺料理を食べている。いらっしゃい、と厨房の中から声がして、女性と目が合った。私はこんにちはと言いつつ軽く頭を下げ、この場合1人客はカウンターに座るべきだろう、初老の男性の隣に座った。カウンターに置いてあるメニューは1枚ものでラミネートしてある硬い紙の下に木の重しがついてスタンドになっている。裏と表に同じことが印刷してある。メニューが多い。麺料理はラーメン、ワンタン麺、ちゃんぽん味噌ラーメン味噌バターラーメン五目そば焼きそば揚げ焼きそば、ご飯ものはチャーハンを始め天津飯や中華丼麻婆丼、一品料理は白肉のてんぷら豚肉のてんぷらエビのてんぷら八宝菜酢豚ムースーローレバニラエビチリ餃子さつまいも飴炊き……およそ、こういう町の中華料理店にありそうなものは全部あって、さらにカレーカツカレー親子丼オムライスなどもある。ランチもある。中華ランチ酢豚ランチ八宝菜ランチ、いっそファミレス的な、隣のサラリーマンを見ると2人とも平皿に盛られたオムライスをスプーンで食べている。半ば以上食べられていて、昔ながらの薄焼き卵とケチャップライス、脇に真っ赤な福神漬けが添えてある。男性が2人そろってオムライスを中華料理屋で、名物なのかもしれない。私の隣の男性はジョッキのビールを置いて餃子を食べている。小さいスープの器もある。おそらくチャーハンのサービススープだろう。チャーハンはすでに食べ終えたのか今から出るのか、餃子を食べながら漫画雑誌を広げくつろいだ風だ。壁際にマガジンラックがあって、新聞や週刊誌もたくさん差してあったし絵本も何冊か見えた。座敷席に子供連れが来たりもするのだろう。なにを頼もうか、オムライスも気になるが座卓で食べられていた麺も気になる、五目そばかタンメンかなにか、野菜らしきものがたくさん載っていた、厨房の女性がジョッキに入った氷水を脇に置いてくれた。悩みながらまあここは無難にと中華丼を頼んだ。初めての中華料理店の無難がなにかはおそらく人によって日によって全然違うと思うが今日の私は中華丼だ。ラーメン店ではない中華料理店では最初はご飯が食べたいし、栄養バランスもまあよさそうだし、あとは中華丼が信じ難くおいしくない店というのはあまりないのではないか。白っぽいか黒っぽいか、餡は濃いのか薄いのか、具に練り物は入っているか海鮮か野菜が多いのか。「中華丼ね」頷いた女性が厨房に戻り、すぐとって返して隣の男性の前にチャーハンを置いた。半球形に盛り上がっている米は濃いめの醬油色で、卵の黄色とチャーシューのらしきこげ茶に混じって人参のオレンジ色が目立つ。やや量が少なめに思えたがメニューを見ると500円、妥当というべきだろう。中華丼は630円だ、オムライスも同額、男性は「ドモ」と言ってレンゲをとった。チャーハン脇にはやっぱり赤い福神漬け、カウンターには割り箸立てようじ立て、ラー油塩胡椒醬油、サントリーの灰皿も並んでいるから喫煙可らしいが、幸い今は誰も吸っていない。厨房では男性が調理している。小柄で頭に白いタオルを巻いて、出前姿を見たのとは違う人だった。シンクの脇に茶色い濁った液体が入ったジョッキが置いてある。ミルクコーヒーだろうか。大きな寸胴に片手鍋くらいあるおたまというか柄杓《ひしゃく》がつっこんである。スープと思しき湯気が立っている。寸胴型ではない鍋に木の蓋、中華鍋、小型の鍋、壁を這うように固定してあるホース様のものはガス関係か水道関係か、鍋釜類や機器含む厨房全体が長年中華を作ってきましたよという色をしている。窓際になぜか大きなラッきょうの瓶がある。厨房の中から手が伸びて、オムライスをあらかた食べ終えたサラリーマンたちにラーメン丼が差し出された。「はいちゃんぽんね」「と、ワンタン麺」ちゃんぽんは男性、ワンタン麺は女性の手がそれぞれカウンターに置いた。カウンター越しに受けとった手前の1人の腕がモリッと太めに筋肉質だった。ワンタン麺の方はこげ茶のスープの上に丸く膨らんだワンタンがいくつも見えかなりボリュームがある。男性らは割り箸を割り丼に屈みこんだ。ごちそうさま、と言って座卓の一家が会計をした。長い髪をクリップで脇に留めた娘らしい女性が長財布からお札を出した。「ごちそうさまでした」「ありがとうございました、またどうぞ」「あいた、た」「ゆっくりにせい」父親が、足が悪いかしびれたかした母親に手を貸しているらしい声が聞こえた。サラリーマンたちは喋らずひたすら麺を食べている。湯が沸く音に麺をすすったり汁を吸う息遣いが聞こえる。ジャジャっとなにかが炒められ始めた。私のだろうか。引き戸が開き、髪の長い若い女の子が入ってきた。手に巨大な皿を持っている。「こないだのお皿返しに来ました」「あらありがとー、わざわざ」女性が厨房から出てきて嬉しそうに両手で受けとった。「みんな元気?」「はいー、おかげさまで」化粧をしていない、眉毛の薄い女の子はそう言うと、長い、茶色い髪をさらっと揺らして店を出て行った。「またお願いねー」厨房に戻った女性に、今の様子が見えていなかったらしい男性が今のは誰、だかなに、だかいう感じのことを問い、女性が「ほら、出前のお皿、昨日の。あすこの」ああ、と男性は頷いて、炒める音で聞きとれなかったがおそらくわざわざ悪いねえというような事を言い、女性は「ねえー」と大きく頷いた。お皿はかなり大きな平皿で、おそらく、中華オードブル盛り合わせ的なものが載っていたのではないかと思った。麺類やチャーハンだと皿が大きいし平ら過ぎる。餃子と白肉てんぷらと唐揚げと春巻きとエビチリと、中華じゃないけどポテトサラダとかマカロニサラダとかパセリとかそういうものも盛り合わせた大皿、お誕生会とか内輪の打ち上げ、中華丼がきた。こげ茶色の餡にイカ、エビ、豚肉、キクラゲ、白菜、人参、玉ネギ、鮮やかな色の青菜は小松菜だろうか、「うまそ」と初老男性が私に聞こえるか聞こえないかくらいの音量でつぶやいたので軽く顔を向けてでも目は合わさないようにしてそうですねえ、というような顔をして見せた。上に藍色の作務衣のような合わせのシャツ、下は少し薄い色のデニムズボン、豊かな半白髪が耳の後ろで波打ち茶色から黄色のグラデーションになった色眼鏡をかけている。餡の下の米めがけてレンゲを入れるとぐっと中から白い湯気が出てきた。餡のとろみはあまり強くなく具が多い、噛もうとすると歯がジンと熱い、口から空気を入れつつ噛んでいくと舌に醤油の味が広がる。豚肉の脂の味、白菜の葉先の煮こまれた上でのシャキシャキした繊維質、中華スープの香り、ご飯は硬めだ。「ごちそうさまでした」サラリーマン達が立ち上がった。ちらっと見るとスープもほぼ飲み干されているようだった。ちゃんと、カウンターの上に食器を返している。2人とも福神漬けも全部食べている。ありがとねーと男性が受けとり、女性がレジの方へ行った。「別々?」「一緒で」サラリーマン風の男性がランチで2人以上連れ立っていたとき、ほぼ必ず、別々かと聞かれて一緒でと答えるような気がする。どちらかが明らかに上司や先輩だったらまあおごるかなと思うが、同年代に見えても彼らはどちらかが支払いをする。たまたまかもしれないが、1歳だけでも、何ヶ月かだけでも年かさだったらそちらがおごるのか、あるいは交互に支払う的なルールがあるのか、どちらかの方がよく食べてそれでもめたりはしないのか。彼らと入れ違いに3人連れの男性が入ってきて座敷に座った。シャツにズボン、多分50代くらい、あまりメニューを検討した風でもない間合いで中華ランチとカツカレーとオムライスが発注された。またオムライス、この店の今日のランチ客9人中3人がオムライス、やっぱり人気なのだ。次来たらオムライスを食べよう。具はなにか、やっぱりチキンかハムかチャーシューなのか。中華丼はおいしい。色よりも塩辛すぎない餡にはきくらげもぷりぷりふんだんに入っている。もともと早食いであまり噛まないのがいけないと思いながら、でも熱々を過ぎ口中に適温になった中華丼は噛まずにどんどん食べてしまう。多分胃に悪い、だから胃カメラを飲む羽目になる。あちゃあ、と小声が聞こえて、見ると隣の初老の男性で、「お腹いっぱいになっちゃった」とすごく小さい、でも私には聞こえる声で、見れば皿に餃子がふた切れとチャーハンが半分強くらい残っている。ジョッキは飲み干されて白い輪っかがいくつかガラスにへばりついている。なぜか目が合い微笑まれる。先端がタレ色に濡れている割り箸が餃子の上でぶらぶら揺らされている。「お腹、いっぱい」どこか甘えているようにも見える顎を引いた上目の顔つきで男性はもう1度そう言い私はまあ、とかはあ、というような音声を出しながら笑顔に見えなくもないだろう顔をしてから中華丼に戻った。細かく包丁が入ったイカ、小さいエビ、すっごいボリュームですもんねえここのお料理！　とか受け答えられるほどの量でもないし、餃子とチャーハンとビール、まあ人によったら満腹かもしれませんねという話だ。持ち帰りに包んでもらったらどうですかと、言ってもいいがなんで私がそんなことを言わなきゃならないのだとも思う。まだ暑いし、包んで持ち帰って傷んだりしてもあれだからお店が断るかもしれないし……私はそれから息つく間もなく中華丼を食べ終え水を飲んだ。横目で見る初老男性は傾《かし》いで座って頬杖をつきながらチャーハンをぼろぼろほぐしている。ガラリと戸が開いて、この前見た岡持ちの男性が入ってきた。前掛けもTシャツの感じも前見たのと多分同じ、よく日焼けしている。彼はいらっしゃいませーと言いながら厨房の中に入り2人の店員さんには特になにか挨拶するでもなくでも自然に手を洗い小鍋を火にかけスープを掬い入れ調理を始めた。もしかしたら今までどこかに出前をしてきて帰ったところなのだろうか。私は立ち上がってごちそうさまでしたと言った。カウンターの上に食べ終えた丼と水ジョッキを置いた。どーもーと言いながら女性が出てきてレジを打った。厨房からカレーのいい匂いがした。

外に出ると暑い、アスファルトが太陽に焼かれている。サンバイザーに長手袋姿の自転車女性が向こうから歩道をさあっと走ってきて、もう1人、同じような格好の自転車女性が私を後ろから追い越していって、2人が私の少し先ですれ違いざま「あらまあ!」「あらまあ！」と親しげに高く叫び、しかしペダルを漕ぐ足を止めることも緩めることもなく走り去って行った。歩き出してしばらくすると、後ろから走ってきた自転車に追い抜かれた。濃紺のシャツにデニムにやや長めの半白髪、さっき隣で料理を持て余していた初老男性だった。片手をハンドルにかけずだらんと下げていて、サドルが妙に低い。その速度は自転車としたら遅めだったが徒歩の私より早かった。信号待ちで一緒になってしまいそうだったので私は手前の路地を曲がった。細い住宅街の今まで通ったことのない路地、民家の庭に長期咲きの朝顔が濃い派手な紫色の花を咲かせていた。路上にはしぼんだ花がたくさん落ちていた。花びらを先の方から内側に巻きこむようにしぼんだ花は色が抜けていた。白い外観の眼科があった。新しそうで、看板のロゴには片目に視力検査の目隠し（黒いおたまのようなやつ）をあてながら舌出しでおどける子犬の絵がついている。庭の柑橘の手の届く枝にたくさんセミの抜け殻がくっついている。うちの子も今年もたくさん集めた。このあたりに子供はあまり住んでいないのかもしれない。しばらく路地をうろついてから通りに戻ると遠くにまだ紺色の背中がふらふら走っているのがぼんやり見えた。

東京駅であんみつ

久しぶりに泊りがけで東京へ行った。新幹線で4時間、本を読もうと思っていたが手に持ったまま大半寝た。徒歩移動も乗り換えもグーグルマップなしではおぼつかないくせに予定を入れすぎて分刻みスケジュールのようなことになり案の定、別になにが長引いたわけでもないのに約束に遅れそうになった。編集者の人との打ち合わせ、地下鉄を使うつもりだったがグーグルマップにそれじゃ遅刻すると言われタクシーに乗ることにした。タクシーならぎりぎり間に合うはず、が、なかなか空車が来ない。来るタクシー来るタクシー誰かが乗っていて、空車はなぜか反対車線にばかり通る。ようやく乗れた車の運転手の人は世慣れた感じの若そうな男性だった。しゅっとした感じの眼鏡をかけている。ええと、〇〇町の方に行って欲しいんですけど。「承知いたしました。よかったです、ちょうど私も、そろそろ〇〇町の方行って休もうかなー、なんて思っていたところなんですよ」彼は私をわたくし、と発音した。ミラー越しに微笑まれる。若いと思ったが私より年上かもしれない。電子音声でシートベルトをするよう促されたので締めた。たくさんタクシーは通るのにどれも人が乗ってて焦りました。「でしたらちょうど通りかかってよかったです。今、建設中の国立競技場へ、スーツの方を乗せてお送りした帰りなんですよ。中はもう、すっかりできているんですってね」私もさっき建設中の競技場を見た。すごく大きかった。通りすがりの印象ではほとんど限りなく果てなく大きそうだった。私は運転手さんにどうですかオリンピックと尋ねた。開催中はすごく渋滞したりしてお仕事大変になるんじゃないですか？「いやそうでもないでしょう。海外からの観光の方はそこまでタクシーお乗りになりませんし……あと私、前職の関係でアテネオリンピックのとき現地へ行ったんですけれども」え、なんのお仕事してらしたんですか。「いやあ、普通の。でも親会社が実業団を持っておりましてね。そこの選手が出ることになったものですから応援に駆り出されまして」わあすごいですね。ミラー越しに再び目が合い「まあでもぜんっぜん盛り上がってませんでしたよ、そのときのアテネ」突然彼の言葉遣いが崩れた感じがした。そうなんですか？「本当にやってるのかなあみたいな。こう、ポスターとかがいっぱいあるのかと思うじゃないですか。それがぜんっぜん」人もそこまで？「そうですね。まあホテルはいっぱいとのことで競技場からかなり離れた場所に泊まりましたけど、それもお客さんだか関係者だか」今走っている道は混んでいて、オリンピックなんてなくても東京平日の昼過ぎの車道は混んでいて、グーグルマップが表示していた車利用の場合の到着予定時刻はぐずぐずと後ろ倒しになって目的地は多分まだ遠い。私はすいません遅れます申し訳ありませんとメールを打ちながら、で、どうでした？　オリンピック。「いやそれがまあ、見なかったんですよね、試合」え?「手違いでチケットが足りなくて。それで選手のご家族優先で、我々はホテルで待機、しまして」それは残念でしたね。「いやまあね。ホテルが海の方にあったので普通にリゾートというか。役得、なんて。ホテルの人もふーんオリンピックやってんのよねえあっちでねえみたいな感じで。だから東京もそんなもんじゃないですか」でも、いろいろ、環境とかお金とか熱中症とか、問題が、いろいろ。「なーにやってんだかなあとは思いますけれどもねえ。誰かがズルしてるなあとも思いますし。まあ、でも、ここまできちゃあ、ねえ」

その後東京では講演を聞き、友人に会いさらに打ち合わせもして最終日、帰りの新幹線に乗るため東京駅に向かった。新幹線は昼過ぎ発の便で、駅弁を買うか駅で軽く食べるか。子供にお土産を買う必要もある。東京駅には本当になんでも売っている。どこでなにを食べなにを買えばいいのかいつも迷う。あれを食べよう買おうと決めていたらその店が見つからなくて焦るし、ノープランならそれはそれで混乱し選びに選んで買って帰ったものは広島でも売っていたりする。特に子供へのお土産は難しくて、珍しかろうが高価だろうが大人が食べておいしかろうが喜ばないときは喜ばない。日々更新される琴線、私はスマホで「東京駅　お土産　子供」と検索した。駅の地下街にキャラクターショップ街があると出た。いろいろなキャラクターものを扱うショップが並んだ一角があるらしい。ポケモンにプリキュア、トミカにEテレもあってサンリオ、そこに行けばなにかあるだろう。駅には平日の朝だというのに人がたくさんいた。迷いなく進む人もいるが、案内板とスマホとを見比べている人も大荷物を床に置いてしゃがみこみそうになっている人もいる。オリンピックの頃はどうなるのだろう。地下鉄の駅にオリンピック混雑防止のため出勤時間をずらそうという趣旨らしいポスターがたくさん貼ってあったのを思い出した。東京で会う人会う人、皆オリンピックに懐疑的というか端的に嫌そうだった。あるいは運転手さんのように苦笑嘲笑交じりの諦め顔、打ち合わせをした出版社の人は「仕事休んで東京じゃないところへ避難してたいですよね」と言っていた。来夏の宮島の花火大会は、オリンピックのため警備等の人員が集まらないという理由で開催中止が決まっている。東京にいたって地方にいたって。東京駅のキャラクターショップ街にはやはり家族連れが目立った。ポケモンショップから人があふれていた。私の知らないきらきらのアニメの店もある。誰かの買い物を待っているらしく通路の隅に数人分のキャリーバッグを周囲に置いて立ったり座ったりしている人もいる。大きな袋を下げている人もいる。私はいくつかの店を見た。とりどりに並んでいる店店は1軒ごとの間口が狭く、うろうろしているとなんだか他の、明確に目的があるお客さんの邪魔になっているような気がする。1軒の店に入るとクジ、買うとその場で何等かわかって景品と引き換えてもらえるコンビニや書店でよく見るクジをやっていてたった今、1人の女性客がとてもいいものを当てたようで店員さんがおめでとうございますと祝福していた。女性客がラッキーラッキー嘘みたいと喜んでいて彼女の連れの男性も隣で嬉しそうにしていて、それがレジ前ではなくて店の中央あたりだったので棚が全然見えず、彼らの前後に無理に入りこんででして見るのもなと店を出かけたところで大きなバチン！　という音が聞こえた。くじに当たった人や店員さんとともにハッと見ると、海外から来た旅行者らしい10歳くらいの女の子の前で大きなキャリーバッグが横倒しになっていて、多分寄りかかろうとしたのだろう、丈夫な素材のキャリーバッグの表面と床がぶつかってそんな音が出たのだった。彼女は少し恥ずかしそうにその大きくて分厚いキャリーバッグを起こそうとした。大丈夫かなと思ったが彼女の兄か従兄らしい男の子が駆け寄って笑いながら手を貸した。女の子も笑った。ポケモンのガチャガチャを前に少女たちがきゃっきゃとはしゃいでいる。野太い声で子供を呼んでいるお父さんがいる。しゅっと投げるとふわっと回って手元に帰ってくるおもちゃの実演をしているお姉さんがいる。混雑する人々に当たらないように、でも人目にもつくように間合いを計ってしゅんとおもちゃを飛ばしつつ英語で説明をしている。あんなに多いと思った人の数が、さほどの距離でもないのに歩くうちさらにどんどん増えていく。あんみつという文字が見えた。黄色っぽいオレンジっぽい色味の明かり、キャラクターショップ街の中に甘味処がある。思わず入った。店は半分くらいの入りで、老若男女のなにかを買おうとする熱気に満ちた喧騒と比べると明らかに静かで落ち着いていた。お好きな席にと言われ2人掛け用の小さい真四角の卓に座る。隣には私と同年代の女性客が座って薄墨色にとろけたクリームを小さいスプーンですくっている。器の感じからして多分ソフトクリームかアイスののったあんみつの終盤だろう。店員さんが温かいお茶を持ってきた。私は普通のあんみつを頼む。あんみつ久しぶりだな、広島でも食べようと思えば食べられるのだろうがなかなか機会がない。メニューを見ているとあんみつの下に白玉あんみつとあった。白玉も好きなのにそれこそ食べる機会がない、白玉あんみつにすればよかった、今から白玉あんみつに変えてくださいと言ったらまだ間に合う気はするけどでも、もう厨房に注文届いてるだろうし、白玉あんみつとあんみつは110円ほどの差でメニュー写真から推測すると白玉は4粒、こういう葛藤をしたあとで食べていまいち白玉だったらこれ1粒27・5円かとか思ってしまうかもしれない。抹茶あんみつやあんずあんみつ、クリームあんみつ、磯辺焼きとかお雑煮など塩味のお餅メニューもある。このあたりを頼めば昼食っぽいがでも今はあんみつが食べたい。お昼時にあんみつだけで済ませたら変な時間にお腹が空くかもしれないがそれでもやっぱりあんみつが食べたい、甘いものはちゃんと野菜とご飯食べてからとかもう誰にも言われないような大人になったんだからせっかく私は。隣の女性が立ち上がって会計した。2人連れや3、4人連れの人もいるが店内は割と静かだ。おしゃべりの声も、潜めているわけではないだろうがあまり大きくない。私の座った位置からはさっきのキャラクターショップ街に面した窓越しに人が行き交っているのが見える。窓の手前には相席用だろう大きな机があって、その隅っこに、男女2人連れが並んでこちら向きに座っている。女性の方は多分日本人なのだが男性の方はおそらく外国の人で、2人ともどこかしょんぼりした様子で話をしている。私が来る前から座っていたがお茶とおしぼりだけを前にしている。ここは結構時間がかかるのかなと思ったら私のあんみつがきた。小ぶりな白い器に入っていて、白い求肥がふた切れ、缶詰みかん、四角いこしあん、寒天と豆がその下から見えている。どうしてあんこが四角いのか、もしかして水羊羹的に寄せてあるのかと思ってスプーンで触れるとそうではなくて水気の多いなめらかなこしあんだった。バットかなにかに冷やしてあるのをへらで切り出しているのだろうか、結構な技術ではなかろうか。あんこをちょっとすくって寒天と食べると甘い。ほんのり冷たいが冷え冷えでもなく、それが口に喉に胃にありがたい。寒天はほろっとしつつぷりっともしている。ああこれこれと思う。家でも粉寒天で牛乳かんとかキウイかんとかを作るが、お店のあんみつの寒天はやっぱり違う。口中に崩れる度合いが優しいのにかすかな弾力というか粘りのようなものがある。器の底の方に黒みつが溜まっている。子供の頃はなに味かわからなくて苦手だった、多分ミネラルの味というか鼻にこもるようないつまでもたなびくような味、豆は軽い塩味でしっとりほくほくしている。果物が缶詰みかんだけなのもいい。さくらんぼとかバナナとかりんごとかがとりどりに入っているあんみつもあるしそれはそれでいいものだが、あんこと黒みつの味に合う果物は缶詰みかんが一番だと思う。そして求肥、白い、薄く粉がまぶしてある長方形の求肥は柔らかいのにコシもあって薄甘い。噛むうちにお米のいい香りがしてきてふた切れじゃ足りない、追加したいくらいだがトッピングメニューに求肥はない。スプーンに求肥と豆とあんこをのせて口に入れて噛んでいるとつくづく幸せな気持ちになる。いつまで噛んでいてもいい。緑色のお茶を飲む。求肥の味を思うと白玉も尋常でなくおいしかった可能性が高い。次も来ることがあれば白玉を入れよう。スプーンが小さいので満たされている心に反して手と口の動きが我ながらせわしない。いらっしゃいませと聞こえ、幼い子供を連れた母親が入ってきた。ベリーショート、大きなピアス、黒地にオレンジ色の蝶模様がプリントされた艶やかなストールを垂らしている。途端に、しょんぼりしていた窓際の男女がパッと顔を明るくし、ポクシ！と声をあげた。「つかれたー」と言う幼児を男性の正面の席に座らせてから、若い母親がこれここ置いていいですかとベビーカーを店の入り口の脇に置いた。「混んでた?」「元気?」男女が口々に幼児に尋ねた。「げんきー」幼児が答えた。「あついよー」「暑いね、今日も暑い。人も多い」男性が深くうなずいた。「注文はもうしたの?」母親が尋ねた。「ああ、まだ。2人が来てからと思って……でももう決めてる」「どれ?」「これ」女性は広げたメニューを指差して答えた。「おいしそー。アンリさんは?」アンリさん、と呼ばれた男性は「これかな」と指差した。「あれー今日は、甘くないのがいいの?」さも珍しそうに母親が言った。アンリさんは甘党で知られているのかもしれない。アンリさんは軽く微笑むと「今の気分。ポクシはどうするの?」「ぼくはねー」幼児がメニューに覆いかぶさった。文脈から「ポクシ」が幼児の名前なのだが、あだ名か聞き違いかそれとも外国の名前なのだろうか。昔、パクシというクレイアニメがあった。「アイスあるんでしょー?」「アイスはね、このへん。あんことかフルーツの上にアイスのってて、こっちはアイスだけ」「えー。

じゃあこれ！」幼児がどれかを指差し、アンリさんは大きくうなずき「いいチョイスだ」と言った。「決断が早い」とその隣の女性も言った。いらっしゃいませと聞こえて、高校生か大学生くらいに見える男の子と母親らしい女性が入ってきた。2人は小さい卓に向かい合って座った。男の子が大きなリュックとボストンバッグを持っていて、どこかその顔は緊張しても見えて、季節外れだが就職とか進学とかの上京かもしれない。ショートカットの母親は奥側の椅子に座るとふうと息を吐《は》いてからメニューを広げ息子に渡しあんたどれする、と言った。「かあさんは」「あたしはあんずのあんみつ」「あんずか……」幼児の一行が注文をしている。アンリさんの発注は磯辺焼き、女性はクリームあんみつ、ポクシくんが頼んだのは抹茶アイスがのったあんみつだった。「私はお姉ちゃんの少しもらってもいい？　どうせポクシが残すし」母親が、アンリさんの隣にいた女性に言った。「もちろん」ということは、女性2人は姉妹で、アンリさんはポクシくんの伯父さん、おそらく地方に住んでいる妹が息子を連れて東京に住む姉を訪ねにきたのだろう。最初2人の顔がさえなかったのは無事到着するか心配していたのかもしれない。「のこさないから」ポクシくんが言った。「ポクシも磯辺焼きを食べる？　少し」「んー、たぶん」「よく嚙んで食べよう」高校生の彼が店員さんを呼んでクリームあんみつとあんずあんみつを頼んだ。「ポクシあんこ好きだよねえ」「うんすき」「抹茶もね」「おいしいよね！　宇治金時とか、私も大好き」さっきまでの悄然とした顔が嘘のように皆明るい様子をしている。私までよかったよかったと思う。「ぼくうじきんときたべた。なつやすみにしょうぼうしょのとこで」「消防署?」「近所に消防署あって、その近くにお店あって、夏はかき氷売ってて……東京の、行列するようなふわふわのやつじゃないよ。普通の、イチゴとかブルーハワイとかの」「うんうん」「150円くらい高い、宇治金時だけ」「なんで、うじなの? うじってなに」きんときはわかるのだろうかと思ってすぐ、私も金時豆でもない茹で小豆のせをどうして金時と呼ぶのか知らないなと思った。茹でる前の小豆が赤いからだろうか。いや、赤かったら金時っていうのはなんの知識か。さかたのきんとき、という名前が脳裏をよぎった。金太郎の本名だった気がするが、金太郎の赤い腹掛けの色と関係があるか。「宇治はね、京都の地名で抹茶の産地」「うじ、うじ、うじにいきたい」「いいね! 今度は京都に行こう!」アンリさんが嬉しそうに言い、すぐに隣の女性から「ポクシはあなたと違って暇じゃないよ」とたしなめられた。「幼稚園だってあるし」「えー、やすめばいいよ。このまえショウコちゃんディズニーランドいくってやすんだし」「ディズニーより、京都の方がもしかしたら今は人多い」「オリンピック終わったら行こう」「そうしたらポクシ小学生よ」「しょうがくせい!」アンリさんとポクシくんがハモるように同時に小さく叫んだ。オリンピックが(仮に本当に無事に開催されたとしてそして)終わってポクシくんはもう小学生になっている未来、少し先の、時間的にはそこまで先でもなくて多分確実に来るはずだけどでも、まさか本当にそんな日が来るなんてと思うような、その頃自分がどんな顔でどんな生活をしているかわかりきっているようで実は何も分からない。小学生の自分が宇治の街を歩いているのを想像したのかポクシくんが笑い始めた。アンリさんも笑った。姉妹も笑った。私は器に残った黒みつにこしあんが溶けているのをスプーンで舐めた。舌先にあんこの粒子がさらさら当たって、寒天からにじみ出たのか海のような香りもして、薄い塩気、もちろんとても甘い。「クーイズ、クイズ。ぼくのランドセルなにいろか？　わかるひと？　ママはこたえちゃだめ」「はいはい」「ってことは、黒じゃないのかな」「紺色？」「ちがう、ちがう！」クイズの結果が知りたかったが、そろそろ子供のお土産を探しに行ったほうがよさそうだった。器にはスプーンで掬いきれなかった黒みつが少しだけ残っている。底に花の模様が見えた。店を出ると行き交う人の数はまた増えていた。

タピオカ屋のタピオカ

休日に市内を歩いていたらたくさんの人が並んでいるのを見かけた。なんだろうと思ったらタピオカ屋の行列だった。折りたたまれたような四角形を成していて、最後尾には警備員がプラカードを持って立っている。広島にもブームが、そうかそうかと思った。それまでもタピオカ屋はあって若者が並んでいたようだが、場所が1本奥まっていて、通りすがりの田舎者がおお、ブームと思うほどではなかった。それが、少し前に広島の目抜き通りや地下街、大きなデパートなどに複数のタピオカ屋がほぼ同時にオープンしたため、なんというかいよいよ広島にも上陸しましたねという空気になった。並んでいるのは若い人ばかりでは全くなく、中年、高齢に見える人も多かった。店の前で自撮り、物撮り、「ちょ、今の。ストーリー消せって!」「えーええじゃーん」若いカップルが巨大な透明カップとスマホを手にじゃれている。男の子のは薄茶色、女の子のは白から抹茶色のグラデーションの液体が入り、底に黒い丸い粒が沈んでいる。タピオカだタピオカだ。カップが大きい。ストローは明るいオレンジ色をしている。女の子は艶のない濃い赤いリップ、男の子は頬にニキビが見える。高校生だろうか。「消せってー」「ストーリーじゃけ、ええじゃー」「今消せーやー」「えー、じゃーあー、今の消したらまた撮ってええ?」「はー。ええけど?」ええのか。そうかそうかそうかと思いながらその日は帰った。9月初めのことだった。

その翌週も市内で仕事があり、平日昼前に件《くだん》のタピオカ屋の前を通った。この前の行列が嘘のように5人くらいしか並んでいない。お、と思った。これなら全然並べる。とはいえ昼食を食べたばかりで、あまりお腹が空いていない。この前見た巨大なカップ、いまあの量の冷たい甘い液体を飲んだら用事中に体調が悪くなりそうだ。帰りにもここを通る。そのとき飲んでみようかなと思って通り過ぎ、用事を済ませて戻ってみると大行列になっていた。ざっと数えて30人、さっきいなかった警備員も出現し真顔でプラカードを掲げている。ほほうと思った。人がいなかったのはたまたまだったのか。その日は諦め田舎の自宅へ帰宅した。なんだかすごく悔しかった。タピオカが飲みたいのかと言われるとよくわからない。味の想像もつく。最初に行列を見た時点では別に飲みたいとすら思っていなかったのに、行列↓空いてる↓スルー↓行列という流れが悔しい。次こそは、と思った。そしてそれから約1ヶ月後10月末日、平日、市内で用事ができた。またあのタピオカ屋の前を通る。

その日の用事は2件あった。午前中から打ち合わせしつつ昼食、移動して夕方から別の会議、時間と動線からすると用事と用事の間にタピオカを組みこめる。ちょっとくらいの行列も多分大丈夫だ。1件目の打ち合わせが済み、コーヒーを飲みつつ話していたカフェでランチを食べた。パンとサラダ、キッシュ類、結構ボリュームがあった。食べ終え、挨拶をして店を出る。満腹だが時間はまだ余裕がある。腹ごなしに少し歩いてからタピオカに並ぼう。私は平和記念公園へ行った。川があり木々が紅葉している。もちろんさまざまな慰霊碑もある。秋晴れの平日、道路には修学旅行のバスが並んで駐車され、小学生、中学生、高校生、制服姿や私服の子供たちがたくさん歩いていた。昔ながらの首元スカーフに小さい帽子姿のバスガイド、小旗の後ろをぞろぞろ歩いている高校生は制服姿で、紺色ブレザーに紺×濃緑色チェックのスカートかズボン、その日の広島は好天で気温も高く、暗い色の冬服は暑そうだった。スタンプラリーでもしているのか、5人くらいの班になって修学旅行のしおりらしき小冊子を持ってうろうろしている小学生がいた。私服で、男女ともにパーカー姿が多い。関西弁だ。全員ナップザックを背負っている。家庭科で作ったやつだろう。男子の大半がEDWINのロゴの入ったキルティング生地のだった。私も小5か小6の家庭科でナップザックを作った。いくつかの生地から選ぶのだが、私のときも男子は同じ1つの布に人気集中していた。女子のナップザックはいろいろだった。キャラクターもの、動物、お菓子柄、ロゴ、公園には外国人の観光客も目立つ。高校生の冬服と対照的に、緩めのタンクトップに短パンサンダルサングラスだったりする。ベンチで座って休んでいる家族、手をつないで歩く2人、碑やその説明文の写真を撮っている人、肌の白い人黒い人褐色の人黄色い人、様々な年齢の人がいる。ついと、1人のナップザックを背負った小学生が、ピンク色の肌に明るい茶色い髪の毛の両親と金色の髪の5歳くらいの子供という3人家族に近寄ってハローと言った。聞こえなかったのか家族は行き過ぎた。女の子は立ちすくんで班の他のメンバーを見た。別の小学生が走って家族の前に回りこんでハロー！　と叫んだ。家族は止まった。小学生はさらになにか言った。家族はなにか答えている。班の他の子たちが近寄って、家族をとり囲みしおりになにか書きこみ始めた。どうもインタビューをしているらしい。私の前を同じ学校の生徒とおぼしい、別の班の集団が通った。手に持ったしおりに『インタビューミッション』という文字が見えた。「どうやったら話しかけれるんー」インタビューを終えた班に、まだらしい班員が質問した。「えー、めっちゃ元気にな、ヘローって言ったらええやん」「さっき無視されたしー」「ちゃんと顔見て言わんと気づかれんで」「でもー」「言わな終わらんでー」言わな終わらん、ということはこれは課題、修学旅行生に、外国人観光客に話しかけてインタビューさせるという課題を全員（というか全班）やらないとだめなのか。見ると、同じようなインタビューを試みている修学旅行生はたくさんいて、服装や持ち物から2、3校が同時に行っているように見える。「原爆の子の像のとこ外国の人多いんちゃう」「いってみよ」私はベンチに座った。しばらく眺めていた結果、彼らはそういう指導なのか自己判断なのかアジア系の人や肌の色の濃い人には話しかけない。さらに気難しそうな顔をした老人とか、腕からタトゥーが見えている黒レザーベストのパンクロック風おじさんにも話しかけない。欧米系に見える、気さくそうな優しそうな家族連れとかカップルにばかり話しかける。しかし、いくら多いと言ってもそこにいるそういう外国人観光客の数には限りがある。結果、児童たちは繰り返し同じ人を捕まえてインタビューをしている。あそこを歩いている、優しそうな顔にカジュアルなファッションの赤と栗色の髪の2人組なんてもう2歩3歩歩くごとに違う班の小学生に捕まって顔を見合わせて苦笑している。いやこれはよくない。観光客の人はわざわざお金と時間を使ってここに来ているのだ。自分たちが見たいものを見て知りたいことを知るために、その時間を日本の修学旅行生が奪う権利なんてない。無報酬だろうし、と思ったら1人がセンキューと言ってなにか小さいものを渡した、模様の入った紺色のもので、おそらく折り紙で作ったなにかだと思われた。中に金一封入っているとも思えない。笑顔で受けとっている観光客の人、そりゃまあ、現地の子供と会話できて嬉しい人もいるかもしれないが、でもそれが次々次々現れて、あの人いけるぜってなったら違う学校の子も寄ってきてキリがない。耳を澄ますと子供たちは一番好きなスポーツはなんですかとか聞いている。聞かれた方も聞き返している。え？　スポーツ？　私の一番好きなスポーツ？　広島もなにも関係ない。好きな日本食はなんですか。好きな歌はなんですか。日本に来るのは何度目ですか。「平和公園インタビューの結果、アメリカの人は野球よりフットボールが好きだそうです、一方イギリスから来た人は……」とか発表させたいのか。その時間、子供たち自身も平和公園の碑を見たり資料館をじっくり回ったほうが広島に来た意味があるのではないのか。私は腹が立ってきて、彼らを引率している先生がいたらどういうつもりでこんなことを子供らに課しているのか尋ねてみたいと思って目で探したが、子供の近くにいる大人はカメラマンらしき人ばかりで、これが彼らの先生だと断定できる姿が見えない。隠れてるのか。それとも先生同士集まって次の打ち合わせをしているのか。生徒が頼れないように遠くから見ているのか。ハロー！　メイアイアスクユーサムクエスチョンズ？　マイネイムイズナントカ、ワッチュアネイム？

そろそろ時間的に移動した方がいい。私はしょんぼり立ち上がった。タピオカ屋まで歩きながらいろんな思いが去来した。悔しさ、悲しさ、申し訳なさ、私の子供も小学生になって修学旅行に行ったらあんなことをさせられるのだろうか。タピオカ屋には誰もいなかった。やはり平日の昼ごろなら空いているのだ。店の前には若い女性がメニューを持って立っている。呼びこみをするとかでもなく微笑みを浮かべてただ立っている。黒いポロシャツの制服、私が近づくと「こんにちは」と言ってメニューを差し出してくれた。メニューにはいろいろな文字が印刷してある。こんにちは。メニューいっぱいありますね。「そうですね。ゆっくりお選びください」タピオカミルクティー（紅茶、ジャスミン茶、ウーロン茶、ほうじ茶）それぞれMサイズ480円、Lサイズ540円。タピオカなしのお茶はM280円L340円、ということはタピオカ1杯分200円か。あとは黒糖タピオカミルク（M530円L590円）とか宇治抹茶黒糖タピオカミルク（M560円L620円）、トッピングとしてナタデココ（60円）とかオレオ（60円）とか仙草ゼリー（60円）とかがある。店員さんにお勧めはどれですかと尋ねると「えーと、これですね」と黒糖タピオカミルクを指差し、「お客さんは抹茶味は好きですか？　もし好きだったらこちらもおいしいです」と宇治抹茶黒糖タピオカミルクを指した。ミルクティーじゃないんですねと言うと「ミルクティーももちろんおいしいですよ」店内の、路面から少し奥まったところに注文カウンターがある。入っていって、カウンターの中の男性店員さんに紅茶タピオカミルクティーMサイズを頼んだ。「甘さどうしますか」甘さ？　見ればメニューには甘さ0％、30％、50％、70％、100％と書いてある。その下に氷なし、少なめ、普通、多めという選択肢もある。甘さ100％が普通の甘さでそこから減らせるという意味なのか。それとも標準は50％で、それより多いか少ないかなのか。ええと、甘さ、お勧めはどのあたりですか？「お勧めは70％ですね」じゃあそれで。氷は少なめでお願いします。「甘さ70の氷少なめですね。すぐ飲みますか？」はい。すぐ飲みます。「では少々お待ちください」注文カウンターの脇に、路面からは見えなかったが壁がボコっと凹んだようになってゴミ箱が置いてある。壁際には細いカウンターもある。ここで待って、そのまま立って飲んでもいいようだ。注文カウンターの向こうはそのまま厨房になっている。注文を受けた店員さんではない女性店員さんが奥から出てきて、男性店員さんが私の注文を伝えた。日本語ではなかった。というか、外でメニューを見せてくれた人もレジの人も皆おそらくアジア系の外国の人だった。タピオカだから台湾だろうか、観光客だけじゃなくて、日本はすでにたくさんの外国から来た人が暮らして働く国になっているのだ。その彼らをちゃんと歓迎しも受け入れも下手したら感謝しもしていない報道が絶えない状況で、いろいろな差別が消えないどころかどんどん目立っているこの国で、子供たちに見た目が欧米っぽい観光客だけ選んで英語でインタビューさせる意味ってなんだ。だいたいその人の話す言葉なんて見た目じゃわからないのだ。変なルッキズムみたいなのを培養するだけじゃないか。意外と提供時間が長い。大行列だったときは大変だっただろう。今は厨房に1人だけど、ここにマックス、例えば10人くらいスタッフが入ったとして、甘さが何％だ氷がどうだトッピングだなんだというオーダー通りに調理することを想像しただけでドキドキする。私の分の飲み物を作ってくれていた女性がカウンターにカップを置いた。白い蓋がついている。男性が「お待たせしました」と言って、太いオレンジ色のストローを挿してこちらに差し出した。Mサイズだが相当大きい。ずっしり重い。どうもと言って横のカウンターにもたれて一口飲むとぬるい。氷少なめってぬるいのか、容器を横から見ると上に四角い氷が浮かんでいる。ストローで上下に攪拌してから吸うと少し冷えた。甘さは、これが70だと言われたらそうかと思う、ペットボトルのミルクティーよりやや甘さ控えめくらいだろうか。これより甘くなかったら物足りないんじゃないだろうかという、まさにお勧め濃度だった。そしてタピオカ、口に入ると見た目よりかなり大きい。噛みでがある。全部で何粒くらい入っているのか相当数沈んでいる。むぎゅむぎゅ、若干こきこきした歯ごたえがある。噛んでいるとタピオカは想像より甘い。もっと薄甘いような、甘いといえば甘いけどくらいの甘さかと思っていたが、食べた印象としては広島県庄原の和泉光和堂の乳団子くらい、甘ったるいわけではないけれど十分甘い。50代に見える男女がやってきた。手をつないでいる。「ええとねえ、宇治抹茶黒糖タピオカミルクのL!」ショートカットの女性が注文した。「わしはね、普通の紅茶のタピオカ、Lね」「紅茶はミルクティーでよろしかったですか?」「うん?　そうミルクティー」「ミルクティーは甘さはどうしますか」「甘さ?　ええとねえ、じゃあ50%で」「氷の量はどうされますか」「普通かね」「普通じゃろうね」「はい普通で。すぐ飲みますか?」「うんすぐ飲みます」「お会計ご一緒ですか」「うん一緒ね」「1160円になります」私はストローを吸いながらスマホで「修学旅行　外国人観光客」と検索しようとした、すると「修学旅行　が」ですでに「修学旅行　外国人インタビュー」という変換候補が出た。「修学旅行で外国人にインタビューしよう」的なページがずらっと並ぶ。学校側が、うちの修学旅行ではこういうのをやりますよとアピールしているようだ。試しに1つ開くと「ねらい…修学旅行で外国人旅行者に自己紹介や質問する活動を通して使える英語を経験し英語でコミュニケーションすることの楽しさや達成感を味わう」云々と書いてある。だったら、例えばその学校の地元に観光で来る外国の人から希望者を募って、子供たちが無料で地元を英語でガイドするとか、そっちの方がよくないだろうか。それなら街の歴史とかおいしいお店とか、子供たちが外国の人に伝えられる情報だってあるだろうし。検索画面を下に行くと、インタビューされたよ、と外国の人側がYouTubeにあげているらしい動画もあった。ああいうのは迷惑だし非常識だ、やめた方がいいという意見もあった。そりゃそうだ。やっぱりもし私の子供の小学校でもこれやろうとしてたら苦情の手紙を出そう。英語力やコミュ力醸成よりも、損なってしまうものの方がきっと大きい。なんでタピオカ屋でこんな悲壮な気分にならなきゃなんないのか。いつの間にかさっきちょうどいい甘さと感じていたミルクティーが全く甘くなくなっていた。噛みしめるタピオカの甘さのせいか。甘さ0と言われてもそうかなと思いそうだ。そして、液体と比べて、タピオカの減りが悪い。どう考えてもミルクティーが先になくなる。どうしたらちょうどよく吸い終われるのか。容器を回してタピオカを浮かせてみたりストローを上下させてみたりしたがあまり意味がない。というか、タピオカが沈んでいる底にストローを挿すのが一番効率的であって、それで液体との比率が違うんだからあがいたほうが事態は悪化する。どうしたものか。待っていた男女連れにタピオカが来た。Lサイズだから大きい。2人は楽しそうに来た来たと言いながらカップを受けとり、代わり番こにそれぞれの写真（カップを顔の横に掲げてにっこり顔）を撮ると店を出て行った。歩きながら飲むのだ。どうやって吸いきれるのか。女子高の制服を着た女の子3人がやってきた。「無駄遣いかなあ」「いいじゃん、いいじゃん」3人でLサイズの宇治抹茶黒糖タピオカミルクを1つ頼み（人気だ）「持ち帰りでお願いします」「620円です」「あ、すいません大きいのしかないんですけどいいですか」「はい5000円札ですね」とうとうミルクティーがなくなった。タピオカはまだ残っている。仕方なく、ぴったりはまった白い蓋を外し、カップにストローをじかに挿し、1粒ずつタピオカを狙って吸った。ミルクティーなしのタピオカはさらに甘い。私は満腹になっていた。ようよう全てのタピオカを吸い、容器をゴミ箱に捨て、店を出た。メニューを持って立っている女性にごちそうさまでしたと言った。帰宅して子供に今日お母さんはタピオカというものを飲んだよと言った。タピオカっていうのはね、丸くて黒くてね、「ええー！　いいなー！　タピオカー！」え、タピオカ知っとるん？「しっとるよ！　なんとかくんもなんとかちゃんもタピオカのんどるよ！　いいないいないいなおかあさんだけ！」じゃあ今度、タピオカ売ってる店に行ったら飲んでみようね、なんかむぎゅってしてるから、飲むっていうかよく噛んでね。「うん！　やったー」あと修学旅行でさあ、と言いかけて、いやでもまあ、本人はまだ保育園だしなと思って言うのをやめた。そもそもこの辺の小学校が修学旅行でどこへ行くのかも知らないし、この子の世代で修学旅行が普通にあるのかだってわからない。「タピオカ、おいしかったん？」うん、おいしかったよ、甘かった。

ブライアントパークでピタサンド

11月末にアメリカへ行った。小説が英訳されアメリカで出版されたのを記念して国際交流基金という団体が招いてくださったのだ。成田から約12時間半でボストン、2泊してニューヨークへ移動後4泊して14時間半で羽田という旅程で、ボストン大学で1回、ニューヨーク大学で1回、ニューヨークの書店で2回トークイベントをする。普段ほとんど他人と話さない生活をしているのに外国で人前で話すなんて不思議だと思う。アメリカは2度目で、前回とても楽しかったから今回も楽しみだし、やっぱり緊張もする。英語がほぼ話せない不安、現地では国際交流基金の野崎氏が随行してくれるという話だから安心、そこまでしてもらってイベントがあちゃらかな出来だったら申し訳ない、1週間子供と離れるのは寂しい、1週間ご飯作らなくていいのはうれしい、出版されたのはデビュー作である「工場」の英訳『THE FACTORY』で、書いたのは10年近く前になる。仕事を終えた夜と休日にこつこつ書いた小説が私を世界に連れて行ってくれる、当時の私は聞いても信じなかっただろうし今もちょっと信じられない。雲が見たいので窓際の席を頼んだ。

イベントではお客さんを前に話をする。翻訳者のBoyd氏や編集者のKogane氏が対談相手になってくださる。野崎氏はじめ基金の方も後ろで微笑みつつ聞いてくださっている。予定は無事進み、私が認識する限り大失敗や大失笑のようなものも多分なかったように思う。本を出してくれた出版社であるNew Directionsも訪ねた。事務所のベランダに大きな鉢植えが並んでいて「私たちの菜園です。これは桃でこっちはブドウ」葉を落とした枝が景色を区切るように伸びて光って影になっている。室内にはコケを育てているというガラス容器があり、中には灰色や黄緑、深緑のコケがふかふか生えて内側がかすかに蒸気で曇っている。空き時間にはボストン美術館とメトロポリタン美術館（本館と分館）に案内してもらった。平日だったためか館内は空いていて、小学生くらいから高校生くらい、あるいは大人のグループが講師に引率されてやってくる。「この絵は有名な人を描いたものですね。誰かわかる人？」講師の声に子供たちが手を挙げ「ジョージ・ワシントン！」よくわかりますねえと言うと野崎氏が「あれは有名な、ワシントンが凍った川を渡っているシーンを描いているんですよ」と教えてくださる。「では、この絵からジョージ・ワシントンのなにがわかるでしょう？」「勇敢さ！」「そうね、その通りですね」「お金持ち！」「まあそうかもしれませんね！　この服は高級そうだものね」講師は多分そんなような意味のことを言って小さく手を叩いた。もっと大きな、10代に見える子たちは少しけだるげにメモを取りながら絵を見ては、時折顔を寄せてつつき合い笑ったりしている。全体的に日本の美術館よりも穏やかな空気だ。うるさくはないが携帯電話が鳴ったりすると普通にみんな出て話す。「ここは公園じゃないんだから静かにね！」と幼い子供たちに告げる先生の声もそれなりの音量だ。いいなあと思う。日本では小さい子供を連れて美術館に行くと本当にびくびくする。ほとんどの作品は写真撮影可で、女性たちが絵の脇に立って写真を撮ってはスマホの液晶を見せっこしている。

昼食と夕食は基金や出版社の皆さんと一緒に食べた。今回最後のイベントは帰国前日の土曜日14時からニューヨークの紀伊國屋書店で予定されていた。「13時半にお店に着けば十分ですから、午前中どこかへアテンドしましょうか」と野崎氏は申し出てくださったのだが、1回くらい1人でお昼を食べようと思って現地集合にしてもらった。ホテルから紀伊國屋はグーグルマップによれば頑張れば徒歩圏内だし、地下鉄のカードも1週間有効のやつを買っている。グーグルマップと相談し、朝ごはん、セントラルパーク、セントラルパーク動物園、グランドセントラル駅という有名な駅、その駅構内にあるマーケットでお昼を買い紀伊國屋のすぐそばのブライアントパークという公園で食べてからイベント、という計画を立てた。全ての移動を徒歩ですることも可能だし地下鉄に乗ってもいい。時間には相当余裕を見たつもりでアラームをセットして寝た。

朝ご飯はセントラルパークのすぐそばのホテルの地下にあるフードコートへ行った。朝から営業していて宿泊者以外も利用できるのだと前日教えてもらった。立派なホテルで、近づくとドアに「この出入り口は宿泊者のみ利用可」みたいなことが英語で書いてある。ドアはつぎつぎ現れるもの同じことが書かれた札が立っている。本当にここに誰でも入っていいフードコートなんてあるのか、建物の角を曲がるとようやく札のない回転ドアがありエスカレーターを降りるとフードコートがあった。サンドイッチにスープシーフードパンお菓子、いろいろな店があるが開店前の店もあって、既にオープンしている店はどこも結構混んで見えた。店のカウンターで食べている人、歩きながら品定めしている人、自由に使えるテーブルに持ち寄るようにしている家族連れ、なににしようかうろうろして1軒のカウンターに座る。そこはオープンサンドの店で、カウンターには皿とナイフとフォークと布のナプキンがセットされている。ブレックファストメニューとしてアボカドサンドやサーモン半熟卵サンドなどと書いてある。私の隣には10代に見える女の子が2人並んで座っていて、大きな透明カップに入ったジュース（オレンジ色と赤）と薄茶色の紙にくるまれたサンドイッチ、それとは別の、ナイフとフォークが添えられたパンの皿を前におしゃべりしている。パンの上にはスモークサーモンが載っている。茶色のボアコートを着てメガネをかけた女の子がぱくりと口に入れる様子が魅力的だったので私もそれを頼む。頼むったってサーモンサンドプリーズと言いながらメニューを指さすだけ、そして、そう言って指さしたのに「アボカドサンド？」と聞き返される。いえこっちのサーモンの。「サーモンね」あとラテも。「ラテね。すぐできますよ」髪を紺色のネットでまとめた女性が調理を始める。カウンターの内部には大量の殻つき卵が水に浸かっているコンテナやコーヒーマシーン、刻んだ生野菜が入った巨大な四角い容器などが並んでいる。カウンターの私の真正面にはジュース絞り器がある。上に透明な太いパイプがあってそこにオレンジをつっこむと私から見て右のノズルからジュースが、左のノズルから絞りかすが出てくる。ジュースはじわっと出てきて、絞りかすはズボッと出てくる。ジュースだけ持ち帰る人もいて、3人いるスタッフの1人はずっとジュースを絞っている。1人が、生野菜でいっぱいの四角い容器を持ち上げて、同じサイズの空容器に中身を移動させようとしている。あまりにぎっしり詰まっているのと同じ大きさの容器は少しずれると中身が溢れるために作業は難航し、容器を傾けるのを途中で諦めたスタッフは容器を作業台に戻すと何事かヘアネットの女性に笑いながら言って台上に落ちた野菜を手で示し、ヘアネットの女性も笑って答えた。サーモンのオープンサンドは薄切りパンの上にスモークサーモンと硬めの温泉卵状の卵、刻んだ緑のハーブ、傍《そば》に四つ割レモンが添えてある。パンにはバターかサワークリームと思しき白いものが塗られている。私に皿を出してから、彼女は私の隣の2人連れに「お味はいかが？」と尋ねた。おしゃべりしていた女の子が「すごくおいしい！このサンドイッチ（と紙に包まれたサンドイッチを示す）は全然ダメだったから」「どこのサンド？」「あっちの（とフードコート内の別の店と思しきあたりを示す）」「あらそーお。ゆっくり楽しんでね」「ありがとう！　ほんとなにこのサンドまじ最悪なんだけど」（多分）穀物の粒入りパンはトーストしてあってほの甘く、サーモンの薄切りが何層にもひらひら重なって柔らかく程よく脂っこく、ラテよりシャンパンかビールが飲みたい、女の子たちはしばらくおしゃべりしてからサーモンサンドは平らげ紙包みサンドは席に残し会計して去った。不評のサンドと下に沈殿した繊維が残ったジュースカップをスタッフが下げた。あらかた食べ終えた頃にヘアネットの女性が「お味はいかが?」とてもいいです、あの、あとホットチョコレートを持ち帰りでひとつください。それからお会計お願いします。「ホットチョコレートね? すごくおいしいやつね」彼女はそう言うと大きなスプーンでチョコレート色の粉を掬って紙カップに入れた。ラテを飲み終え、そういえばこういう店はチップはどうなるのか、席まで持ってきてくれる店では会計の20パーセントくらいのチップが必要でファストフードとかセルフサービスはチップ不要と習ったがこういう、カウンターから直に飲食の場合はどちらだろう。フードコートだけどナイフとフォークは金属製だし……迷ったがまあ一応と思っていると、ヘアネットの彼女に電話がかかってきて彼女がそれに出たため彼女が作ったホットチョコレートを出して会計してくれたのが別のスタッフで、本当は多めに出してお釣りはいらないですと言おうと思っていたけどこれじゃあ誰にあげたのかわからないしなと思って定額支払ってお釣りももらってから紙幣をカウンターの外に出て会話中のヘアネットの彼女に渡して店を出た。携帯を耳に当てたまま彼女は手を軽く胸の前に当てて会釈してきた。これでよかったのか、むしろ会計してくれた人に、あるいは両方渡すべきだったのか、カードで払って上乗せすれば済んだのか、慣れないせいかチップを渡すとむしろなにか悪いことをしているような気になる。

ホットチョコレートを飲みつつセントラルパークを歩く。甘くて熱い。いい天気で、造花で飾られた観光馬車がポクポク進んでいる。木と木の間を灰色のリスが走っている。散歩中の犬がたくさんいる。狼みたいな犬やチャウチャウ、毛がクリクリで大きな犬、ゴールデンレトリーバー、白いの黒いの茶色いの、皆穏やかで礼儀正しく、リスを追いかけるとか他の犬にケンカをふっかけるとかせず楽しそうにしている。サークル活動なのか大人数で走っている老若男女、黒っぽいどんぐり、小さいギンナン、寄付した人の名前のプレートがはめこまれた木のベンチ、期間限定らしい白いスケートリンク、池に対岸の木々が映っている。開園直前に動物園に行く。チケット売り場には短い列ができている。基本的にカードで支払うことが多かったがもう明日帰国で、いくらか両替してきた分はこちらで使ってしまいたい。それもつい大きめの紙幣で払うため財布に小銭が溜まっている。セントの桁まで払おうと思って掲示されている金額分の小銭を数えてから、大人1枚、4Dシアターなしのチケットでと頼むとなにか聞き返される。聞き取れず聞き返し繰り返されても全くわからない。チケット担当の人は私の様子を見て肩をすくめるとじゃあいいですみたいな仕草で金額を言った。私が数えておいた金額とはどうも違って聞こえた。私は出していた小銭をしまってカードで支払った。動物園は小規模だったが面白かった。熱帯鳥園では頭に飾り羽を立てたきれいな鳥が2羽、突然私のすぐ目の前に降り立って蹴り合いを始めたのでびっくりした。ハキリアリがいて、葉っぱを切って輸送している行列が見えた。グリズリーが大きかった。雪豹がいないなと見回しているとと孫らしい幼児を肩車している男性が指さして教えてくれた。雪豹はこちらにお尻を向けて寝ていた。動物園は丹念に見て回っても1時間半もかからなかった。時間に余裕があったので地下鉄に乗ることにした。普通は多分時間に余裕がないから地下鉄に乗ると思うが不慣れなので逆に時間ギリギリだったら乗りたくない。現在地から検索しグーグルマップが指示する路線の地下鉄駅に降りて路線番号を探す。電光掲示板にどこそこ行きはあと何分、という表示が出ている。それによるともうすぐ来るやつに乗ればいい。そうかと思って待っているとやってきたのは別の路線番号を掲げた電車だった。あれ、と思ってやり過ごす。電光掲示板には件《くだん》の路線は到着予定あと0分と出ているのに来ない。0分て、と思っていると急にその文字が13分に変わった。どういうことだ。このホームじゃないのか、不安に思ってグーグルマップを見る。ここから徒歩だと20分。13分後に正しい車両が本当に来るかどうかもわからないし、ホームが間違ってるならそもそもダメな話だ。また階段を上って地上に出て歩き出した。ニューヨークの地下鉄は出るときはカードを通す必要がない。

グランドセントラル駅は巨大だった。天井には星座を模した壁画、いろいろな行き先の表示とあっちからこっちから大量の人、マーケットには生魚や果物やお菓子、スパイスの専門店が並んでいる。お昼はなににしようか、駅の中にはフードコートやオイスターバーもある。牡蠣いいなと思ったが混んでいたのでここでもフードコートを見る。中華、サンドイッチ、ベーカリーチキンドーナッツハンバーガー、店によって混み方が違う。ほどほどの混み方の店を見つけて並ぶ。中東系のピタサンドで、中身やトッピングを選んで注文する。チキンにラムに野菜と具が並んでいる。私はファラフェルという、焦げ茶の小さい（ピンポン玉よりやや小さいくらい）コロッケ状のもののピタサンドを頼んだ。タヒーニソースと書いてある。タヒーニソースはねりゴマをどうにかしたようなものだ。ビニール袋に入れてもらったサンドを下げて外に出た。公園ではホリデーマーケットが開催中だった。いろいろな、屋台と呼ぶにはちゃんとした、屋根も壁もある小屋が並び、食べ物や雑貨やおもちゃなどを売っていてここにもスケートリンクがある。子供も大人も楽しそうに厚着して滑っている。空いていたテーブルつきベンチに座ってピタサンドを取り出し両手で持つ。白い紙とアルミホイルで包んである。とても重い。ほのあたたかく湿ってかすかなスパイスの香り、小型犬を両手で持ち上げ顔をのぞきこんでいるような気がした。ピタパンの開口部からレタスやほうれん草、千切りニンジンなどの生野菜と焦げ茶色のファラフェルがいくつも見えている。ピタパンは日本でも見るようなサイズだがぱんぱんに具が詰め込まれて横腹が膨れ上がっている。ファラフェルを齧ると中身は薄い緑色で、黒ゴマや刻みハーブなどが見える。パン粉やてんぷら的な衣はついていないがこんがり揚がった外側は香ばしく、中身はしっとりふかふかした歯触り、ゴマの食感、生野菜、ピタパン、ソース、塩気や油っ気もあっさりして舌に馴染んでおいしい。体にも良さそうだ。検索するとファラフェルはひよこ豆もしくはそら豆を潰して作るらしい。ということはこの緑色はそら豆か、香辛料もきつくなく例えば辛味などはまったくない。おそらく、レジの脇あたりに置いてあった（ような気がする）ソースやスパイスで適当に塩梅するのだろうが私にはこれでちょうどいい味だった。隣のテーブルに、ホリデーマーケットでなにか買ってきたらしい男女2人連れがやってきて座った。紙容器のフタをあけると中はパンが丸くてツヤツヤのハンバーガーだった。ハンバーグは白いソースかとろけたチーズで覆われ、太いフライドポテトが添えてあって湯気が立っている。女性はプラスチック製のナイフとフォークでハンバーガーを切り始めた。男性は大きな紙カップをそれぞれの前に並べた。おそらく日本人らしい若い女性が、背の高い髭の生えた男性と寄り添ってやってきて私の正面のベンチに座った。正面なのに木が植えてあるため彼女の膝から下以外は死角になっていて見えない。どうして単なるアジア系の顔、というだけでなく日本人だと思ったのだろう、服装かメイクかなにかがどうにも日本っぽい。足を揃えて斜めに流した女の子は、ショートブーツの足首もぴったりくっつけてときどきそれを地面から浮かせてかすかに左右に揺らした。その仕草は顔も手も見えない彼女のうれしさや楽しさを示しているように見えた。豆の素朴な味、歯ごたえのある生野菜、もっちりしたピタパンとぺたっとしたソースの組み合わせは最高だが非常にお腹にたまる。食べ始めて中盤より前に、これは到底全部食べられないということがわかった。齧っても齧っても手に持っている方の重さが変わらないのだ。もったいない、でも、この後イベントがあるのに無理して満腹を超え気分が悪くなったらとてもまずい。足元を鳩が歩いている。雀もいる。どちらも、日本と同じ顔つきのと違って見える容姿のがいる。雀は特に顔の隈取りというか模様が薄い。食べ物が潤沢なのかよく肥えている。少し離れたところに座っている、ダウンにニットキャップの女の子たちがポップコーンを空中に投げあげたのを口で受け止めたら喉に入っちゃっておえぇ、というののジェスチャーをしては体を折り曲げてげらげら笑っている。誰も別にポップコーンを食べてはいない。全部食べきれないと決まったらあとはどこまで食べるかが問題だ。全部は無理だとしてもできるだけ、でも、できるだけのリミットとはどこか。刻みレタスがはらはら膝の上に落ちる。奥歯で黒ゴマが弾ける。口の端についたソースを舐める。もうやめようか、でももう少しもうちょっとあとひと口、今のは野菜ばっかりだったから、いまこの食べかけのファラフェルは食べちゃおう、具が減らない。周囲のパン皮だけは減っていって、なんというかもうピタサンドというかファラフェルと野菜とソースをアルミホイルで包んでこぼさないように両手に保持しているような状態だ。もうここまでにしとこうと決めてひと口、嚙んで嚙んで嚙んで飲みこんで水を飲んだ。申し訳ない、と思いながら袋の口を縛り紀伊国屋書店に急いだ。いつしか時間ギリギリになっていた。

その日のイベント後、野崎氏とBoyd氏とKogane氏にニューヨーク公共図書館（ワイズマンの映画が今年日本で話題になった）を案内してもらってから、さっき見たグランドセントラル駅のオイスターバーで生牡蠣をごちそうしてもらった。カキフライとトマト入りのクラムチャウダーも食べた。生牡蠣は砕いた氷と海藻の上に並べてあってケチャップ風のソースと酢とレモンとホースラディッシュが添えてあり塩辛くて甘くて柔らかくて歯ごたえがあってありがたくて泣きそうだった。

さっき無理してサンドイッチを全部食べなくてよかったと思った。同時に胸も痛んだ。「ニューヨーク最後の夜ですね」本当にありがとうございました、お世話になりました。明日は9時にホテルを出て昼過ぎの飛行機に乗って機内食を2回と軽食を1回食べたら翌日の17時に羽田空港に着く。

回転寿司の寿司

回転寿司を食べてきた。１人で行くのは初めてだ。回転寿司というのは、寿司がレーンを回っていたり注文した寿司が自分の真ん前で止まったりするというギミックにどうやっても遊戯性というか、面白がらそうとしている感を受け取ってしまう。私は保育園に子供を預けているのだが、そういう身で、例えば定食や麺類を食べていたらランチね、という風に受けとられると思うのだが、それが回転寿司だと、なんというかふざけんじゃねえぞというような、遊んでやがるというかそういう視線を受けるのではないか。つまりジャンルとしては回転寿司は定食屋よりはカラオケとか遊園地に近いのではないか……でも、今日は行こう行ってやる行くんだと思って行ってきた。いろいろなことがうまくいっていなかった。納期、焦り、不義理、書いても書いてもピンとこない。たった今私以外の作家は全員もりもり仕事をしているような気がする。仕事以外もさえないことが続いていた。年末年始の集まりでのやりとり、お年玉のぽち袋に親戚の子の名前を間違えて書いていたことに後で気づいて電話で謝り、右を見れば1年間放置している確定申告で使うべきレシート類支払調書類マイナンバー提出要請書が雪崩れ部屋を見渡せば結局果たせなかった年末大掃除、誰のせいでもなく自分のせい、一人膠着状態、これを打破するには普段しないようなパーッとしたことをしよう、パーッとしたことってなんだ、と思ったときそれはお寿司じゃないかと思ったのだ。寿司の特別感、回転寿司のあの祝祭性が今の私の状況を変える、シャーっと滑ってくる寿司をピャピャッと食べてパーっと気持ちを切り替えて、そうしたらいろいろいい風になるかも、なるはず、そうしよう、ろくすっぽ身支度もせず家を出た。

私は回転寿司自体あまり行ったことがない。といって回らない寿司屋にも行かない。じゃあ寿司が嫌いかというとそんなことはなく、寿司とは買ってきて家で食べるものだった。幼いころは近所の寿司屋から出前をとっていた。もちろんたまの大ごちそう、黒い丸い寿司桶、嬉しいなおいしいなと思っていたのだがあるとき親が誰かと話していて寿司の話題になり、出前をとっている寿司屋の名前をあげたところ相手があそこの寿司はまずいのにどうしてと驚愕し、シャリはひどいし、鮮度も悪いし、いくらもわさびもまがい物なのに……以来、おいしいごちそうだと思っていた出前のお寿司はひどい古いまがい物ということになり自然と親も出前をとらなくなり、そのころから近所にできた小僧寿しなどの持ち帰りチェーン寿司を利用するようになったと記憶している。今ではスーパーの魚売り場の寿司パックが私の標準的な寿司だ。回転寿司の最新は結婚前に夫と行ったチェーン店で、当時住んでいた近所にオープンした店だった。ほぼ満席の休日ランチ時間、私は自分が何を食べたかよく覚えていないが、夫がとうもろこしのをやたらたくさん食べたことは忘れない。缶詰のとうもろこしがマヨネーズに和えて酢飯に載って軍艦になっているやつ、夫はそれを複数回とった。じゃあ最後にもう1皿食べて終わりにしようかと選んだ皿もとうもろこしだった。もう10年以上前のことだ。ときが経つのは早いし、夫は今でもとうもろこしが好きだ。夏に帰省するたびに焼いたとうもろこしを何本も食べて下痢をしている。

蠟梅の匂いがした。お正月の匂いだ。黄色い花弁が丸く艶のある蠟梅の匂いは香水のように強い。子供の頃からこれを嗅ぐとああお正月お正月と思うのだが、それを、実際に年末になって嗅ぐまで忘れている。沈丁花とか藤のようにまだかなそろそろかな等一切思っていないところに不意に匂って、はっと、お正月だ、お正月には匂いがあったんだ！　お正月には親戚と会う。それは大半が楽しく喜ばしい機会だ。おせちにお刺身カキフライ、それこそ冠婚葬祭がなければ1年ぶりに顔をあわせる人もいる。親戚の子供が大きくなっていることに驚き、私の子供もまた大きくなっていると驚かれ、あのヒロコちゃんがお母さんになるなんてねえなどと言われ毎年言われ、子供たちは遊び、大人はお酒を飲みつつ食事をしていると正面に座った親族の男性らと学校の話になった。私の子供は来年小学校に入る。校則なり教師の態度なり、理不尽なことがあったら意義を申し立てるべきだと思うが親として具体的にどう動けばいいだろうと悩む私に彼らは、世界は理不尽なものなのだから学生のうちにそれに慣れておかねばならぬ、学校は理不尽でいいのだと言った。隣に座った別の男性も、彼の中学生の息子もそうだそうだとうなずいた。でも……。でも、そういう、合理的じゃない、ちゃんとした理由もないような理不尽に耐えさせるようなことをずっとしてきたから、理不尽に黙って耐えるような大人が理不尽を改善しないままやってきたから、今の日本はこんなになっちゃってるんじゃない？「日本だけじゃない」「そうそう」「世界中、どこもダメだよ」「その通り」「トランプ」「EU離脱」「ナニ、ヒロコちゃんはモンスターペアレンツになるの？」「ちがうよ父さん」中学生が言った。「1人で単数だからペアレント。モンスター・ペアレント！」民家の玄関にポインターの実物大陶像が置いてあってこちらをにらんでいた。同じ庭に白雪姫の小人たちもいてパンジーの花に埋もれ楽器を演奏していた。ラッパ、小太鼓、ハープ、アコーディオン、手ぶらで歌っている奴もいた。回転寿司屋についた。若い、大学生くらいに見える男女グループが楽しそうに話し笑いながら扉を開けて出てきたところだった。ツーブロックにした男の子が私のために扉を開けて待っていてくれたのでお礼を言った。和風だが和服ではない制服姿の女性が何名様ですかと言った。1人ですと答えると「カウンターでもよろしいですか」はい。「当店のお皿のとり方ご存知ですか」お皿のとり方。教えてもらっていいですかと答えると女性は実演用にレジ脇に用意してあるらしい、上に透明なドーム状の蓋がついた皿を手に持ち「こちら蓋には触らずお皿の縁を手前に持ち上げていただきますと蓋が開きますので。中のお皿だけおとりください」へえ、なるほど、はい。「ではこちらにどうぞ」小さいボードを手渡される。36番、と書いてある。案内されたのは寿司が流れるレーン沿いのカウンターで、１席ごとに番号が振ってある。私の席は36番、右側１つ隣の38番とさらにそこから１つ隣の40番にそれぞれ女性の１人客が座っていた。２人とも仕事中のランチタイムと思しき雰囲気で、40番の方の人は少し前から座っているらしく皿を積み上げ肘をついてスマホになにか打ちこんでいる。仕事中の人もランチに回転寿司にくるのだな、と少し安堵しつつ座る。短時間でスパッと適量食べられていいのかもしれない。テーブル席は、レーンに対して直角の向きに４人用ないし６人用に見えるテーブルがくっつき、人々はレーンと平行の向きに座っている。カウンターとテーブル席は同じレーンを挟んで向かい合っているものの、顔の向きが90度違うのとレーンが２本並走していてそれぞれのレーンが違うために視線や動線がかち合わないようになっている。テーブル席は７割くらいの入りで、カウンターは隣り合って座っている人がいない程度の混み具合だった。ここは基本的に寿司２貫が載った皿１枚が１００円で、メニューによっては２００円の皿や１皿１貫しか載っていない皿がある。目の前の、誰がとってもいい共有レーンにはさっき説明を受けたドーム蓋つきの寿司が流れていき、その上段、私の目の高さよりはやや下、くらいの位置に注文品のレーンがありその手前にタッチパネルがついている。前（10年以上前だが）来たときも個別注文はタッチパネルだったが、それは卓上に置いてあったような。違うチェーンだからか、それともカウンター席だからだろうか。注文するのに腕をあげて指をパネルに押し当てつつ考えていると少し緊張し焦るような気分になった。小柄な人だったら結構腕が疲れるのではないか。期間限定のものやおすすめ、サイドメニュー、軍艦、握り寿司、巻物、デザート、腕を伸ばして人差し指でまず握り寿司のとこへ行く。

マグロやエビやイカ、シメサバなどが写真つきで表示された中で、とりあえずアジを触る。触ってから気づいたがアジは1皿1貫の高級品だ。まあ1皿目だしいいか、注文を送信してよろしいですかと出るのではいを押すと意外と大きなポロン、という音が鳴り36番のあなたの注文を送信しました、という内容の文字が表示された。卓上には醬油差しや小さい細々した容器や箸箱などが並んでいる。それぞれにラベルシールが貼ってあって、小さい文字で醬油、ポン酢、わさび、粉茶、などと書いてある。割り箸やスプーンなども容器に入っていて、湯吞みは注文品レーンのさらに上の棚に積んである。私は腰を浮かせてプラスチックの湯吞みを1つとって粉茶を入れた。お茶の容器に粉茶は付属のサジ2杯入れるようにとあったのでそうした。レーン下、私の正面についている熱湯・注意と書いてあるレバーを押して湯を注ぐ。お茶の撹いようが悪かったのか溶けていないのか飲むとちょっと薄かった。頼んだアジが私の正面より2センチくらい左にずれたあたりで静止した。腕を伸ばしてとる。さっき教わった通り皿の縁を持ち上げるとドーム蓋が持ち上がる。なるほど。上に生姜とネギが載っている。醬油差しは押した分だけ1滴ずつ垂れてくるタイプで、寿司の上でぽとぽと落とす。食べる。うん、アジだ。スーパーの持ち帰り寿司と比べたら、もっとおいしい場合ももっとおいしくない場合もあるだろう。目の前の共有レーンにタラ白子ポン酢の軍艦、という今まで食べたことがない寿司が流れてきたのでとる。ポン酢に酢飯、寿司の種類はドーム蓋つき皿の隣に札が立っていてわかるようになっている。ポン酢部分はゼリーになって、タラの白子と1：3くらいの割合で軍艦の上に載っかっている。わさびの容器の蓋をとると、意外なくらいこんもりびっしりと薄緑色のわさびが詰めこまれていた。差しこんである小さい耳かき状のスプーンが抜けずようよう抜くとわさびが卓上に溢れた。タラ白子ポン酢軍艦の皿の隅にわさびをひとすくい載せてから、少量箸でとって軍艦に載せて口に入れた。ふむ、と思った途端かなり強烈にわさびが効いた。ネタと酢飯の間でなく上に置いたためかやたらに刺激的だった。わさびってこんなにちょびっとでこんなにクーンとくるものだったっけ、と思いながらタッチパネルでいくらを頼んだ。これも1皿1貫の高級品だ。気後れするが今日は景気良くせねばならぬ、いくらは子供の頃から好きだった。祖母が、いくらが好きなんじゃねえ私のもあげよう、と私の皿に入れてくれて、弟の皿には祖父が入れて、しかしそのいくらは知人によると偽物で、別においしかったけどなあ。当時はやたらに丸くて張り詰めてピカピカしてるやつは偽いくらだとか、口に皮が残ったら、中の赤が濃い部分が2つ以上あるのは、いやその逆がとかいろいろ言われていた。というか最近偽物のいくらという言葉自体を聞かない気がするが根絶されたのか、それとも精妙になったのでもう本物と見分けなくていいのか、マイワシというのも頼んだ。目の前に、炙りベーコン、という札を立てた寿司が流れていく。筋状に垂らされたマヨネーズに焦げ目がついて小さく火脹れている。ハンバーグの寿司にもたっぷりマヨネーズが絞ってある。ツブ貝、ホッキ貝、どうやって切ったんだろうというくらい、透けるほど薄く切ったアボカドが載っかったエビが流れていく。あったかいもの、茶碗蒸しも食べようとタッチパネルを触ると、三つ葉あり／三つ葉なしという選択肢が出た。三つ葉が苦手な人が多いのか。三つ葉だって安くない。嫌いならなしが選べるのは合理的かもしれない。ありを頼む。三つ葉は実家の裏庭にいくらでも生えていたけれど今はもうなくなってしまった。

炙り牛肉と牛しゃぶサラダという寿司が流れていく。牛しゃぶサラダをとる。同時にいくらとマイワシがきて私の前で止まった。牛しゃぶサラダは茹でた牛肉の上に玉ねぎスライスと生姜とネギが載って醬油色のドレッシングが垂らしてある。箸で1貫とろうとするとうまくいかず、肉をめくってみると2枚の薄切り肉の向きと2つ並んだ酢飯の配置が直交していた。これは、こういう仕様なのか調理ミスだろうか。薄切り肉の下から酢飯を掘り出し皿の隅に置いてから、剝がした肉を約半量載せて食べる。なるほど牛しゃぶサラダという味がした。マイワシは写真とどこがどうとは言えないがどこか違っていた。いくらはいくらの味、やっぱりわさびが強い。特別強い調合のわさびなのか。いつしか38番と40番の女性客は立ち去っていた。茶碗蒸しがきた。蓋をとると立派な緑濃い分厚い三つ葉がむっくと立ち上がった。

左側の1つ隣34番席に男性がきた。60代くらいでナッパ服姿、座るやいなや慣れた風にタッチパネルを操作している。私はお茶をもう1杯飲もうと粉を入れ湯を注いだ。湯の注ぎ方が悪かったのかお茶の粉が水面に浮いて全然混ざらない。息で粉茶を湯に沈めようとフッと吹くと、水面の粉茶が舞い上がって私の顔に吹きつけてきた。ああああ、湯呑みを置き紙おしぼりで顔を拭ったが心もとない。顔が緑になっていないかと思ったが鏡がなく、仕方なくスマホを自撮り画面にして見る。今日は外出するつもりではなかったので眉毛も描いていない、仕事が煮詰まり顎には吹き出物（これがずっと治らない）という今の私の顔、緑色にはなっていなかった。眼球がざらざらした。茶碗蒸しを食べるとき使ったスプーンで湯呑みをかき回して飲んだ。

目の前に、食べ終えた皿はここに入れてくださいと書かれた穴というかスリットがあるのだが、入れてしまうとなんだか自分がどれくらい食べたかわからなくなりそうで皿は積み上げた。どれくらい食べたらちょうどいいのか、だいたいパック寿司の1人前は10貫とかそれくらいだから5皿か、だったらもう食べ終えてもいいが物足りない気もする。それにまだ全然パーっとなっていない。なにを頼めばパーっとするのだろう。タッチパネルをどんどん押して送るが私が今食べてパーっとしそうなものが出てこない。きゅうり巻きという表記の河童巻きも納豆巻きも鉄火巻きもあるのにかんぴょう巻きがない。スーパーでもかんぴょう巻きを見ない。おいしいのに絶滅危惧種なのか。うどん、天丼、デザート、アルコール……隣の男性が注文した品物が私の目の前を通過し次々彼の前に止まった。マグロ、上にマヨネーズかチーズかなにかが載っかって焦がしてあるエビ、穴子からなぎらしい茶色、小さい丼もあった。横目に見ていると麺類のようだ。タッチパネルには、うどんとかラーメンとかもメニューにあってだいたいどれも400円くらい、安いような、寿司4皿すなわち8貫分と思うと高いような、いやここの寿司が安すぎるのか、レーンを挟んで向かい側のテーブル席の女性（顔は見えなくて腕だけ見える）は天丼を食べている。5、60代くらいの女性2人連れ、どちらも天丼、割に立派な海老のシルエットがレーンの隙間から見える。国産天然魚パレードと書かれた札が回っていく。ハマチのような色味の魚が続く。その直後にこだわり寿司パレードという札がきて半透明の白い身に薄く灰色の筋が入った白身魚が回っていく。甘エビがきたのでとる。せっかくだしとタッチパネルでウニを頼む。ウニは200円の上に1貫物だ。ドッカン、と大きな音がした。34番席の男性が食べ終えた寿司の皿をスリットに落としている。ドッカン、ドッカン、こんな音がするのか。ウニがきたので食べた。満腹なようなそうでもないような、最後にもう1皿なにかと思っていると最初に食べたタラ白子ポン酢軍艦が再びきたのでとって食べた。湯呑みの底に粉茶が溶け残っていたので湯だけ注いでスプーンでかき回して飲んだ。隣の男性は湯呑みに割り箸を立てて混ぜていた。タッチパネルで会計というのを押すと女性の店員さんがやってきて私が食べたのは8皿と茶碗蒸しで間違いないかと言うのではいと答える。アジとウニとイクラは1貫だったから、ならば13貫食べたことになる。「では番号のバインダーお持ちになってレジでお支払いください」祝祭感どころか、どちらかというと食事の気分ですらなかったなと思った。タッチパネルを操作しなにを次に発注するか、なにをとるか、今自分は満腹か本当にそうかと考え続ける、全然パーっとしない、もちろん悪いのは店ではなくて私で、多分今の私は皇帝に満漢全席をごちそうしてもらったって女王様にアフタヌーンティーに呼ばれたってパーっとはしないのだろう。店を出るところにガチャガチャがあった。子供にと思ってキャラクターものを1つ回した。子供が喜びそうなそうでもないかもしれないような小さいおもちゃが出てきた。コートのポケットに入れて家に帰った。

ラーメン店のラーメンライス

いつ前を通っても閉まっているラーメン屋があった。やっていないのではなくて、日々営業している空気があるのに私が前を通る時には閉まっている。私がそこを通るのは月に1、2回、曜日はまちまちで平日だったり土日祝だったり、ネットで見ても不定休としかわからない。どうしていつも閉まっているのだろう。行きたいな行きたいなと思っていたある日、ようやっと半開きの引き戸の中に電気がついているのが見えた。土曜日午前11時、中で調理している熱気のようなものも感じられる。人がいる気配、戸口には木に筆文字フォントでただいま準備中、と書かれた札が下げてある。折りたたみ式の立て看板も出してありそこに開店時間11時30分～（スープがなくなり次第終了）。いける、あと30分でオープンするということだ。今からの予定は別に午後イチにずらしたって大丈夫、開店と同時に行こうと思ってぐるっと路地から路地を回って歩いていると、前から見覚えのある人が歩いてきた。あれ、と思って顔を見ると向こうもこちらを見てあれ、という顔になった。昔、職場でお世話になっていた女性だった。ハナノさん！ 声をかけると向こうも「オヤマダさん！」おひさしぶりです！「おひさしぶりだねえ。お元気？」はい、おかげさまで。ハナノさんも、お元気ですか？「あいかわらずかなあ」あの、その節は大変お世話になりまして。誇張やお世辞や言い回しではなく私は心底ハナノさんにお世話になった。ハナノさんはずいぶん長くその職場で働いていて、何か困ったことがあって相談すると実にきびきびと助けてくれた。やり方を教えミスをフォローしてくれた。私のような非正規社員にも正社員にも頼られていたのに、彼女自身も非正規で、おそらく皆、内心、彼女のように有能な人を長いこと非正規にしておくなんてこの会社はどうかしていると思っていた。少なくとも私はそうだった。全く変わって見えないが、会うのは何年ぶりになるか。みなさんも、お元気ですか？「そうねー、あ、ノセ部長が定年になったよ」私がいた部署の部長、ミスを指摘したり怒ったりするときに怒れば怒るほど、こちらのミスが重大であればあるほど声が小さくなっていってなにをどう怒られているのかわからなくてそれで余計に怖かった。部長ってもうそんなお歳でしたっけ。「ねー。早いよねー」じゃあだいぶ、雰囲気が変わったでしょうね。「そうねー。オヤマダさん今日はお子さんは？」あ、今日は夫が。「そっかー、オヤマダさんっておうちこの辺やっけ？」いえ、ちょっと用事がありまして、時間が余って、ぶらぶら。ラーメン屋が開いているのを待っているというのは言いにくかったので濁した。ハナノさんはこの辺りにお住まいですか。「うん、そうなんよー」そうなんですね、知らなかった、そういう話もしたことがない。お世話になった非正規社員同士でも、雑談はしたことがあまりなかった。今もあそこで働いているのならもう勤続15年とか20年近くとかになるんじゃないのかと思われるハナノさんは（よく考えたら年齢だって知らない）、今も非正規なのだろうか。「じゃあまた。お元気でね」はい、ハナノさんもお元気で。数十歩離れ時計を見るといい時間になっていた。ラーメン屋に戻ると果たして暖簾が出ていて、今まさに中に家族連れが入っていくところだった。20代くらいの男女とその両親世代の男女4人連れ、開け閉めされる隙間から見える店内カウンターに1つ空席が見えた。私も中に入った。

女性の店員さんが「お1人ですかー、カウンターへどうぞー」L字型のカウンターで、私の隣には私と同年代に見える女性とその娘らしい小学生くらいに見える女の子が座っている。女の子は薄いピンク色のダウンジャケットを着て足をぶらぶらさせている。テーブル席は埋まりカウンターもあと1席、幸運だった。ラミネート加工のメニューによるとラーメン、辛いラーメン、汁なし担々麺がある。あとは大中小ライス、チャーシューが載ったライス、メニューに大きく当店のライスは契約農家が作ったおいしいお米を使っていますと書いてある。おいしいお米、ここのラーメンはメニュー写真によれば茶色く濁った鶏ガラ豚骨しょうゆと思しきスープに細いもやし、青いネギ、丸くない巻いていないチャーシューという広島の標準的なラーメンで、そして、こういう広島っぽいラーメンはご飯に合う。ときどき、ラーメンはおいしいのにライスがとてもおいしくない店がある。柔らかかったりぼそぼそだったり変にぽきぽきしたり黄色かったり、なんならちょっとくらいライスがアレでも仕方ないじゃないですからちはなにしろラーメンがおいしいんですからという態度を感じることもある。私はラーメンと小ライスを頼んだ。黒いエプロンの女性は伝票にボールペンで書きこみながらラーメン小ライスッと厨房に言った。伝票はレジのところに置かれた。厨房のカウンター内にいた揃いの黒いエプロンの男性が短い鋭い声で応じた。ラーメンと小ライス、私の直前に入店した家族連れの若い男性が手を挙げ「すいませーん注文」と言った。濃い灰色のニット帽をかぶっている。彼らは4人掛けのテーブル席に座り、こちら向きに若い方の男女が、その向かいつまり私に背を向けた側に親世代男女が座っている。若い女性の明るい色のニットが、全体に黒っぽいくすんだ冬服の店内で華やかだった。若い男性が「普通のラーメン2つと汁なし担々麺2つ。ラーメンは1つ大盛りあと大ライス」「ライスはおひとつですか?」「親父もライス、いる?」年配の方の男性が軽く首を振ったかなにかの間が空いて「じゃ、おひとつ。汁なし担々麺は辛さどうされますか」若い女性が「おかあさんは?」と尋ねまた少し間が空いた。年配の方の男女は声がとても小さいようだ。「あ、じゃあ辛さなしひとつに、私は普通辛で。あと、汁なし担々麺にはどっちも温泉卵お願いします」若い女性が言い添えた。「はーい、温玉おふたつ、汁なし担々麺辛さなしおひとつ普通辛おひとつ。少々お待ちくださーい」店員さんが厨房に注文を伝え伝票をピッと置いた。汁なし担々麺もいい、あれもご飯に合う。というか、汁なし担々麺はほとんど麺を食べ終えて残ったタレでご飯を食べるところまでがセットの食べ物だ。熱いご飯で再び立ちのぼる山椒の香りと唐辛子、私は汁なし担々麺には絶対に温泉卵を入れない。ネギも増やさない。その方がご飯に合うと思うからだ。ラーメンを食べ終えて余裕があったら汁なし担々麺も頼もうか、しかし、ラーメンを食べてライスを食べて汁なし担々麺を食べてライスをもう1杯食べたら、ちょっといくらなんでも炭水化物を食べすぎというかはしゃぎすぎだろう。カウンター内部の調理スペースには湯気の立つ鍋が並び奥に分厚いまな板がある。刻んだネギ、細いもやしが入ったコンテナも見える。頭にバンダナを巻いた男性が中で調理し、運ぶのはさっき注文を取っていた女性、コートを脱いで置いておく場所がないので着たままにしておいた。セルフの水ポットがたたんだ白いタオルの上に置いてある。重ねて伏せてあるプラスチックコップをひとつとって水を注ぐ。胡椒やラー油に混じってご飯タレ、とラベルが貼られた調味料がある。半透明プラスチック容器越しにやや薄いしょうゆ色が見える。壁にはテレビが設置されていて、釣り番組が放送中だった。寒そうな海の色、厚着の釣り人、空は真っ白に見えるほど曇っている。店の中は静かで、テレビも音量を絞ってあって聞こえないし会話もそんなに聞こえてこない。隣の母子も、母親はスマホを見、娘はぼんやり調理の様子を眺めつつ顎を浮かせ足をぶらつかせている。引き戸が開いて外気が入ってお客さんが入ってきて最後のカウンターが埋まり満席となった。「広島の人ってやっぱりみんなカープファンなんですか?」よく通る声がしたので見ると、さっきの家族連れの若い方の女性だった。ニコニコ笑っている。彼女の正面に座った後ろ姿の男女がうんうんと頷いて何か答えた。小声だったので聞こえなかったが同意のようだった。「じゃあ、おかあさんたちもやっぱり、好きな選手とかいるんですか?」敬語、今の「おかあさん」はだからお義母さんか、ということはニット帽の男性、その両親プラスニット帽の男性の妻（か恋人）という4人連れなのだろう。さっきニット帽男性が年配の男性を親父と呼んでいたし。お義母さんと呼ばれた女性はまた小声で何か答えた。隣の義父が深く頷いた。2人の贔屓選手は同じようだった。「その人、私も名前は聞いたこと、あります!」ということは鈴木か、菊池か、大瀬良か逆に長野とか、ニット帽夫は黙ってスマホをいじっている。目線すら動かさず、話に参加している気配がない。「なんか、そういうの、うらやましいっていうか、いいですねえ! みんなが好きなものでひとつになれるっていうか!」義父がまた頷いて義母が多分何か言い、女性が笑ってニット帽はやっぱり無反応だった。私の隣の母子に麺がきた。母親が辛いラーメン、娘は普通のラーメンだった。丸みのある丼に、写真で見たのと同じだがややチャーシューのボリュームが多い感じのラーメンが展開している。母親の辛いラーメンはラー油のらしい赤黒い膜が浮いている。小学校3年生くらいだろうか、前髪を飾り付きのピンで留めた女の子は、母親から白い割り箸を受け取って2つに割るといきなり丼の中をかき回し始めた。上下をぐるんと返すような混ぜ方で、そんなに余白がなかった内容物が縁《ふち》から漏れるように少し溢《あふ》れ、麺が上になりまた下になった。彼女は麺に割り箸を突き立ててほぐし持ち上げてまた戻した。「食べないの? 冷ましとる?」赤黒い汁に浸した麺を口に入れながら母親が言った。「混ぜとるん。野菜が残らんように」「いいけど、でも麺伸びるよ」私も思っていたことを母親が言った。「うん」彼女はなお混ぜ続けた。多分、野菜を残さない工夫なん、えらいねえ、と母親に言って欲しかったのかもしれない。「私、汁なし担々麺って初めてです！」静かな店内で若い女性の声がよく聞こえる。「やっぱり広島の方はよく食べるんですか？」めっそうもない私なんて、のような仕草で母親が顔の前で手を振る。義父は軽く顎を持ち上げておそらく釣り番組を見ようとしている。波が立っている。白いしぶきが甲板の釣り人にかかる。かもめ1羽飛んでいない。「あ！　うちの母も辛いの苦手なんです、偶然ですね、私は好きなんですけど！」結婚相手（か交際相手か）の両親と4人で食事していて、自分が一生懸命向こうの地元の話題を振って会話を試みている横で、無言でスマホをいじっているニット帽男、いや彼女は俺と違ってコミュ力あるし俺の両親とも相性いいし問題ないですよとか思っていたら大間違いだ。こちらの地元の、それもカープの話題とか汁なし担々麺とか言っている時点でそんなに馴染んでいない、なんなら新婚かも、ことによったら初めて義両親を訪問しているとかかもしれない関係で、それも彼女だって1人で喋るのが全く苦にならないタイプではなく頑張って話題を出している風に見えるし、その上に割とリアクションが薄いというかリアクションだけで発話が少なそうな義両親とのコミュニケーション、丸投げされたら相当疲弊するだろう……私だったらもうとっくにトイレに避難して夫にラインしてスマホ置いてなんかしゃべれとかなんとか訴えていると思う。「まだ食べんのん」「んー」母親に促されずっと丼をかき混ぜていた隣の女の子はようやく麺を持ち上げゆっくり食べ始めた。母親の赤い麺はすでにおそらく半分以下になっていた。「おいしいね」「おいしい……それ辛い？　ピリ辛？」「ちょっと辛い、暑くなってきた」「汗拭かんと、風邪ひくけー」「そこまでじゃないけど、ありがとう」母親が微笑んだ。釣り番組が終わった。私のラーメンと小ライスが来た。

丸い丼には茶色く濁ったスープ、細いもやしに青いネギ、ずらして並べてある肩ロースのチャーシュー2枚、細くスンナリした広島らしい麺を持ち上げるとスープの濁りがさっと左右に分かれより濃い色のスープが下から見えてまた混じる。スープは甘みを感じるしょうゆ味、小さい脂身がいくつか浮いている。たくさんの野菜を入れて煮こんだ豚汁に通じるようなご飯を呼ぶ風味、いいねいいねと思いつつライスを口に入れて驚いた。本当にすごくおいしい。粘りがあるのに1粒1粒の表面に個の膜のようなものがあって、そこを嚙み分けるたびにお米の、あのつきたてのお餅に通じるような甘い香ばしい匂いがする。単に腹塞ぎに食べたらもったいないくらい、隣の誰かにちょっとご飯すごくおいしいね、食べてないなら食べてみてと語りかけたいくらいおいしい。麺を口に入れてライス、ライスを口に入れてスープ、2枚のっかっていたチャーシューは、上から見ると普通なのだが持ち上げると1枚がやたらに分厚い。片方の4倍くらいある。それは単に塊肉の端っことかそういう理由でたまたま分厚いのか何かのミスなのか、この店のチャーシューは2枚のうち1枚が分厚いのが決まりなのかよくわからないがそれとライス、はうはう言いながらあっという間に食べてしまった。中ライスいや大ライスでもよかった。水を飲む。ご飯タレというやつの味見もしてみようと思っていたのにすっかり忘れていた。茶碗に少し垂らして箸で舐めると、うんと甘い麺つゆのような味だった。隣の女の子は半分強くらい食べた麺ともやしとネギが混ざり合った丼を「お腹いっぱい」と母親の前に押し出し、予期していたらしい母親はじゃあお母さんが食べるから待っとってと言って自分の辛いラーメンを食べ終えた丼と交換した。女の子はレンゲで辛いラーメンのスープをかき回した。「それ辛いから飲まんでね」「んー」というか汁なし担々麺いけるな、いこうか、あのライスと汁なし担々麺、考えただけで興奮する。しかし店内は満席で、振り返ると外に何人か待っている気配もある。立ち上がってレジで会計した。今日入れたのだからまた次来ることもできるだろう。件の4人連れを見ると義両親と女性はまだ食べていて1人大盛りに大ライスをつけたニット帽男だけはもう食べ終えてやはりスマホ、全員無言、若い女性はニットの上に紙エプロンをつけ真顔で赤い汁なし担々麺を持ち上げ口に運んでいる。熱い麺とご飯で緩んでいた鼻が外気にクンと冷え、先頭で待っていた1人が入れ違いに店に入りいらっしゃいませという声が聞こえた。

イギリスでサンドイッチと機内食

2月にイギリスにいった。初めてのイギリス、文学など日本文化を紹介するイベントに参加するためだ。コロナウイルスの件があってどうなるか心配だったが中止という話はなく、体調も悪くなかったので出かけた。小中高校は感染拡大を阻止すべく休校せよと突如要請される約10日前のことだ。飛行機は成田空港から乗った。東京ではどのドラッグストアにもマスク売り切れの紙が貼ってあって、除菌ジェルとかもありません入荷も未定ですと日本語中国語英語韓国語で書いてあってニュースみたいだと思った。広島でも品薄気味だったがここまでではなかった。機内隣席の母娘と話すと観光でエジンバラなどへいくとのことだった。それは楽しみですね。「ツアーなので全部お任せで……そちらもご観光ですか?」いいえ一応、仕事で。「ロンドンですか?」えーと、あちこち、電車で、ロンドンからマンチェスターにいって、ほかいくつか回ってまたロンドンです。機内では2回食事をした。チキンかパスタかと英語で聞かれチキンと答え出てきたのはパスタで、違うと言おうかとも思ったが言えず、別にパスタでもいいのだがそのやりとりが母娘にも聞こえていただろうなと思って少し恥ずかしかった。帰りも同じ便だということがわかり、またお会いするかもしれませんね、どうか楽しんでお気をつけてと言い合って空港で別れた。

1晩寝て翌日、ロンドン、イギリス滞在唯一の自由時間に大英博物館へいった。1日では到底見きれないと聞いていたので、オーディオガイドに入っていた『最低限見るべき10の遺物』コース、を回る。歩きだしてすぐ滑らかな英語で声をかけられた。「すいません、韓国の人ですか？」いいえ私は日本人です。韓国人らしい若い女性は「あの、そのオーディオガイドってどこで借りられます？」あっちの……英語で説明したかったができなくて歩いて戻って案内する。全然複雑じゃない道なのに……回廊状に丸くなっている道を道なりにいくときも straight でいいのか？あ、あそこですあそこ。「ああ、ありがとう！」長い髪をしゃらっと揺らしお礼を言われた。小さい子供たちがミイラを見てこれ本物？人間？うそでしょ本物の人間なの生きてたのウワアアア！ミイラには少し髪が残っている。ホテルに戻る帰り道に書店に寄った。『82年生まれ、キム・ジヨン』がたくさん積んであった。英国版 *Kim Jiyoung, Born 1982* は日本版と似たのっぺらぼうの女性の顔の表紙でタイトルを見なくてもすぐわかった。

その夜はイベント開会立食パーティーがあった、詩人、翻訳家、映画監督、写真家、通訳、コーディネイター、研究者、小説家、英語日本語握手ハグお辞儀がいき交う。しばらくして他の日本人参加者とフェミニズムの話になった。「わたし今日インタビューでフェミニストですかって聞かれて。作品がそう思わせるのかな？　よく聞かれるんですけど、でもわたしぜんっぜんそうじゃなくて」１人の女性が言った。初めて会う人だ。「いろんな問題って、男女っていうよりは個人の問題だと思うんですよね。ジェンダーとかの話じゃなくて」！「そうそう！」とこれまた初対面の別の女性が頷いた。「男女差じゃなくて個人差っていうか」！「そう！　男だから、女だからじゃなく個人がそれぞれ得意なことをすればいいだけの話なのにって」！「女性だから抑圧受けたって経験、わたしないんですよねいままで」ええっ?!　と思わずグラス片手にのけぞると彼女らは不思議そうな顔をして「え、小山田さんはあるんですか？」ありますよ、「たとえば？」就活でヒール履かなきゃとか仕事のときは化粧しないとマナー違反とみなされるとかそういうのもあるし、「え、本当にそんなのってあります？　わたし会社に勤めたことないからかなあ、よくわからない」ありましたよ、いまもあるそうですよ。「わたし好きでヒール履いて好きでお化粧もしてるから」ね、それが本来ですよね。あとは親戚とかが集まったときにお皿下げたり洗ったりするのは女性ばっかりとかそういうこともあるし。「あー。それはね、わたしも人が集まったりしたときに台所は女の仕事って子供に思わせたくないので、台所の男女比が１：１になるようにって、してますね」それがだからジェンダーの話だと思います。「あー、そうなるのかあ、そう考えたことは、なかったかも」２人は私よりやや年上で、私は驚いて、女性ゆえの抑圧を受けたことがないと感じているなら普通にうらやましいし、それが自分の個人の能力や努力に起因している可能性だってもちろんあるしそう信じる権利だってあるだろう。でも、(私の年代からすると)かつてないほどフェミニズムが話題になっているいま、医学部で入試の点数操作がされていたこと、性暴力加害者への量刑が信じられないくらいゆるいことなどなどがつぎつぎ明るみになっているいま、文学やアートの世界でも立場ある人のセクハラ性暴力が告発されたのにしれっと復帰していたりもするいま、そういうのはおかしいと多くの人が意見を表明しているいま、そして声をあげる人を否定するような声もまた声高になっているいま、抑圧は受けたことがないし男女差別じゃなくて個人の問題だとインタビューで発言することの意味……フラットになんてなりえない話じゃなかろうか。

その翌日からイベントが本式に開幕した。日本からの参加者がイギリス各地を移動しつつ朗読やトークセッションなどをする。最終日は皆がロンドンの大英図書館に集合するのだがそれまでの旅程はばらばらで、ケンブリッジだったりノリッジだったり、私の場合はマンチェスター→ボーンマス→シェフィールド→ロンドン、移動は電車、マンチェスターまではイベントのプロデューサーの方や別の小説家の方、そのご家族と一緒だった。約2時間の移動で車窓は意外なほど田園風景を経た。馬や羊が見える。葉を落とした木の幹が黒かったり茶色かったり白かったり緑色をしていたりする。何も植わっていない畑、また羊、薄茶色の小柄な羊たちの中に1頭ぴょんこぴょんこ元気にはねてるのがいるなと思ったら犬だった。昼食に駅の売店で買ったツナマヨバゲットサンドを食べた。パンが固すぎず柔らかすぎず味つけも濃すぎずよかった。到着しホテルにチェックイン後、少し時間があったのでスーパーに入る。赤、ピンク、黄、緑のリンゴが並んでいる。どれも日本のより小さくごつごつぴかぴかしている。子供のころに林望氏の『イギリスはおいしい』で読んで憧れた「コックス」というリンゴがないかと探すと「cox apple」と書かれたリンゴがあっておおと思ったが6個パックしかなくて買うのを断念する。レジ前にアスパラガスの束がたくさん売られているると思ったらまだ蕾の水仙だった。

マンチェスターで1泊し翌日はボーンマス（Bournemouth）へ移動する。南海岸の海っぺり、電車で5時間弱かかる。昨日、英日の地理に詳しいプロデューサーに私の旅程を話すと「ハードですねえ」と言われた。「日本で言いますと、2泊3日の間に東京から仙台へいって下関に移動し、名古屋に立ち寄って東京に戻る、みたいな感じですね、陸路で」今日明日はMさんという翻訳家の方が随行してくださる。今日もお昼は車内で食べる。マンチェスターの駅でハムバターサンドとレモンジンジャージュースを買った。今日の座席は小さい机を挟むように2人がけが向かい合わせになっている。私が窓側、通路側にMさんが座る。私たちの正面には2人の女性が座っているが連れではなさそうだ。小柄な女性が網棚に荷物をあげるのを近くの席の男性が手伝った。放送が流れた。車内販売のお知らせ、ブラウニーとアップルパイと、ほかにもいろいろ手作りだし飲み物もあったかいのと冷たいのがあるからね、というような内容がかなり砕けて聞こえる早口で告げられ、その後、同じ陽気な語調でドネイションなんとかかんとか、と続く。寄付、寄付を受けつけているという意味なのか寄付をしましょうなのかこの事業は寄付で成り立っていますなのかわからないがとにかくドネイションだ。車内販売のワゴンが入ってきた。女性が「トワイニーング、スターバックスコーヒー、ボトルオブウォーター」などと節をつけて言いつつ押していく。ワゴンの上に高く積み上がった紙カップが左右にぶわんぶわん揺れているが倒れない。試しに紅茶を買う（Mさんに頼んで買ってもらう）、支払いは全てカードでとても楽だ。紙カップにティーバッグが落とされ、ポットの湯が注がれる。「砂糖は？」いりません。「ミルクは？」ください。2つころんと渡されたのはいわゆるフレッシュのポーション形なのだが成分を見るとただの本物の牛乳らしい。車窓が都会からじょじょにというよりすぐに田園風景になるのは昨日と同じだ。羊、馬、牛、細い川にびっしり色とりどりのボートが係留されている、黄茶色い浅い水が一面に溜まった景色がたびたび出てくる。沼かと思ったが、水の中から木が生えていたり柵が突き出たりしている。これは元からこういう土地なんでしょうかと尋ねるとMさんは暗い顔で「この前大雨が降ったのでそのせいだと思います」そうなんですか、じゃあ水害、それは大変ですね。電車はときどき駅に停車し、乗ってきた人が自分のチケットを見せながらすでに座っている人に話しかける。話しかけられた人は頷いて席を立って別の空席に移る。それがあちこちである。どうも指定席の券を買っていなくても席が空いていたら座って、その席の指定券を持っている人がきたら移動するのが普通らしい。座られていた人も座っていた人も普通にここ私の席なんですけど、ああそうすか、どもども、みたいな感じのやりとりで済んでいて、これはこれでいいなと思った。途中、検札がきて1人1人チケットを確認するのだがそのときにあなたのチケット指定席じゃないですからと追い出されている人もいなかった。スマホで音を出しながら2人で動画を見てケラケラ笑っている人もいたし、子供をあやす声（こちょこちょこちょこちょ、と全く同じイントネーションでチコチコチコチコ、と言ってすぐあとにきゃはーと子供の笑い声が続く）も大きく聞こえるし、日本の新幹線は速いしリクライニングだし指定席に人が座っていることもまずないけどこれはこれでいいなあ、でも英語話せないと無理だなあ、私だったらそこ私の席なんですけどが言えなくてチケットを見せてプリーズプリーズ言うしかないかもしれない。正面の女性がアルミホイルに包んだ四角いサンドイッチを出して食べ始めた。私もそろそろと思ったが、人が食べだしたのを見た直後というのは何かしら失礼な気がして少し待ってから袋を開ける。両端がとんがったバゲットのサンドイッチは、「ハムサンド」じゃなく「ハムバターサンド」と書いてあっただけあってバターがおいしい。甘みもあってふわっとしていて濃い。ホテルの朝食のバターもおいしかった、イギリスのバターはおいしいのか、表面がカリカリ香ばしいパン、薄切りよりは厚みのある柔らかいハムと歯ごたえのある酸っぱい小キュウリ丸ごとピクルスに白いたっぷりのバターが相まって、もう1つ買えばよかった。レモンジンジャージュースは裏側に本品には余計なものは入ってませんというようなことが書いてあってまさにそういう味で薄甘かった。ボーンマスに到着した。あまり海の気配や匂いはない。チェックインして荷物を置いてイベント会場へ移動する。今日の会場はまだ新しい芸術大学で、全体が白っぽくすがすがしく明るい。イベントを終えると夜になっていて本当だここは海辺だと痛感するような冷たい風が吹いていた。

今日はシェフィールド（Sheffield）という街までMさんと2人で電車移動、また机を囲んだ席で、2人の子供を連れて大荷物の女性が前の席に座った。上の子は5、6歳くらい、下の子は幼児だ。窓際に上の子、その隣に女性、子供と女性の間にはめこむように幼児、幼児は哺乳瓶を持ってミルクを飲んでいるが、粉ミルクではなくて普通の牛乳のような質感に思えた。ニコニコ笑う幼児はMさんと私を見てハローハローと言い手を振った。私たちも応えた。幼児は座席に立ち上がって後ろ向きになって後ろの席の人にもハローハローと手を振った。あらこんにちは、うふふ、というような反応が小さく聞こえる。2歳くらいかなと思いつつ眺める。幼児はすぐ脇に立つ、無表情の中年男性にもハローハローと笑いかけ、男性はハローとだけ答えた。女性は幼児が落っこちないように片手で支えながら、眉を曇らせてスマホをいじっている。停車駅で乗ってきた男性が彼女らにここは私の席ですがというようなことを言った。ほら、この番号、とチケットが彼女らに示される。彼女はあー、というような仕草で子供らを見、車内を見回す。概ね満員で、親子連れが座れそうな空席はない。立っている人もいる。男性はフームと唸ると、じゃあ、まあ、いいよという感じに肩をすくめ荷物を持って車両の端に移動した。女性はありがとうと言い、男性はまあいいんだ、そっちは子供いて大変そうだしという風に手をひらひらさせたが顔は笑っていない。「譲ってあげたんですかね」私が言うと「そうですね。ちょっとイライラしてるみたいでしたけど」とMさんが微笑んだ。女性はMさんにスマホを差し出し何か言った。車内に飛んでいるWi-Fiに繋いでほしいようだ。Mさんが操作しスマホを返すと彼女はハーイとスマホに向かって手を振った。即座にテレビ通話し始めたらしい。子供らも映して何か話している。多分英語ではない言語だった。席を譲った男性は車両の端で立っている。電話が済んだ女性は板チョコレートを出して割って子供らに与え自分もひとかけくわえ、私たちに「あなたたちもいる?」と言った。ありがとう、でも大丈夫。「そう。あなたたちには子供はいるの?」ええ、私には1人、娘が。「パードン?」娘が。どうも私のdaughterの発音が悪いらしい。昨日も別の人に聞き返された。ドゥター。ドーラー。ドゥラァ。「ああ娘さん。おいくつ?」6歳です。あなたの子供は?「こっちが5歳でこっちが4歳」4歳?　思わず聞き返しそうになる。下の子はどう見てもようよう赤ん坊から幼児になったくらいに見える。女性は私が思っていることがわかったのだろう、この子は生まれつき脳に、というようなことを言った。手術をして。生活。体。成長。大人。私には単語が切れ切れにしかわからなかったがMさんに尋ねるのは憚られた。そして概ねわかる気もした。「でもこの子はすごくハッピーだから」女性は言い、「そしてこの子は私たちを完全にハッピーにしてくれているから」子供はチョコレートを食べながらまたハローハローと笑った。今日も昼食は駅で買ったサンドイッチ、ビーフオニオンサンド、シェフィールドでは街中のギャラリーにあるホールで話し、その日のうちに電車に乗ってロンドンに戻った。

大英図書館での最終イベントも無事済み(お昼は控え室で三角サンドを食べた。ベーコンとチキンと野菜)夜は打ち上げ、料理を食べているとイベントの責任者の方がきて「イベントはいかがでしたか?」とても素晴らしい経験ですありがとうございます。「それはよかった。慌ただしい日程だったかと思いますが、英国を楽しめましたか?」ええ、とても。どの街もどのイベントも面白かった、ああ、でも英国のクリームティ、だからスコーンと紅茶の組み合わせを試したかったのに機会がなくて残念でした。言いながら、私いまwantedって言ったけどwantは直接的だからwould like toとか言わないといけなかったんじゃないか、でもwould like toの過去形ってなんだ、いやwouldってそれ自体過去形じゃなかったっけ、そもそも過去形にする必要があったのか?……英語、多分簡単なはずの文章、私が言う端から恥じ入っていると「ではまたいつかいらしたときにぜひ!」ええ本当に、どうか本当に。ありがとうございました。それからまた日本からの参加者とフェミニズムの話になった。「女性差別よりも、まずは労働格差を解決すべきなんじゃないですか、日本は」「でもね実はね小山田さん。アカデミズムの世界ではね、化粧が濃いだなんだ言って、女の足を引っ張ってるのは女なんですよ。女の敵は女」「わたしは、やっぱり個人を大事にしたい」そう言う人には女性もいて男性もいて若い人もずっと年上の人もいて、ううと思いながら女性が多い保育とか介護とかの賃金が安かったり出産で休むと出世できなかったり家事育児の両立で短時間や非正規の雇用になっちゃったりしてつまり労働格差と女性差別って切り分けられない問題と思いますよ。アカデミズムの世界でもどこでも成功している女性は男性優位社会の価値観を内面化してるってことはありませんかそうでないとそもそも上にいけないっていうか。性差別は変えていかないと個人以前の問題でだって差別なんだから。店内は満席で、音楽も人々の話し声も大きくて、私は声を張り上げて滑舌が悪くて、早口なのにしどろもどろで、何をどう言うべきなのか、言葉、文章、知識、実感、どこかで読んだ聞いた言葉、私が考える言葉、頷いてくれる人もいたけれど首をひねったままの人も笑っている人もいて、日本語でだってうまく伝えられない。ホテルに戻り落ちこみながら荷造りをした。

帰りの飛行機はお昼の便で、行きに一緒だった母娘の姿があったので目礼すると会釈が返ってきた。空席を挟んで若い女の子が座っていた。イギリス最後の午餐はジャパニーズスタイルチキン、と称された鳥の照り焼きと白いご飯の機内食だった。隣の若い女の子は機内食を断ってカロリーメイトを食べている。その次の機内食はもう日本上空で、ハムとソーセージとマッシュルーム添えのオムレツ容器を覆うホイルにイングリッシュブレックファストというシールが貼ってある。東京に1泊して広島に帰るともう地元の店にもマスクは売っておらずほどなくトイレットペーパーにも行列ができだした。

ディストピア、ブリトーとビーフンとピザ

4月、子供がしばらくずっと家にいることとなった。それはいい。とてもいい。いま子供に集団生活をさせるのは不安だ。広島もどんどん新型コロナウイルスの感染者が増えている。まだまだ増えるだろう。私は在宅仕事だ。子供はかわいい。1日は長い。夫婦で相談しタブレット端末を買うことにしたが、最長2ヶ月待ちと言われまだ届いていない。私はスマホにいくつか子供向けアプリをダウンロードした。

このエッセイではあれを食べたこういう店に行ったという話を毎月書いているが、そもそも外で昼を食べるのは私にとってハレというか特別というか、普段は家でほぼ毎日同内容の昼食を摂っている。きな粉青汁シェイクとでも呼ぶべき濃度と粘度のある飲みもの、作り方は簡単、青汁のおまけについてきた450㎖容量のプラスチックシェイカーに約200㎖の牛乳を入れ、大さじ1杯か2杯の粉末青汁（大麦若葉のもの）、きなこ大さじ山盛り2から3、すりごま大さじ1を入れる。粉類を先に入れてから牛乳を注ぐとシェイカーの底に貼りついたりするのでこの順序がよい。蓋を

して振るとくすんだ緑色のどろどろになる。シェイカーの蓋を外し、少量の水道水を蓋に注いで蓋についたどろどろをゆすいでシェイカーに戻してから縁《ふち》いっぱい豆乳を注ぐ。豆乳は、おからを取り除かず大豆を丸ごと潰したと書いてあるやつで、普通の豆乳よりとろとろつるつるしている。シェイカーを揺すって全体をなじませる。時間が経つと粉類が沈殿するのですぐ飲む。2年前くらいから、昨日の残りカレーを食べねばとか今日はどうしても辛いスパゲティが食べたいカップ焼きそばが食べたいとかいうのがない日は毎昼これだ。1人の昼に手のこんだ料理をするのは面倒くさい、でも簡単にできる1人昼食はどうしても炭水化物に偏りやすくたんぱく質やらビタミン的なものが摂りにくいしその辺りを追求していると手間だけでなく食費もかかる、そして、そんなようなことを考えてああ今日は昼になに食べようもう鯖缶残ってないし等とぐずぐずしているうち時間が経ちお腹が空きすぎて逆になにも食べたくなくなった結果変な時間にお菓子をたくさん食べてしまったりすることがあってよくないという経緯で開発した。牛乳豆乳きな粉からたんぱく質が、青汁粉末とすりごまからは各種ビタミンミネラルが摂れ、なおかつ繊維も豊富だ。味も決してまずくはない。すごくおいしくもないがきな粉とすりごまの香ばしさほの甘さがある。大麦若葉青汁は苦くなくドラッグストアで安く買え炭水化物ランチで心配な塩分もほぼゼロ、なにより作り始めから食器洗い完了まで5分かからない。難点は飲んだ直後は膨満感《ぼうまんかん》を感じるほどお腹がいっぱいになるのに腹持ち悪く4時半くらいにお腹が空いてしまうことと、毎日飲んでいるとなんだか悲しいような寂しいような気持ちになってなぜかディストピアという単語が浮かんでくるところだ。多分、お前の今日の労働に見合った栄養はこれで十分だ、とお上から支給される最低限飲める程度に調味されているが嗜好性は低い人工栄養シェイク、みたいなものをイメージしてしまうからだと思う。

1人のときはどんなにそれがディストピアでもその楽さに勝てなかったのだが、子供が家にいるとそうはいかない。いくら栄養があっても子供にディストピアを飲ませるわけにはいかないし、飲ませようとしても嫌がられるだろう。育ち盛りにはもっとカロリーも油分も必要、それで、子供には焼きそばなりチャーハンなりうどんなり作るのだが、そうなると、温かい料理を作りながら自分はディストピアを飲むという状況が悲しくて子供と同じものを食べることになる。本当は白いご飯とおかずと味噌汁、みたいなものを食べさせるのがいいのだろうが、それだとなんだか1日中料理をしているようなことになってしまう。料理は好きだが、子供向きの料理を作るのには自分のための料理、あるいは自分と夫のための料理を作るのとは全く違う緊張感がある。菓子パンとかラーメンとか、子供が喜ぶ手軽な食べ物はいくらでもあるが、大人が自分の意思と覚悟で食べるならまだしも子供に連日食べさせるのは抵抗がある。塩気も油分も心配だしやっぱりたんぱく質やら野菜やらが足らず、それらを補おうと卵や野菜を載っけたり混ぜたりすると大概苦情が出る。栄養バランスが整った給食がなく3食私が作ったものを食べているいま、普段よりも免疫とか抵抗力とかが気になりもするいま、しかし一方、友達とも遊べず体も思い切り動かせない子供にとって食事がいつも以上に楽しみでもあるべきいま、これも食べろ残すなよく噛めなどとくどくど言いたくもない。ネットで、簡単にできるブリトーというのの作り方を見つけたので作った。小麦粉主体の皮をフライパンで焼いて具を包む白い春巻きみたいな見た目の食べ物、日本だとコンビニ軽食でハムチーズ味みたいなやつを売っているが、中身は別になんでもいいらしい。ウインナとトマトソースとほうれん草などを入れた。本当に簡単にでき、皮は縁の乾いたところがぱりっと硬く、具に接しているあたりが程よく柔らかく弾力もある。子供も手に持って楽しい感じでよく食べた。私は一味唐辛子を振って辛くして食べた。調子に乗って2日後にも同じように作ったらなんの加減か前回のようにうまくできなくて皮がべちゃつき破れ中身がしたたりこぼれ、両手を汚した子供は3分の1ほどを皿に残し、その後また作ろうかと尋ねても「あ、大丈夫」と断られるようになった。1度作ってうまくできた料理を2度目3度目で失敗するというのがあるあるなのは私だけだろうか。春休みとか夏休みとかのようにゴールがきっかり決まっていないこの生活は、得がたい、もしかしていつか思い出したら宝物になっている可能性もあるのかもしれないけれどいまそんな余裕はない。「もしかしていつか思い出したら」という未来自体が一切合切ないのかもしれない怖さ、日々時々刻々と増えていくひどいニュース、子供と私の体力、勉強、遊び、仕事、感染症には天災めいたどうにもならない側面もあるが、いまのこの状況は人災でもあって、その一部を形成してきたのはかれこれ16年も有権者をやっている自分でもあるのだ。そう思うと悲しいし悔しい。ネットを見ても新聞を見てもテレビを見ても腹が立ち、目を逸らすのはよくないとも思いつつ子供番組ばかりつけているとやたらにパプリカが流れる。オリンピックのプロパガンダ、踊っている子供たちに罪はなかろうが、パプリカの次に違うバージョンのパプリカ（パプリカにもいろいろある。英語のやつとか手話のやつとか映像がアニメのやつとか各子供番組とコラボしているやつとかいつものメンバーが違う振りつけで歌うやつとか）が続いたりするとどうしてもうんざりする。夏までの我慢かと思ってたら1年延び、でも多分あと1年でももうだめで、なぜかパプリカ残響にポポポポーンというウサギなどのキャラクターのコマーシャルが空耳される。

対面販売が難しくなり苦境に陥っている店の商品をネット通販で買って応援しようという声があり、それはそうだと思っていままで買ったことがないものを思い切って注文した後に物流も限界なのでいまはどうか不要なネット通販は遠慮して欲しいという声を聞いてそれもそうだと思う。どちらも正しい。裁縫好きな母が作ってくれた布マスクをつけて歩いていたら、軽い知り合いと偶然道で会い挨拶だけで行き違うかと思ったら「それいいですねえ」と振り絞るように言われ立ち止まった。え？「そのマスク……もう手に入らないし自分で作ってみようと思ったけど私不器用でうまくできなくて。子供預けるにもマスク必須で、もうどうしていいのかわからなくて」ああ。ええ。ええ。「ネットで縫わなくていいみたいな作り方も見つけて試したんですけど子供の顔に合わなくて」彼女はいわゆる使い捨てマスクをしているが「これ昨日も使ったやつで。大人はもう、消毒して使いまわしてるんですけど子供にはやっぱり」あー、でしたら、あの、これうちの母が作ってくれたんですがまだ使ってないやつが家にありますからお分けしましょうか。あれだったらお子さんの分だけでも。「いえそんな。悪いですそれは。うち子供3人いるしこれからまだまだ貴重になるかもしれないし。布マスクだって1年はもたないだろうし」布マスクだって1年はもたない。1年経ってもまだマスクが必要な状態が続いている可能性、1年経ってもまだマスクが手に入らない可能性、全然ある、というか、絶対手に入るようになっているよ大丈夫と思えないのはなんでなのか。彼女は薄く微笑んで「うちにも布はあるんです。ゴムも。私が縫えないだけで」いやでも。「いいんですすいません」あー。実際、もし私が彼女でも、そこまで親しくない相手に、それも文脈的にきょうだい3人分のマスクをもらうとなったら心理的に負担だろう。終わったら返してくれたらいいですよという話でもないし、あ、じゃあその布とゴムをお預かりしてうちの母が縫いますよという提案も頭をよぎったがそこまで親しいわけではない彼女とそういうやり取りをしようと思ったらどこかで待ち合わせをして材料を受け取って子供の顔の大まかなサイズとかも聞いて、それで親に頼んでできあがったらまた連絡をして待ち合わせという手順になる。子供を預けているのだとしたら彼女は外に出て働いているわけだし、お互いどのへんに住んでるかもよく知らないのだ。やっぱりそれは遠慮するよな、せめて私が縫えたらまた違うけど私は不器用だしミシンもないし……悶々と考えながらじゃああの、でももしいるってなったらいつでもあの、もごもご言いながら別れた。

税金で送られてくるという世帯に2枚の布マスクでは彼女の家の子供たちだけが使うわけにすらいかない。

カレー味の焼きビーフンというあまり見慣れない商品を売っていたので買った。焼きビーフンはおいしい。野菜をたくさん入れても薄味にならないのに、ちょっとぐらい具が少なくても塩辛くて閉口する感じがしない味つけ、たまに無性に食べたくなって続けて食べていたのに気づくと半年くらいご無沙汰になっていたりもして、だからこそ思いついたら本当に泣きたいほど食べたくなる。焼きビーフンは日持ちもする。こういうときは焼きビーフンだ。私は焼きビーフンを主食だと思っていたが、かつて作って夫に出して「ご飯は?」ときょとんとされたことがある。え? ご飯? 「だってこれおかずでしょう?」いやでもこれ、お米の麺だよ……以来夫にはご飯もつけるようにして、カレー味なら余計にご飯に合うだろうが昼には夫は仕事でいない。夫は製造業の工場勤務で多分最後の最後まで休みにはならない。最後の最後でもならないかもしれない。時差出勤で早く家を出て早く帰る制度はあるものの、毎日電車に乗って通勤するのは変わらない。本当は休みになってほしい。でもそうなると商品の流通に関わるわけで、つまり人々の生活に関わるわけで、実際に感染症発生後に注文が増えている商品もあるらしく、だから自粛しろテレワークしろってそれが可能な仕事がどれだけあるかってなあ……子供がいたら仕事にならないとはいえ、私が完全在宅勤務可能なことを天に感謝すべきなのだ。いや、感謝すべきは天になのか。それにいつまで私の仕事があるか。焼きビーフンはフライパンに四角くまとまった乾燥ビーフンと肉野菜など好きな具を入れ、水を注いで蓋をして作る。カレー味は最後の蓋を外し水気を飛ばす工程で添付のカレー風味スパイスを振りかけて混ぜる仕様になっている。部屋中がカレーの匂いになる。インドカレーもスパイスカレーもおいしいけどこういう、カレーそのものではない、カレー味の匂いというのはやっぱりいいなあ、今日はキャベツともやしと玉ねぎと冷凍シーフードミックスを入れた。小エビと真っ白い四角いイカと剝きアサリ、子供がアサリを1つ食べてこれいやだというので箸で1つずつつまみ上げて自分の皿に移した。子供は麺とエビとイカはおいしいと言った。野菜も食べなねと言うとふむふむ頷いてまあ食べた。「おいしいよ」ね。これおいしいよね、お母さんも大好き。

その翌昼はピザにした。前にまとめて生地を作って（子供も一緒にこねた）冷凍しておいたのを出してトマトソース、ウインナと玉ねぎとプチトマトとブロッコリを載せて焼いた。子供と私だと1枚では足りないが2枚焼くと冷凍生地の備蓄が減るしなと思って私は少し久々のディストピアにした。どうせ子供は丸1枚は食べられない。ピザを食べている子供にママのお昼はこれ、と緑いっぱいに緑の泡が浮いたシェイカーを見せた。「うえー」子供は舌を出して皿に落ちたウインナを指でつまんで生地に載せ直して食べた。シェイカーをくるくる回しながら素早く飲む。ディストピアを飲み始めたころ、もう日本は大概ディストピアだと思っていたがまさか本当にここまでこんなにディストピアになっているとは思っていなかったのだな私は、と思ってまた悔しくて悲しい。本当の本当のディストピアでは栄養のある飲みもの1杯すら支給されない。子供にそんなのを強いるのは嫌だ。嫌だというか無理だ。飲み終えて、水を飲んできな粉のざらつきを流す。子供が少し残したピザを食べた。冷めていてもおいしい。生地、トマト、ウインナ、玉ねぎ、ブロッコリ、いろんな味がする。冷凍庫にはもう1枚分、冷凍しておいたピザ生地がある。布マスクまもなく送付開始という報道を見た。やめてほしい。それが国政にであっても、意見がある場合はむしろ地元の与党議員にメールなりを送るといいと聞いてホームページを見てみたが、なぜかその議員のホームページのお問い合わせ欄を押すとリンク先がありませんという表示が出てきて、プロフィールとか後援会のご案内とかいう欄はちゃんとリンクが生きているのにお問い合わせだけがダメで、わざとじゃないかと思って腹が立った。わざとじゃなくても直した方がいい。電話をした。私は地元有権者であること、リンクがおかしいこと、税金での布マスクの送付はいらないので補償をしてほしいのですがと伝えるとスタッフが「私も正直あのマスクはですねえ、布のならいくらでも、縫えますしねえ」苦笑いの声に聞こえた。……ねえ、いやほんと、マスクいらないですよ。税金で。もっといい使い道がっていうか。補償とか。「ねえ。議員はいま東京におりますので伝えておきますけれども、布マスク、ねえ」よろしくお願いしますと言って切る。

お肉の弁当

お昼のお弁当を買いに行こうと子供を誘った。先月から引き続き、子供がずっと家にいる。仕事の都合で実家に預ける日も多いが今日は終日2人で家にいる予定だった。夫は仕事、電車通勤をやめ車通勤できるよう職場が取り計らってくれた。朝は子供番組を観る。時計が進むにつれ歌や寸劇主体の幼児番組から科学とか哲学とかの勉強っぽい番組になっていく、算数とかもある。意外な人が人形劇の声をしていたり（きゃりーさんもガッツさんもとても上手だ）、風刺が効いていたり、渋い俳優が荒唐無稽な設定を熱演していたりしてつい観てしまう。もちろん、即座にあるいはじわじわチャンネルを変えたくなることもあり録画しておいた番組を観たりもする。親子で好きなのは「あはれ！名作くん」と「スポンジ・ボブ」、とはいえ、大人より子供の方がテレビやDVDを観続けることに耐えられない。遊びたい、体を動かしたい、アパートなのであんまり部屋の中でぴょんぴょんして欲しくない、私自身も少しは動きたい、公園は遊具に触らない方がいい、となると散歩くらいしかないが子供はあまり好まない。公園に行って鬼ごっこをしたりするとこちらがへばってもまだまだと走り回り続けるのに、散歩となるとものの数分で疲れた帰りたいと言い出す。あそこに花が、うぐいすの声がなどという会話を楽しめというのも酷だろうし、毎日毎日顔を合わせている母親が相手ならなおさらだ。古いデジカメを持たせてみたり、散歩用の花の図鑑を買ったり、わかれ道に来るたびにじゃんけんをして行き先を決めようだとか、しりとり、でもやっぱり疲れた帰る帰る帰る帰る、もう私が、ねえ散歩、と言いかけた途端にいやだ！　と返ってくる。

それで、散歩ではなくお弁当を買いに、目的地があれば気分が変わるのではないか。ほどよい距離で、道中にアップダウンのあまりない場所、できたらご褒美的にちょっとおいしそうなもの……田舎なのでよりどりみどりとはいかないが徒歩でほどほどの場所の居酒屋が弁当を販売しているというのを見つけた。店内飲食自粛のため期間限定（終期は未定）で始めたというランチ弁当、ネットで見る限りそこそこ高級そうな店なのだが、お弁当は550円から、1000円2000円の高級弁当もあるがおすすめ筆頭に書かれているのはお肉のお弁当750円、自炊やコンビニと比べたら高いがたまのごちそうとしては妥当じゃなかろうか。よく晴れて風も心地よく、私の子供は肉が好きだ、好きな食べ物はと聞かれたら唐揚げと焼肉と答える。ねえねえお肉のお弁当買いに行かない？「んー、いいけど」よしいいね行こう行こう行こう、11時半のオープンに合わせ11時すぎに家を出た。

しばらく歩いて子供が「こっち！」と道を曲がる。予定のルートを外れるが方向はまあ合っているので従う。住宅街の小さい川、小川というと詩情が強すぎるがドブと呼ぶのは気がひけて側溝というと即物的すぎる感じの流れぞいの道に出る。水は見下ろすくらい低いところを流れ、切り立った角度のコンクリ土手の隙間から草が吹き出しツルニチニチソウが紫の花を広げている。土手に突き出ている灰色のパイプに鳩が出入りしている。中で営巣しているのだろう。川底には水草だか藻だかがびっしり生えて浅い水になびいてところどころにゴミがひっかかっている。水は透明だ。両脇に私の肩くらいの高さの目の粗いフェンスがある。子供があっと言って指差した。水の底に四角いものが落ちている。カードだった。遠目に鮮やかなキャラクターはポケモンかなにか、ゲームか収集を目的としたカードに見えた。水草にひっかかっているのかぴくりとも動かない。「おとしちゃったのかな」と子供が心配そうに言った。自分が大事なものを遥か下の水に落としたと想像したのだろう。このフェンスの高さを思うと、どっちかというと投げて捨てちゃったのかもしれないな、ダブりとかで、もしくはそもそもおまけかなんかのいらないいちゃちなカードかもしれないしと思いながら、そうだねえと相槌を打つと「かわいそうだね」そうよねえ、落ちたらここ、拾えんもんねえ。「ねえあっちにもある」見れば少し川下にも同様のカードが、それも複数枚沈んでいる。石に引っかかっていたり長い水草に絡まっていたり、裏向きになっていたり、同シリーズの、やっぱりポケモン、子供は3枚、4枚と数えている。フェンスに沿って歩くと、水面の反射で見えなかったカードが次々現れた。「10枚、ええと……」ごめん、フェンスは菌がついてるかもだからできたら触らんようにしてくれる？「あっ」川が中州めいて少し膨らんだところに、さらに大量のカードが引っかかっていた。ざっと20枚30枚くらいはありそうな、表向き、裏向き、ダブりを投げ捨てたマナーの悪い子のイメージが浮かんでいたが、これだけの枚数、いらなくて捨てるにしたってゴミ箱に入れるだろう普通。むしろ、誰かに取り上げられて川に放り投げられた的なことなんじゃないだろうか……いやでもそんな邪悪ないじめっ子ならむしろ売るか自分のものにするのでは？　売るほど価値がない？　川上で何かあった？　言っても言っても片づけない子供に業を煮やした親が窓から投げ捨てたとか？　川の両側には家が並んでいる。新しい家もあれば昔から風の家もある。川はその先でさらに低い暗渠に落ち込み、もう先が見えなくなる。子供はいつまでもそこでカードを数えようとしているが重なり合っていて数えようがない……行こうか。「まだ」じゃあ、もう少しね。住宅街は意外なほどしんとしている。休園、休校、自粛、テレワーク、この辺りには子供がたくさん住んでいてもおかしくないし大人の在宅率だって普段より高いかもしれないのに、なんならあちこちの庭に三輪車や子供用自転車やフリスビーや縄跳びがあったりするのに、声も気配もなかった。連休前、いい季節だった。庭先にはツツジが咲き、柿の木はついこの前までの薄黄色のおずおずした芽吹きがあっという間に、言葉通りみるみるうちに葉を広げ厚みを増し色を濃く、しかし、真夏のあの黒いほど濃い緑ではない光を含み透かすような色、風に乗って藤かライラックかジャスミンかそういう甘い匂いがする。でも誰もいない。少し前のことになるが、私の住む土地に感染症のクラスターが出たという報道があった。近所というほど近所ではないがまあ、ニュースを見てひやっとする程度には見慣れた地名だった。クラスターとされる施設の名前が伝言ゲームのように広がり(のちに公式発表されたからデマではなかったのだが)、その施設の、全然別のところにある関連施設にまで苦情の電話が殺到したという……正直、こうやって子供を連れて散歩をしているだけでも、誰かから、突然、どうして子供なんか連れて出歩いているんだと怒鳴られるんじゃないかという恐怖を感じる。不要不急、自粛を要請、密を避け、なんと気持ちの悪い不正確な不誠実な言葉たちだろう。テイクアウトして飲食店を応援、売り上げが落ちてるお店はネットショッピングで支援、配送業はパンク寸前なのに補償はない、給食用の食材が余って大量破棄の危機、給食がなくなり満足に食べられない子供がいます、体調が少しでもおかしかったら外には出ないように、検査はよほど重症っぽくないと受けられません、経済は回したい、給付金は最小限かつ世帯主のところに、小さい布マスクすら地方にはまだ届かない。暑くなってきた。風が止み、日差しが強まり、ちょっとすでに真夏のような、うながすと素直に歩き出した。手をつなぐ。小さい飲食店に『コロナウイルス心配のため休みます』という張り紙がしてある。予防のためとか対策として休業とかいう張り紙は見たことがあるが、心配のためというのは初めて見たが実際心配だ。店を営業したってしなくたって感染するかもしれないししないかもしれないし、潰れるか非難されるか全ては個人の責任に帰着する、させられる。「あつい、つかれた」そうだね、もうちょっとだからね、お弁当買って帰って食べようね。「えー……じゃああそこのコンビニでおにぎりかいたい」目の前を指差す。えー、コンビニ？　美味しそうなお弁当だったよ、写真見たでしょ、お肉の、もうちょっとだから、行こうよ。「うー」せっかくここまで、来たんだし。なだめながら歩き出してでも、じゃあいいじゃんコンビニで、コンビニのおにぎりもお弁当もレトルトも別においしい、デザートだって買える、せっかくここまで来たんだしのせっかくは、私のエゴにかかっている。とはいえ、あと少し歩けば目的地なのだ。いいじゃん、いいじゃんと言って歩く。

店は少し奥まっていて、グーグルマップ上はもう到着している風なのに見当たらなくて、路地を少しめぐった。ようやっと見つけた目的の店は思っていたより小さい間口で、暖簾も何もなく薄暗く一見閉まっているように見えたが近づくとテイクアウト営業中という札が出ていた。入ってお弁当を2つ頼むと少し座って待っていてくださいという。「いま予約の分してまして、すぐ終わりますんでね」よろしくお願いします、私は置いてあったアルコールで手を消毒し子供にもさせ指示された席に座り、スマホでゲームを起動して子供に手渡した。真昼なのに薄暗い店内は、明らかに夜、お酒と料理を楽しむ大人用のインテリアだった。重厚な客席テーブルに紙おしぼりと割り箸が広げてあり、そのわきに厨房から搬出された弁当のパックも積み上げられ一緒にビニール袋に詰められていく。男性が店に入ってきた。ワイシャツ姿、入るや否やオーと言って片手を上げ、厨房から出てきた男性店員さんもオーと応じた。「今日はわりぃねえ、ようけ頼んでから」「いいやァ、ありがたいばっかりで」店員さんは頭を下げた。「どうなァ?」「いやーァ」女性の店員さんがビニール袋をがさがさレジのところに移動させた。たくさんあるので往復した。「しんどいんかー」「イイヤネ、こがなことお客さんに言うちゃああれですけども、こがに昼に弁当作ったってね。ぜーんぜん儲からんですよ」「ほうねえ」「なんのためにに店、開けとるんかなと思う。ボランティアですかね」ボランティア。女性店員さんがレジを打ち始めた。ピッ、ピッ、キャッシュレス決済5%オフのポップが立ててあり隣に手書きでカード不可ともある。「仕入れ先がね。どっこも悲鳴上げとってから。肉が腐る腐る言うて。引き取り手がなァんじゃもん。それで、まあ、お互い様じゃしと思うてね、仕入れて、こうやって、まあ……でもまあ、儲かるか言うたら、そういう話じゃあないですよねもはや」「ほうよねえ」男性客が財布を出した。女性店員さんが値段を言う。ざっと20食くらい買っている計算だ。職場のみんな分とかだろう。「でも、ほんま、こがにようけ、助かります」「またね、自由にあれになったら、顔見に、飲みに、みなで、来るけェ」「いやほんまに。ほんまです」「乗り越えようでえー言われてものォ、うちも悲鳴よ、考えれんよ。どっこも同じよの」「持てますかね?」「車じゃけ」「じゃあ車まで」「後ろにね」男性について、男女の店員さんがビニール袋を下げて出た。しんとした黒っぽい店内で、子供の頬がスマホに照らされている。「みて」子供が触れると、画面の中の小さいブロックを積んで作ったような時計塔が飛び上がってバラバラになって落ちて元に戻った。面白いね、お母さんにもやらせて。「いいよ」音を消しているが多分、どんがらがっしゃんと効果音がついているのだろう。面白い面白い、あれ、でもこんな画面、今まであった？「さわったらできたよ」見ると無料版だと遊べないはずの面になっている。ぎょっとしてスマホを受け取ったが、確かに遊べるようになっていて勝手に課金したような形跡もない。おそらく在宅を強いられている子供のために一時的に無料コンテンツを増やしてくれているのだろう。店員さんたちが店に入ってきて、一瞬、多分、私たちの存在を忘れていたのか驚いた顔でこちらを見た。

弁当を受け取り帰っている途中、子供が「もうあるきたくない！」と言いだした。「つかれた！」疲れたね、がんばってるね。「あつい！」そうだねー、お茶飲む？「もういかない！」行かないじゃないよー帰りよるんよ、行かないことはできても帰らないことはできんのよ。「うごかない！」じゃあここで暮らすんね？声が我ながら棘立った。住宅街、真横にちょうど空家と思しき家があり、崩れかけた塀にヘクソカズラが盛大に絡んでぺかぺか光っている。「いーやーだー」いやでもなんでも、帰らなきゃもっと暑くてしんどいことになるよ、ね、歩いたらすぐじゃけ帰ろう。「もういかないってば！」だからどこかに行こうとしてるんじゃない、帰ってるんだよ！判断ミスだった、今日は昼時に歩くには暑すぎた、日差しが強すぎた、初めての店で迷ったせいで時間をロスしたし、川でカードを長いこと眺めて店でも待ったし、つまり子供はかなり空腹なはず、暗い店内でスマホを見ていて外に出たら暑さ眩しさが段違いに強く感じられ、路上には誰も歩いていない、車通りは普通にある、コンビニの駐車場に入ろうと小さい渋滞が出来ている。私が悪いのだ。私が、あそこで、じゃあコンビニおにぎりにしようねと答えてそうすればよかったのだ。というか無理に連れ出そうとしなければよかった。運動なんて、別に、なんというか、幼い子供なんて生きてるだけで基礎代謝の塊だ。外を歩きたかったのは自分、気分転換したかったのは自分、弁当を買いたかったのは自分、怒ってはいけない、いやもう怒ってしまった、ごめん本当にごめん、頬が赤いのは泣きそうなのか暑すぎるせいなのか、じゃあ、あの信号のとこまで抱っこしようか、「だっこはべつにしてほしくない、あついから」そうか――……じゃあ、歩こうか。「いやだ」そうか――……タクシーに乗ってしまうか、いや、それも感染症予防的にはどうなんだ、というかそもそもこんな田舎、タクシーなんて呼ばなきゃ来ないし呼んでも多分しばらく来ない。

帰宅して食べた弁当の肉は柔らかく米も大量、総じておいしかった。値段を考えても大当たりといっていいが、食べながら当然どうにも気まずかった。おいしかったね、今日はごめんね。「そう」あ、野菜も食べてね。子供が横目でこちらを見、肉をひと口食べてフンという顔をした。

ラーメン屋の肉野菜炒め麺

衣替えのときに入れておいた防虫剤が効果切れになっているのに気づいた。ドラッグストアへ買いに行く。この前室内でヒメマルカツオブシムシの成虫を見た。極小のてんとう虫みたいなかわいい虫なのだが幼虫は衣類を食害する。我が家の防虫剤は相当前から効果が切れていた可能性がある。昨日はかなり雨が降ったが今朝はところどころに晴れ間もありしかし灰色の大きな雲もあり、少し悩んで折り畳み傘を持つ。防虫剤は違うメーカーのを混ぜて使うとよくないらしい。どうよくないのかその真偽ももう定かではないのだがとにかくダメなのだというのだけ覚えていて、それでいつも売り場の棚の前で焦る。うちで使っているのはミセスロイドなのだが、私は防虫剤を買おうと思うときいつも脳内でムシューダを買おうと思ってしまう。スポーツドリンクを全てポカリと呼ぶとか、絆創膏という意味でバンドエイドと言うとか、そういう感じで商品名を普通名詞あるいは代名詞として記憶し使用してしまっているせいなのだが、だからムシューダを買おうと思って棚を見て、あれ、ムシューダじゃないな、形が違うな、あれれ、と不安になるのだ。防虫剤はスポーツドリンクや絆創膏ほど日常目にしないせいもある。形状、色味、効き目が切れたときに浮かぶ文字の白さとフォントに覚えがあるのは絶対ミセスロイドなのにミセスロイドという名前にとにかくピンとこず、これだよこれで合ってるんだよ、と脳内で声に出し不安がる自分を励ましながらかごに入れる。毎回そうなる。ならばメモしてくればいいのに毎回そうなることを棚の前まで忘れている。ドラッグストアにはアルコールの除菌ジェルがたくさん売られているしマスクも並んでいるしトイレットペーパーもティッシュもかつて品薄だったのが嘘のように豊富にあるが、箱入りの安いマスクはまだ復活していないし（高いのはある）アルコールもスプレータイプのはない。携帯用じゃない、家庭用の大きいパックのウエットティッシュも、除菌じゃないタイプのはあるが除菌のはない。休園休校は終わり人々は電車で通勤していく。ドラッグストアを出た。雨がぽつぽつ降り始めていた。折り畳み傘を出して差す。街路樹の下を通ると風が吹いたのかばらっと大粒の水滴がいくつも落ちて傘が鳴った。突然、近くにあるラーメン屋へ行こうと思い立った。時間的にもちょうどいい。外食はいつぶりだろう。心が浮き立ちかけ、でもすぐに不安になった。ラーメンはあれだろうか、飛沫飛ぶから危険だろうか、いや、でも、あの店は昼の開店直後、つまり会社員の昼休み前ならまず人と並んで座らねばならないような事態にはならないはずで、それに、開店前には清掃や消毒なども行われている可能性が高いだろうし比較的安全ではないか。というかお店、やってるだろうか。少し前まで、確かしばらく休業していた。

開店直後に到着した。やっていた。傘立てに傘、窓が開いていて、そこからサラリーマン風の男性が2人向かい合ってテーブルに座っているのが見えた。入り口の脇にはアルコールスプレーが置いてある。「アラー、お久しぶり！」のれんに手をかけないよう上半身を深くかがめ店内に入ると、女性の店員さんがすぐに声をかけてくれた。厨房の奥から男性の店員さんもいらっしゃいと言った。常連というほど通ってはいないが顔は覚えられている。「元気なのー」元気です元気ですと答えながらテーブル席に座る。この店はこの2人がやっていて、多分夫婦、もう大きいお子さんがいて云々という話を確かいつか聞いた。男性が調理で女性が接客を担当している。隣のテーブルの男性客は2人とも白地に紺色のストライプ柄のシャツを着ている。お揃いの制服かと思ったがストライプのピッチが少し違っていて、片方は長袖で片方は半袖だった。2人で真ん中に横向きに置いたメニューを見ている。ランチメニューは麺とおむすびしかない。私はいつも肉野菜炒めが載った醤油スープの麺を頼む。麺は他に味噌味の、辛いの、カレー味の、あとは冷麺などあって、多分どれもおいしいのだがつい、最初に食べて気に入ったこれを頼んでしまう。おむすびも頼む。ここのおむすびはとてもおいしい。中身のない、海苔もない、角の丸い柔らかい握り方の塩むすび、ランチタイムは50円だ。肉野菜炒めの麺は750円、税込合計800円、少ししんどいときによくここへきてこの麺とおむすびを食べた。1人でも来るし家族でも来た。800円で確実にある程度元気になって店を出ることができた。注文してからセルフサービスの水をとる。コップはガラスで、水は魔法瓶ポットに入っている。傾けると中で氷ががらがら鳴る。カウンターやテーブルは白木の色で、壁や厨房周辺は白っぽい。開業直後かと思うほどしらじら清潔な店だが、もう何年もこの場所で営業している。私より前に座っていた隣の2人客はメニューを見ながら悩んでいる。店にはテレビがあって、そこに『河井夫妻逮捕』という文字が見えた。ワイドショーだ。音は聞こえないがとにかく逮捕だ。夫妻2人の顔、他の政治家の顔、司会者の顔、コメンテーターの身振り、昨日逮捕され、今朝の地元紙にも大きく取り上げられていた。なにせここは彼女が出馬し当選した選挙区広島だ。地元！　隣の男性客がカレー味の麺を2つ注文した。女性店員さんが「カレー麺ね！」と言い厨房にカレーふたーつ、と告げた。スマホを見る。今までこういうときは文庫本を読むことが多かったが最近はスマホを見る。文庫本は帰宅後消毒しようとすると紙がばわばわになる。スマホの中でも夫妻は逮捕されている。広島の人たちがお金を受け取って広島の人たちが投票してこの人を当選させた、どうして他県より平和な社会を強く希求しているだろうはずの広島が、派閥争いだか仕返しだか知らないがこんなことの舞台になりうるのか、ここならいけると思われて実際いけてしまったのか。そもそも広島は投票率だって別に高いわけでもなく、なんなのか、平和も戦争反対もただの観光コンテンツの1つで実生活や政治とは関係ないことだと思っているのだろうか。

おむすびと漬物がくる。白い半袖Tシャツにエプロンをつけた女性店員さんが笑顔で運んでくる。エプロンに隠れて見えないが、胸からお腹にかけて何か楽しそうなカラフルな柄がプリントしてある。「それで、お子さんとかも、元気なんー」はい元気です。やっぱり親子でなかなかストレス、溜まりましたけど。「本当よねー。麺もう少し待っててねー」はい。おむすびの隅を割り箸でちょっと崩して食べる。出来たてではないのだがそう長いこと保存されていた感じでもなくちょっとだけ表面が乾いて、その部分に塩気があって、内側がふっくら温かく甘い。一気に全部食べたいがあとは麺と食べようと思って我慢する。そしてここの漬物、季節ごとに違う野菜のぬか漬け、今日はきゅうりと人参、野菜としてはあまり好きではない人参もここのぬか漬けだとおいしい。一見生のようにうに角が立って色鮮やかで、カンっと酸味があって塩気はほとんど感じない。我慢できずもうひと口おむすびを食べる。ここでぬか漬けを食べるといつもうちでもぬか漬けをやろうかなと思うのだが、でも手入れがな、あとこんなにおいしくできないだろうし……カレー麺を待つ隣の2人が「あのー、こっちもおにぎりふたつ追加で」「おにぎりねー」と言いながら女性店員さんが肉野菜炒めの麺を運んできて私の前に置いた。この前ここでこれを食べたのはいつだったか、ええとあのときは確か1人で、冬、寒い時期、1月だった。あの日は外での打ち合わせのあとで、打ち合わせ相手からなぜかたくさん野菜をもらって、大きな紙袋いっぱい、それを少しおすそ分けしたんだった、そのときはあんな春を過ごしこんな梅雨を迎えることになるとは思ってもいなかった。

丼を見下ろす。透明な茶色いスープにキャベツ、モヤシが炒められたものが載っかっていててっぺんに黒胡椒、白いキャベツのところどころに黒い火脹れ状の焦げ目がついて豚肉もちらちら見えているが全体としては野菜、水面に炒め物から出たのだろう透明な油がわずかに丸く浮いて光っている。野菜炒めをわきによけてスープ、ここのはいわゆるラーメンスープとちょっと違って和風が勝ち、そばつゆっぽい甘みのあるカツオ昆布だし醬油味に多分鶏とかが少しだけ加わっているような、脂が極めて薄く、単純そうなのだが何がどう混ざってこういう味になっているのかよくわからない。広島らしい柔らかい腰のあまりない麺、わずかに効いた黒胡椒、炒めた油の香ばしさ、これこれこれ、麺とスープの味でおむすびをひと口食べてから野菜炒めをスープに浸して食べる。単体の野菜炒めだとしたら薄味すぎるのだが、そしてスープも通常のラーメンと比べたら薄味ならいなのだが、一緒に食べると野菜の味が際立ってちょうどよくなる。豚肉には生姜の下味が効かせてあってやや濃い目、丁寧に脂がとってあるのかパンチはあるのに柔らかい。隣席にカレーの麺が来る。黄色いスープが表面張力という感じになみなみ注がれている。「紙エプロン持ってきますねー」女性店員さんが2人に配る。ここの店はレンゲがとても分厚い。口当たりはいいのだが分厚すぎてスープに麺と野菜片などを載っけて口に入れようとするとうまく口に収まらない。そうだこのレンゲは分厚いんだよなそれが欠点ちゃ欠点なんだけどでも欠点というほどでもないわなあ、そうだったそうだったと思い出しながらキャベツとモヤシをしゃきしゃきしゃきしゃき食べる。お久しぶりーといいながらお客さんが入ってきた。まず男性、次に女性、最後にもう1人女性の3人連れ、「あらー、お元気です?」女性店員さんが嬉しそうに言う。うんうん、うんうんと男性客が頷く。女性店員さんがセルフサービスのポットから水を3つのコップに注ぎながら「それはよかったー」私が家族でこの店に来たときもこうして水を注いで席まで運んでくれる。「僕はやっぱり冷麺にしようかなあ」「へえ、冷麺?」「おいしそう」男性のお客さんはこの店を知っていて、女性2人は知らないらしい。「ここの冷麺は麺が細いやつ?」と女性のお客さんの片方が尋ねる。「細いですよー」と水を配りながら女性店員さんが答える。「あー、あの、硬いの?」「違う違う」「ああ、ううん、硬くはない、中華麺ですね」「僕は冷麺に決めた」「じゃあ私も」「うちのはねえ、おいしいですよ、冷麺。野菜もたっぷりで」そうか、野菜たっぷりの冷麺か、「お酢、お好みでかけてもらって」次は私もそうしようか、でもカレー麺も魅力的だ。カレー麺のスープとおむすびはそれはもう合うだろう。横目に、紙エプロンをつけた2人は向き合って熱心にふう、ふうと食べている。でもやっぱり肉野菜炒めが……お久しぶりーといいながら男性が2人入ってくる。「おお、ご無沙汰!」男性店員さんの声が弾んだ。「どうしとったん!」「ぼちぼーち」「変わらんじゃなあ」「歳とりました」「お互いさまよ、え、いつぶりかいねえ」「どうじゃったかいねえ」2人とも仕事中らしいがややカジュアルな服装で、1人はスポーツタイプのサングラスをかけている。カウンターに座る。「冷麺3つ! はい、いらっしゃい」女性店員さんも彼らに声をかける。「お久しぶりー、お元気そうで」「わしら前に来たん、いつじゃったかいねえ」「夜よね!」「そうそう、夜、夜……あっこで飲んだあとか」

小さい店だ。カウンターが4席分に、4人掛けテーブル2つ、6人掛けが2つ、今テーブル席が3つ埋まりカウンターも半分、それでも私が知る限りこんなに昼時に人がいたことはない。それも雨の日の平日の昼休み前に……換気のためだろう開けられた窓から雨と車が見える。車はひっきりなしに通るが人通りは少ない。ぬか漬けに箸を伸ばすと、きゅうりがふた切れと思っていたらひと切れは瓜だった。皮も身も薄緑色をした瓜はこの時期だけのもの、噛むと歯が少し埋まるようにしなってからぱりんと割れ、夏そのもののような青瓜の香りがする、いいなあ、やっぱりぬか漬けやろうかなあ、お久しぶりーとまたお客さんが来た。男性2人、1人はジャケットを手に持ったスーツ姿でもう1人は作業着、作業着の人の方はとても若く見えもしかしたら10代かもしれない。「あらー、お久しぶりー!」「オーオー、ご無沙汰……」最後に残っていたテーブルに座りながらスーツの方が「こいつカレーラーメンね。俺は冷麺、大盛りー」「あ、自分カレーラーメンすか、ハイ」女性店員さんが「なん勝手に決めよってん。おにいさんなにがええん」「ア、ハイ、自分はなんでも、ハイ、カレーで、ハイ」「ええんよー、冷麺でもなんでも。食べたいもん言わんとー」「いやカレーで、ハイ、好きです、カレー、いつでも」私の後に来たお客さんはみな、久しぶりと言いながら店に入ってきた。「それでー、みんな元気なん?」「まあ、ねえ、なんつうか」「おお、おお、久しぶりじゃのう」「あ、大将、ご無沙汰してます」お久しぶりの、ご無沙汰の、その間にそれぞれどんな生活をして、どんなことを考えていたのか。どうして久しくなってしまったのか。おいしいものを食べると嫌なことを忘れる、でも、忘れ続けていたら多分そのおいしいものも消えてしまうのだ。スープを飲んでおむすびの最後のかけらを食べきゅうりを食べる。分厚い、重たいくらい分厚いレンゲでキャベツや肉片が沈んでいないか探る。水を飲み、ティッシュで口を拭い、少し悩んで内側に丸めてポケットに入れる。ごちそうさまでした、「はいどうも。800円ねー」1000円出す。お金トレイがないのでレジ台の机に直に置く。お釣りの200円はしかしそこには置かれず、手に持って中空に保持されているので手で受け取る。「またきてねー」またきます。テレビではもう全然違う話題をやっている。ごちそうさまでした、調理中の厨房にも軽く頭を下げて店を出る。アルコールスプレーを手に塗ってから戸口の傘立ての傘をとる。雨は小降りになっていて、傘を差すかどうか悩むような細かい細い雨で、でも眼鏡が濡れたら面倒だなと思って差す。向こうから来る人は傘を差していない。しばらく歩いてすれ違った人も差していない。道の反対側の人も差していない。私だけ差している。家に帰って防虫剤を入れ替える。青に白くおとりかえくださいと浮かんでいる使用済み防虫剤を全部捨てる。

スタッフによるビュッフェ

用事があり人と会った。「あーどうも！　ご無沙汰してます」あ、え、4ヶ月ぶりとか？「久々ですよねー」彼女も個人事業主、新型コロナウイルス感染症の影響で2ヶ月くらいはほぼ無収入だったと言う。それは大変だったですね。「ほらあの持続化給付金、あれがもう振りこまれてるんで精神的には、まあ……でもね。私より先に申請したのにまだもらってないって人もいてなんだかね」それひどいですね、困ってるのに。「しかも持続化給付金、来年の確定申告で課税対象なんですって」そう、それ、変ですよね。「変ですよー。みんなに10万円配ったでしょうったってね、税金だの国民健康保険だの払ったらもうあんなの全然」みんな言いますね、残らないって……お互いマスクのまま話すのは初めてで、表情がわからないのもあり軽い愚痴なのか深い怒りなのかはかりかねるところがある。前に選挙の話題になったとき彼女と私の考えにはかなり隔たりがあるらしいことも露呈しており、「広島も感染者がまた増えてますし怖いですよね」本当ですよね。「カープも情けないしねえ」そりゃあ調子出ないですよね……「ところでオヤマダさんおでこどうしました？」一昨日くらいから、吹き出物と呼ぶには大きな、しこりというか薄赤い膨らみが額から生え際、頭皮にかけていくつかできている。痛い痒いはなく、ただ、今朝起きたときから、断続的にちょっとちくちくするような感覚がある。あーこれ、虫刺されでもなさそうだしにきびでもないし、単に疲れが出たとかそういうやつかなと思うんですけど。彼女は心配そうに「なんか、会って話し始めたときより、それ、多分おっきく赤くなってますよ」

彼女と別れると昼時になっていた。「現在地　ランチ」でグーグルマップを見ると聞いたことのないレストランがすぐそばと出た。見回すと確かに小さい看板がある。2階にある店らしい。他に出た候補はチェーン店ばかりだし暑いし歩きたくないしとそこに入った。蝉の声もそろそろ聞こえようかというような、街路樹がすでに焼け始めているような暑さの路上から入ったエントランスは薄暗く静かだった。エレベーターも、大きな花瓶に活けられた生か造花かわからない花も、いま自分が踏みつつある絨毯敷きの床もなぜかとても遠くにあるように見える。レストラン入り口に本日の日替わりランチの生サンプルが置いてある。ポークピカタと白身魚ポワレがひと皿に盛り合わせてある。スタッフに指示をしつつこちらにすたすた歩いてくるベストにネクタイ姿の男性が私を見て立ち止まり「いらっしゃいませ」と言った。あ、1名なんですけど。「こちらへどうぞ」男性はレジ脇に置いてあったアルコールスプレーの容器を手に取ると私の手に優雅に吹きつけ、私が両手に馴染ませるのを待って再び「こちらへどうぞ」さっきなにか指示されていた女性2人が順にお辞儀しいらっしゃいませと言った。多分当たり前なのだが全員マスクをしている。

予想より広い店内にテーブルがゆったり並んでいる。大きな窓の外に緑が見える。もう濃い緑、まだ薄い緑、2階だから木の葉が茂ったあたりがちょうど見え、陽光にぎらついているのがわかる。蜘蛛の巣がある。フロア真ん中に大きな長い台があり、なにかを覆うように白い布がかけてある。「こちらのお席へどうぞ」示されたのは窓際のテーブルだった。店内には2人連れの女性客が私の背後に1組、あとは女性が1人私の前方に、男性が1人私の斜め前に座っている。13時過ぎ、オフィスの昼休憩は終わっている。メニューを見た。ランチはさっきの日替わりが1200円、ミニフィレステーキと魚料理の特製ランチが1400円、あとは牛肉メインのよりぜいたくなものが2000円超えでいくつか、1000円前後のパスタやカレーもある。すべてランチタイムビュッフェつきとある。『パン・ご飯・スープ・サラダ・ミニピザ・オムレツ、デザートをお好きなだけどうぞ』メニューとは別にラミネートされた紙も置いてあり、そこには『ただいまランチタイムビュッフェはスタッフによるサービスとさせていただいております。お気軽にお申しつけください。デザートとお飲物はビュッフェ再開しました。』あの布をかけられた台は休止中のビュッフェ台で、見ればその奥に透明な蓋つきケースに入った果物らしき色と大きなポット類カップ類が見える。日替わりより200円高い特製の写真の方がおいしそうに見えたので水を運んできた女性に頼んだ。「かしこまりました。お肉の焼き加減はいかがしましょう」えーと。年に1、2度あるかないかの、牛肉の焼き加減を聞かれる間合い、答えるときいつも無性に恥ずかしいというか身の置きどころなく感じる。中までしっかり焼きとほとんど生焼き間のグラデーションは、どれだけ丁寧に焼き分けてもらっても私には多分感知できない領域で、だからそちらがやりやすいようにしてくださいという気持ち、どんな焼き方だって牛肉はそれだけでなんというか牛肉なのだし……普通でとかおすすめの焼き方でとか答えたこともあるが、店員さんにかえって困った顔をさせてしまったり、レアっていうのがあってウェルダンっていうのもあってその真ん中が、と説明させたりしてしまったこともある。えーと、ではミディアムで。「ミディアムですね。こちらパンがつきますがプレーンとバターとガーリック、どれになさいますか」以前ならパンはカゴかなにかに盛ってあって自由に好きに取ればよかったのだろう。プレーンでお願いします。「こちらご飯もつくんですが」え？「白いご飯と炊きこみご飯はどちらになさいますか」えーと。パンとご飯、ビュッフェならパンもご飯もなんて普通のことだ、あさりご飯とか新生姜ご飯とか、そういうなにご飯、ではなく単に炊きこみ、と呼ぶということは薄い醤油色でしいたけとか人参とか油揚とか入ってるやつだろうか。では白ご飯を。「スープが、ポタージュとお味噌汁とありますが」ポタージュで。「サラダとオムレツとミニピザもお持ちしてよろしいですか」はいお願いします。一礼し彼女は去った。四角い大きな氷が入った水を飲む。スタッフによるビュッフェとはパンやらサラダやらがたくさん載ったワゴンが来てあれを1つとこっちもちょっと、とか頼むのかと思っていたのだがそうではないようだ。ビュッフェらしいビュッフェの場合、パンの種類も炊きこみご飯の内容もポタージュの濃度も味噌汁の具もサラダの陣容も一目瞭然だし、量も種類もどれをいっぱい食べてどれはそもそも食べないかも……もちろん、すいませんご飯いらないですパンを3倍くださいとかポタージュも味噌汁も両方欲しいですとか、言えば聞いてもらえたはずではあり、それをしなかったのは私だ。

先ほどとは違う女性がワゴンを押してきた。ミニピザが盛られたカゴと大皿の大きなオムレツが載っていた。オムレツは大きな紡錘形の1つを大スプーンでざっくり取り分けた後、という感じで、保温皿なのか薄く湯気が出ている。女性は「オムレツお取りしてよろしいですか?」はい。「オムレツにソースおかけしてよろしいですか?」お願いします。彼女がオムレツをお皿に大きく1さじ載せ、そこにトマトのソースを深い小さいおたまですくって添えた。卵から流れ出た黄色いまだ液体のところに少し果肉が残っている赤いソースがにじんだ。「ミニピザお取りしてよろしいですか?」はいありがとうございます。「いつでもお代わりお申しつけくださいませ」ありがとうございます。マスクを取り、卓上に置いてあったカトラリーカゴから個包装の紙おしぼりを出して手を拭いていると最初の女性が来て小皿に載ったフランスパン、白いご飯のお茶碗、カップに入ったポタージュ、サラダ、を私の前に真ん中が空くように並べた。「すぐにメインのお料理お持ちします」ありがとうございます。私はとりあえずスープを飲んだ。バターの味がする濃いポタージュ、ふむおいしいな、本当にすぐメインが来た。白身魚と小さいステーキ、焼き野菜が皿上に三角形を作るように盛りつけてある。皮をこんがり焼いた魚は茶色い艶のあるソースを敷いている。肉には紫を含んだ黒光りするソースがかかり、野菜はインゲンときのことじゃがいもだった。女性にお礼を言い、スープを飲み終え、えーと、と思った。

いま、私の目の前にはメインの皿、パン皿とサラダ鉢、ミニピザとオムレツの皿、ご飯茶碗、飲み終えたスープカップ、グラスに入った氷水、紙おしぼりと割り箸とナイフとフォークが入ったカトラリーカゴ（スプーンはもう使った）、がある。まずカップを脇にどける。ご飯は私が家で食べる1食弱くらい、約5センチ厚さのフランスパンは軽くトーストしてある。なにからどう食べよう、目移りともちょっと違う、もしこれらがビュッフェ台で目の前に並んでいたら、私は現時点でご飯は取っていないかもしれない。オムレツはメインを食べ終えお腹が空いてたらにしよう、とか思うかもしれない。パンとご飯とミニピザを一度に並べたりしないかもしれない、したかもしれない。

通常のセットメニューとも少しずれている、かといって自分で選んだとも言い切れない内容の料理を目の前にして、なにをどうしていいのか、どれもおいしそうなのだが、静かな混乱というか、カゴから割り箸を取りご飯茶碗を左手に持ちオムレツを箸で持ち上げ食べた。オムレツは熱々ではないが温かく、甘いトマトソースと合う。火の通った卵のいい香りがご飯にも合う。ご飯茶碗を片手に持ったままサラダも食べる、レタスが主体で、あとはきゅうり、トマト、さらし玉ねぎ、野菜はぱりっとしてドレッシングもまろやかでおいしい。ときどき、味もそっけもなく栄養もあるんだかどうだかというようなサラダに遭遇することがある。そんなではない、ちゃんとした野菜料理感のあるサラダだ。白身魚を箸でほぐしソースをまぶす。洋風に油で焼いてあるがソースは甘辛い醬油風味、身は厚く、またご飯を食べてから茶碗を置き、指先を拭ってパンをちぎって食べまた手を拭いてカゴからナイフを出し牛肉を3つに切り箸に持ち替えて食べた。中心がピンクで柔らかい。ソテー野菜も焦げ目がカリッとして焼きたてなのがよくわかる。

1000円超えのランチでも、出来合いをあっためたのかなとか、こじゃれてりゃいいってもんじゃないぞとか思ってしまうことがある。ビュッフェだとなおさらだ。ここはそういうのとは全然違う、魚も肉も野菜もソースもパンもご飯もスープも全部、温度も味つけも配慮され手がかけてある感じ、つまりとてもおいしい、でもどうしてか、食べながらどんどん落ち着かなくなってくる。ミニピザは、オムレツのとは違う風味のややスパイシーなトマトソース、おつまみみたいな、ぴりっと額が痛んだ。新しい紙おしぼりで手を拭き触れるとまた膨らみが大きくなり中心に硬いかさぶたみたいな感触がある。目立つ場所だし、病院に行った方がいいのか、でも面倒臭い……私の背中側の2人の女性は夫方の親族の愚痴を言っている。私の前方の女性は黙々と食べている。男性客はカップでコーヒー（か紅茶）を飲んでいる。私がここに座ったときから何度か立ち上がりお代りを注ぎつつずっと、勤め人風の服装だが遅い昼休みだろうか。

皿の上のものを全て食べた。お代わりするなら片手を上げてすいませんとか言えばなんでも多分持って来てくれる、でも、まあ、デザートにしておこうか、立ち上がりビュッフェ台の奥へ行き『デザートビュッフェご利用の方はこちらをお使いください』と書いてある使い捨て手袋をはめ透明なプラスチックの蓋を持ち上げトングで生のパイナップルとオレンジを取る。オレンジは皮が繊細な飾り切りにしてある、わらび餅ふた切れ、ポットからお茶を注ぐ。角切りにされ粉糖が振ってあるケーキとヨーグルトかなにからしい白いものが入った小容器もあったが取らなかった。『使用済み手袋こちら』というカゴに脱いだ手袋を入れ席に戻ると女性店員さんたちが私の皿を片づけてくれている、ありがとうございます。「ごゆっくりどうぞ」座ってフルーツとわらび餅を食べるお茶を飲む。また痛みを感じた。ぴりぴりっとごく狭い範囲に電気が走るような、はっとした。私はこの痛みを知っている！　突然思い出した。これはあれだ、何年か前にやった、めちゃくちゃ痛くなるやつ、帯状疱疹《たいじょうほうしん》だ。

そのときは腰から太もものあたりに赤いぶつぶつが並んで、服を着脱するたび動くたび泣くほど痛かった。まさか帯状疱疹なんて思わず、だってあれってお年寄りがなるやつという印象で、しかし徐々に増す痛みに耐えかね行った皮膚科で患部を見た医師に帯状疱疹っと指さされた。もっと早く来ないとダメですよ！　あの痛さ、間違いない、他にあまり類がない、電気を発し細かく震える極細の針が皮膚に抜き差しされているような、いかにも神経の痛み、やばい、まずい、帯状疱疹という語が頭に浮かんだ途端痛みがくっきりした。幸い皮膚科はここからそんなに遠くない。もったいないがタクシーならすぐだし歩こうと思えば歩くことだって不可能ではない……お茶を口に含みながら立ち上がりレジへ行き会計し店を出る。右を見、左を見、タクシーはいない。歩くならこっちの方角だ、暑い、やっぱり歩くの無理かも、ここを通りあそこへ行く路線のバスはあるだろうか、向こうから日傘のおばあさんがゆらゆらしながら近づいてくる、痛みが増していく、タクシーが見えたので手を上げる。

多分、帯状疱疹がまた、顔にと言うと皮膚科医はカルテを見て「3年前にもですね」3年ですか、もっと前かと思ってました。「ええとですね、最近病気とか出産とかしました？　体力がガクッと落ちるような」いえ特に。「そうですか……いや、私初めてですよ、30代で2回も帯状疱疹になる患者さんなんて」医師はまじまじ私の顔を見た。「あなたの免疫はよほど鈍臭いんでしょうね」はあ……あの、これって人にうつるんでしたっけ？　私いま人に会ったりしちゃってて、あと家族とか。医師はカルテに書き入れながら「既に体に入っている水疱瘡のウイルスが、体力が落ちたり、ですから例えば高齢になったりしたときに悪さをして帯状疱疹が出るんです。ウイルス自体は誰でも持ってるんですね予防接種もあるし。ですから、予防接種がまだの小さい赤ちゃんとか以外にはうつりません大丈夫。では、はい、塗り薬と飲み薬と、あとは処置室で顔を焼いてもらってください」顔を焼いてもらって？「赤外線ね。炎症を鎮めますから」赤外線、3年前もやっただろうか、覚えていない。鈍臭い私の免疫、鈍臭いのは免疫だけでは多分ない。看護師さんが私をパーティションでいくつかの区画に分けられた処置室の椅子に座らせメガネを外し目を閉じるように言い、スタンドライト風の器具のスイッチを入れた。赤い、昔のコタツのような光が額からまぶたのあたりを照らす。「タイマー切れるまでそのまま目を閉じててね、開けちゃあだめですよ」彼女の気配が遠ざかる。患部に熱が当たるよう首をあちこち動かして適正な位置を探す。耐え難く熱いということはないがちょっと肌が乾燥するような感じというか匂いがする。「え、それ、痛いんですか?」処置室の別のブースから、若い女性のらしい声が聞こえた。「あなた大人でしょ。ほっとくともっと痛くなるんですよ」看護師さんがきびきび答える。「はいじゃあいきますよ」「え、でも、待って、どのくらい、痛いんですか?」「我慢してたら、すぐ終わりますっ」まぶた越しに赤い光が透け、その中に眼球の血管らしきものが映り脈打っているのを見た気がする。いたいっと女性が小さく悲鳴を上げた。私の額はいまやどうしてついさっきまで人と普通に話しランチを食べられたのか訝しいほど痛み震えじりじりあぶられている。

中華の黄ニラ

夫が救急車で運ばれたと電話があった。交通事故だという。電話は本人からで、病院へ来てくれとのこと、事情はわからないが、本人が電話をかけてきた以上命に別状ないのだろう。それでも血の気が引き足が震えた。

病院の、外に接しているのと待合室に接しているのと2枚の自動ドアに挟まれた空間にカーディガン姿の女性が立っていた。首から身分証カードを下げている。あの、私、身内が先ほど、救急車で、こちらに。「申し訳ありませんが、感染症対策で患者さん以外も検温にご協力お願いしております」ええ、もちろんと頷いた私の額に小さいドライヤーのような形の非接触式体温計がかざされる。すぐに小さくピッと鳴り「あら?」興奮のせいか、病院に入れない高体温が計測されてしまったらしい。女性は「体調お悪いですか?」いいえ、あの、いいえ。多分。「ではこちらでもう1度……」差し出された脇で挟むタイプの体温計を受け取り服の中に入れる。これがなかなか鳴らない。「すいませんね、それ、長くって」いやー……。汗が出る。「ご心配ですよね」いや、まあ、本人がかけてきたんで、電話、まあ、大丈夫だとは、思うんですけど……体感としてはたっぷり5分くらい、実際はおそらく1分くらい経って体温計は鳴った。その分正確なのだろう私のいまの体温は今度は異様に低く、平熱マイナス8分くらい、いやこれはこれで大丈夫かと思いながらようよう中に入った。受付で夫の名前を告げると待合室でお待ちくださいと言われ椅子に座った。よく日焼けし、黒い短髪をワックスで固めたスーツ姿のビジネスマン風男性と、とても暗い顔をした男女、の間の席に座った。ビジネスマン風の人はよく光る革靴を履いている。男女の、女性はゆったりした部屋着のような麻のワンピース、男性はタンクトップに柄ステテコ、2人とも素足にサンダル、急いで家を出てきた風に見えた。それでこの暗い表情、もしかしたらこの人たちも身内の事故とかで駆けつけたのかもしれない、もしかして子供とか……思った途端胸がぎゅっとなったが、よく見ると女性の右手のかなりの範囲に白い包帯が巻いてあった。それにしても私の夫はなにがどうして事故に遭ったのか。時間的に自転車に乗っていたはずだ。自転車で事故、田舎とはいえ田んぼのあぜ道みたいな地区ではなく、基本的には車通りが多い道を走る。電話の声こそ普通に聞こえたが……奥から体格がいい若い男性が出てきた。シャツとズボン姿で、後ろについてきている60歳くらいに見える女性がズボンと同じ色のジャケットを持っている。それを見てビジネスマン男性が勢い良く立ち上がった。男性用化粧品のすっとして甘ったるい匂いがした。「あ、部長!」若者が言った。ハッとした顔で女性が頭を下げた。「大丈夫なのか!」ビジネスマンの男性は大股で若者に近づいた。

「こちら、お母様?」「あ、そうです、母です」「本当にこの度はご迷惑をおかけしまして……いつもお世話になっております」女性がふかぶか頭を下げた。「いいえいえこちらこそいつもお世話になっております。それで、怪我はなかったのか」ビジネスマンの男性はとても標準語だった。「結果的には、ハイ」若者は太い首をすくめた。「ほんとすいません」「いや、無事ならいいんだよ。それにしても……熱中症でもないんだろう。ふらついたのか?」「どっちかというと運転ミス的な……ハンドル操作が。焦ってたわけでも、ないんですけど」若手社員が業務中に事故を起こしたらしい。「大丈夫だとは思っていたが、慌てたよ……しかし、顔を見たら安心しました」後半は母親に向けてのようだった。母親はまたはっと頭を下げた。「とにかく、人様を傷つけなくてなによりだった」「それは、もう、ハイ」そうだ、夫だって事故、自転車でも歩行者相手なら深刻な加害者になりうる……気配を感じた。夫がこちらに近づいて来ようとしていた。立ち上がった。額に白いガーゼをテープで留めている。手も足も普通に動かしている。その顔の苦笑いを見て、とりあえず本人は大丈夫なのだと思った。「ごめんごめん……処置が済んでいまCT撮ったとこ」CT?　脳?　大丈夫なん?「うん、大丈夫、と思う……」痛い?　頭、切れたん?　縫った?「いや、切れたんじゃなくてなんだろう、こすれてめくれた、みたいな……」こすれて。めくれた?　聞けば道路の段差に引っかかり自転車が横倒しになり、夫は投げ出され少し吹っ飛び、吹っ飛んだ先にあった金属製看板に頭をぶつけ頭皮がめくれたという。吹っ飛んだのが歩道側だったため車と接触しないで済んだ。通行人なども絡まない夫単独の事故で、通りすがりの人々が救急車を呼んでくれたという。車が路肩に停車し運転手が窓から大丈夫ですかっと叫び、ウォーキング中と思しきウエストポーチの人がうわぁっと言いながら駆け寄り、近くの飲食店から店員さんが複数飛び出してきて、それぞれ心配してくれたのだという。どこからかＡＥＤを持ってきてくれた人さえいたらしい。「ＡＥＤ、使わなかったけど」本人としては自分より自転車の方が心配なくらいで痛みすら感じていなかったのだが、周囲の慌てぶりで血が大量に出ていることに気づいた。飲食店の人がたくさん紙タオルとゴミ袋を持ってきてくれ、救急車に乗せられない自転車を預かってくれた。「お礼に行かないと。車の人とウエストポーチの人は連絡先聞く余裕ないうちに救急車が来てあとパトカーも」パトカー？「事故で救急車呼んだら自動で警察にも連絡、行くらしい」あーまあ、でもあれじゃね、命に別状なくてよかった……「ただね」夫がやや暗い顔になった。ガーゼは10センチ四方くらい、その下がどのくらいの傷なのかわからない。「警察がね。看板に破損とか汚れとかがあるって持ち主が判断して、直すよう求められた場合、つまりだからお金だよね、請求される可能性あるって」え、でも、看板、頭ぶつけただけじゃろ？　自転車ごと突っこんだならあれだが、金属製看板対夫の頭だったらまあ、普通に考えて凹みすらしないんではないか。「いやそれがね。剥がれた頭皮がくっついてるかもしれなくて」は？「処置してもらったときにね、皮がこう、べりって剥がれてますねって。多分看板のつなぎ目とかに引っかかって剥がれたんだろうって。その皮膚とね、あと血ね。

多分、看板に残ってるんじゃないかって……」そんなの剥がして拭いときゃええよ。帰りに寄って拭いてこよう。「いや、もう警察がそこ見てるから、変にいじったらあれじゃないの。証拠隠滅とかになるんじゃないの？……わかんないけど」警察はそこまでするのか、まあでもそうか、悪質なこともあるだろうし、自分ちの塀とかが知らない間に自転車で傷つけられたり血で汚されたりしたらいやだわな、というか、夫の頭皮が残った状態の看板がいまこの世にあるということを考えるとぞくぞくした。「でもまあ、そんな法外な金額を請求されることはない、と思うけど」あ、保険は？「そういうのカバーするやつ入ってたかどうか……」夫が診察室に呼ばれた。私も行った。診断は頭皮剥離、CTの結果異常なしだが、時間差で影響が出る場合もなくはないので様子がおかしかったらすぐ知らせること。傷は毎日清潔にしガーゼを取り替えよとのことで、逆に言えばそれだけの、ごく表面の傷だった。が、通行人がおろおろするほどの出血、剥がれた頭皮、夫は帰宅してから痛がり、そりゃ痛いだろう、直後は興奮で痛みを感じなかったのだ。ガーゼの取り替えを手伝ったが、剥がれてめくれた皮の縁をはさみで切り取ったため妙にまっすぐな辺で囲まれた傷を額に負った夫は素朴な絵柄のフランケンシュタインのようだった。子供は怖がってガーゼ交換中は夫に近づこうとしなかった。でも見たいから写真を撮ってというのでスマホで撮って画面を見せるとひゃーと言った。赤い！　黒い！　赤いのは血で、黒いのは固まった血だよというとまたひゃーと言った。

それから1週間ほどでガーゼも不要な、表面の乾いた傷になった。時間差で出るかもしれない脳への影響もいまのところなく、懸念は看板だけとなった。保険を確認すると果たしてそういう損害をカバーする項目はなかった。夫は壊れた前かごを取り替えに行った自転車屋で保険に加入したが、いま入ったってその件には間に合わない。お世話になった飲食店に菓子折りを持ってお礼に行った際に看板を仔細に見たが、どこをどうぶつけたかなんて全然わからない。汚れだって、多分これ、という部分を指さされてもサビとか他の汚れにも見える。頭皮のびらびらなんてどこにもない。風とかで下に落ちて飛ばされたのかもしれないし、警察かあるいは助けてくれた誰かが掃除してくれた後なのかもしれない。ただ、その看板にはそことは違う箇所に金属で細長く引っかいたような筋がついていて、おそらく夫とは関係ない傷なのだが、これを夫がつけたとみなされた場合修理費を請求される可能性はなくはないなという感じだった。これ多分前からあったよとは言うがそんなの証明できない。「どうする？　全取っ替えになりますからウン十万とか言われたら」……弁護士？「その方が高くつくんじゃない」我々は不安な数日を過ごした。

ある日、夫が帰宅するやいなや「今日、電話があった！　なにも請求することはないって！」よかったね、よかったね！　私たちは親子3人で喜びあってから、お祝いしようということになった。請求されていたら数万円とかもっととかかかったかもしれない、少しくらい贅沢をしよう、どうせどこへも行けない夏だ。次の休日の昼にたまに、それこそ誰かの誕生日とかに行く、ちょっといい中華料理屋で食べることに決め予約した。あそこなら席もゆったりしているし、開店直後の席がとれたので比較的安全だろう。

開店直前に着くと店の前で数組の人が待っていた。若い男女もいたし年配者や幼児を交えた家族連れもいた。暑い日で、それも暑い日でと平易にいうのでは収まらないくらい暑い日で、猛暑、酷暑、狂暑、老若の全員がマスクをして、庇の影に入るよりもそれぞれ距離をとることを優先して立っている。女性が子供とおじいさんに日傘を差しかけている。準備中の札が外されどうぞと招かれる。自分たちより先にこの場にいたなという人が全員入ってから店に入る。すでに順番待ちと言われている人がいる。予約で満席のようだ。案内された4人掛けの席に座る。テーブル席は四角いのと大きな円卓とが計5卓、奥に個室がいくつかある。ランチは酢豚ランチ八宝菜ランチ半チャーハンがつく麺ランチなどがある。ランチはどれもメインに前菜とスープとご飯とデザートがついて安いのが1000円、高いのが1300円、より品数が多いコースもあってそれは2000円からうんと高いのもあって、うんと高いのは要予約だ。単品の麺類やチャーハン、各種炒め物や点心などもある。今日はせっかくだしコースにしようかとも思ったが、滞店時間が長くなると子供も飽きるしリスクも高くなるのでまあランチにしとこう、夫は麻婆豆腐に決める。夫はいつも迷わず麻婆豆腐にする。私はいつも悩む。子供はチャーハン、散々悩んで私も夫と同じ麻婆豆腐にする。毎回夫のをひと口もらうので味は知っているのだが、逆に言うといつもひと口しか食べない。今日は堪能してみよう、夫の傷の回復と看板を賠償しなくていいことを寿《ことほ》いで夫婦で同じのを頼むのもいいだろう。それから今日は特別、おごっちゃおうと日替わり野菜炒めも頼むことにする。中華料理店の野菜炒めは本当においしい。若い女性の店員さんが水を運んできたので今日の野菜炒めはなんですかと尋ねた。「黄ニラともやしです」

黄ニラ、高いし、近所のスーパーにはまず売っていないがいっときよく食べていた。もう亡くなっている私の父親が闘病中、摂取していい栄養素にかなり制限があり、通常体にいいとされている野菜もたくさん食べることができなかった。栄養があるということはその分消化に体力が必要なのだということかもしれない。といってその時期は通院治療だったためある程度のカロリーを食事から摂らねばならず、食事を作る母親は苦労していた。病院でもらったハンドブックで、黄ニラは父があまり摂らないほうがいいとされる栄養素がかなり少ない、ということがわかった母は黄ニラをしょっちゅう、わざわざ探して買いに行って料理していた。黄ニラは普通のニラに比べて甘みがあって匂いが穏やかで色もきれいな黄色で、父も喜んで食べていた……じゃあその黄ニラの炒め物を1つと、あと麻婆豆腐ランチ2つ、チャーハン1つお願いします。「かしこまりました」襟元が中華っぽいデザインの黒いユニフォームにマスクの女性は、目だけでニコッと笑うと奥へ行き、すぐランチのザーサイが入った小皿を2つ運んできた。子供が食べたがったのでひとかけ食べさせるとおいしいから全部くれというので塩辛いからだめだと答える。子供は不満そうにする。子供の隣に座った夫が「チャーハンが来たらパパの分あげよう、一緒に食べるんだよ」子供は外食のとき絶対に夫の隣に座りたがる。

家族連れが円卓を囲みなにを食べるか相談している。おじいちゃんはいつものね、と女性の声がして、おじいちゃんがマスクのままでウン、ウン、と頷いている。父が元気でなんでも食べられたころ、そして父の父である祖父もまだ元気だったころ（祖母はいまも元気だ）、つまり私が子供だったころ、田舎で外食先はそんなになくて、どこかで食べようとなるといつも同じ焼肉中華の店で、焼肉と餃子など食べ、最後にみなラーメンとか焼き飯とかを頼むなか祖父はいつも冷麺で、その冷麺に時間がかかるから早めに注文しておかないといつまでも冷麺だけ出てこなくて待つことになるから、おじいちゃんはいつものね、冷麺、冷麺と皆が言って急いで注文していた。その店には焼きそばもあって、ある日父が注文して、ここの焼きそばは珍しいんだぞ、茶色いのにソース味じゃないんだぞと言って、でも見た目は茶色いソース色をしているのでえーうそーと言いながらひと口もらって食べると本当にソースではない、食べたことがないなんとも言えない味がしたのでほんまじゃ！　と驚いたとき私はいくつだったか。あれはオイスターソース味とかだったのだろう、あの店ももうなくなってしまった。大人になってから、近々閉店すると聞き慌てて行くと焼きそばは普通のソース味のになっていた。あの円卓のおじいさんのいつものはなんだろう。おじいさん以外の人々は口々に、あとはからあげを単品で頼めばいいんじゃないか、デザート、デザート！　多分モモちゃん残すからあたしそれだけでいい、デザートはまた後でね、焼き餃子、水餃子？　いやいやいや今日はママ飲みなよ僕運転するから帰りせっかくなんだし、などと喋っている。いつものを決めたおじいさんは黙ってにこにこしている。

ランチの前菜がきた。イカの冷製だった。夫と私の前にふた切れずつイカが載った皿が置かれる。細かく包丁が入った白い身に緑のソースがかかっている。子供にイカいるかと聞いたらいらないというのでそれぞれ食べる。とても柔らかくてイカの味がしてソースはネギを中心としたでももっと爽やかなやつ、これすごくおいしいから食べてごらんよと子供に差し出し、子供はえーと言いながら私のふた切れ目を食べてもっと欲しいと言ったので夫も自分の残りを食べさせた。スープが来た。混んでいるせいか配膳が早い。スープは透明で、賽の目の冬瓜が入っている。とても熱い。塩気は薄く、鶏だかその他の肉だか魚介なんだかいっそ昆布なんだか私には判別できないとにかく複雑で舌の表面が粒立つようなだしの味、子供にも少し飲ませる。ご飯と野菜炒めが来る。黄ニラともやしだから白っぽいかと思っていたら割と茶色い。アンが薄く絡まっている。子供に取ってやり、自分も食べる。醗酵風味の調味料が使われていてうんと遠くにエビらしき香ばしいような風味がする、もやしは歯ごたえよく、黄ニラはだから私にとっては懐かしいあの甘さと香り、母も炒めたりおひたしにしたりしていた、うんと買っても料理したらこんなにちょびっとになるけえねえと言いながら遠いちょっと高級なスーパーで買う黄ニラ、私の子供も目の色を変えて食べている。麻婆豆腐が来る。チャーハンも来る。チャーハンを取り皿に入れようとすると子供がいやだこの皿のままで食べると言う。じゃあ多かったら残しなね。麻婆豆腐はほとんど黒のような焦げ茶色、スプーンで掬うと縁《ふち》に溜まる油が赤い。ひと口もらって食べたときはあまり辛くないなと思っていたが思う存分口に入れると結構辛かった。黒い豆のようなものが入っていて、多分豆豉《とうち》とかいうやつ、山椒の香り、ここの他の料理と比べて塩気が強く、白いご飯と一緒に食べ鼻の下に汗をかいた。夫も顔じゅう汗をかいている。傷も光っている。汗ももう沁みないくらい治ったのだ。本当によかった。麻婆豆腐を食べ終える前にデザートの杏仁豆腐が来た。子供はチャーハンを八割方平らげ、夫の分の杏仁豆腐を食べた。夫と私は残りのチャーハンを分けて食べ、私の杏仁豆腐も2人で分けた。

会計をして外に出るとさらに暑く、いろいろなものの影が真っ黒になっている。車に乗りこんで家族で暑いっと叫んだ。窓を開けつつ空調を入れて発進する、通りすがりのゴーヤーカーテンにいっぱい黄色い花が咲いていて、室外機の風にだろう小刻みに震えている。

山の公園の麺類

涼しくなってきた。山にある公園にきのこを見に出かけた。屋内より屋外の方が、都会より田舎の方がより人の密度が低いだろうという判断だが、皆が同じようなことを考えていたりもする。先日同様の目論見で滝を見に行ったところ、滝壺にはもう秋だというのに果敢に水着姿の子供たちが大量に遊び、河原にはびっしりレジャーシート、その上にはぎっしり大人たちが座って飲食しており我々は早々帰宅した。誰も悪くないのに誰かに悪態をつきたい気持ちになった。好天に恵まれた連休中のキャンプ場大混雑という記事も見た。写真を見るとトイレは長蛇の列、テントサイトにぎっしり色とりどりのテントが並んでいる。やっぱりねえ、そりゃそうだよねえ、わかるよ、わかるけど……とはいえまあ、きのこが生えていそうな林道が立錐の余地なく人々に覆われているとも思えない、思わないよね、思わない思わないと家族で言いながら出かけた。

自宅から車で少し行った場所にある山の公園には遊具のある芝生広場や造成された庭、人工小川（夏には水遊びができる）、売店や食堂などを有するレストハウスなどがある。それらがその公園のメイン施設なのだが、さらにその辺縁には簡易的に道が整備されただけの林の中の道もあって、森林浴や樹木・野鳥観察など用の散策路として案内されている。この先は行くなという鉄条網が急に現れてちょっとぎょっとさせられたりするものの、マムシに注意という古びた看板もあるものの、基本的にはそんな切り立ってもいない、でも木陰涼しく空気はフィトンチッドに満ち、足元にはちょっとした沢も流れてあちこちから野鳥の声が聞こえる、そういうあたりにきのこが生えているのではという計画だった。私も私の子供も、食べ物としてのきのこは苦手なのだが、図鑑や生えているのを見るのはとても好きだ。田舎なのでちょっとした庭先や公園の植えこみの下や畑などにきのこは普通に生えている。白いの黄色いの茶色いのが、すうっと、あるいはむくっと生えているのを見ると不思議な感じがする。なんだかいつもの景色にありえないものが合成されているような感じさえする。その都度図鑑で調べてみるのだが、きっぱりこれだとわかったことはほぼない。この仲間かな？　と推測する程度で、だから山などで採取したきのこを食べる人はよほどの達人なのだろうと思う。

公園に到着したのは10時頃だった。まず開《ひら》けた芝生広場に行くとそれなりに人がいた、が、近所の児童公園とかより圧倒的に広いので密度はそうでもない、いやどうだろう、遊具あたりちょっと濃いかな……ボールを蹴っていたり捕虫網を振り回していたり遊具に登っていたりする子供子供子供、もちろん大人もいる。一緒に遊んでいたり、抱っこ紐で赤ん坊を抱いていたり、簡易テントやタープ、レジャーシートなどで陣地を作りくつろいでいる人もいる。火気厳禁なのでバーベキュー始め煮炊きをしている人はいない。

子供はきのこよりまず遊具がいいというので、まあそうだろう、しばらく広場で遊ぶ。小型犬を連れてきてリードをつけたまま走ったりボールを持って来させたりする女性2人組が現れ、年かさの女児を中心とした子供たちがわあっと近寄って撫でたがった。焦げ茶色の小さいおそらくトイプードルだった。複数の親子が連れ立っているグループがおり、木陰の一隅にベンチを囲むようにレジャーシートを敷き簡易テントも設けている。母親たちはベンチに並んで座ってなにか話している。こういうとき連れ立っている母親たちの服装はたいがいどこか似通っている。子供たちはアスレチック遊具を中心に鬼ごっこをベースとしたらしい、が、ただの鬼ごっこではない独自ルールがある風の遊びに興じている。芝生を歩くと小さなヒシバッタらしいバッタが無数に跳び上がる。うんと大きなショウリョウバッタもいる。捕まえようとしたが逃げられチキチキ鳴きながら意外なほど遠くに飛んで行った。芝生のところどころに黒い丸い糞が落ちている。兎糞のように小さい丸がいくつも固まっていてこれはおそらく狸のだ。もう表面は乾きかけているらしい色艶でそう不潔にも見えず実際子供らは気にせずその上をふみしだき走り回っている。芝生から高さ1、2メートルあたりの空中には薄茶色のトンボがたくさん飛んでいる。空中についっと止まったり急発進したりふわふわ飛んだりして、それを子供たちの白い捕虫網が追いかける。ときどきは首尾よく捕まるらしく、その度に兄弟らしい子供が母親を呼び、どうも、捕虫網に入った状態から虫ケースに移すのは自分たちの手に余るらしい。母親は「自分でやりなよー」と言いながら捕虫網の半ばを捻るようにしてトンボが逃げないよう確保しケースに移してやっている。「持って帰んないからね。帰ると き放すんだからね」「わかっとるって」「わかっとる！」兄弟が同時に答える。2人ともよく日焼けしている。兄は赤、弟は紺のカープ帽子をかぶっている。

狸の糞塊の粒と粒の隙間がきらっと光った。しゃがんで見ると虫がいた。甲虫《こうちゅう》、丸みのある甲羅に縦筋が幾つも入り緑の金属光沢を放っている。糞虫だ、小さい、多分なんとかコガネとかいうやつ、慌てて捕まえる。動きはそこまで速くない。乾きかけた糞の隙間に指を入れてつまみ上げる。甲は固く見た通りの丸みが手のひらに感じられる。ひげ状の触角が短く、頭部に平らなヘラ状のものがついていて多分ここで土とか掘るのだろう。全然汚い感じがしない。甲羅の光沢とその光の奥にある色が信じられないくらい美しい。緑をベースに、紫やオレンジにも見え、ときどきちょっと透けているようにすら見える。手に載せていると、足の棘はさほどでもなく痛くはないが、逃げないよう軽く握る皮膚や指と指の付け根の隙間を頭でぐいぐい押す力がとても強い。ギュウギュウ鳴いている。夫と子供を呼んで見せ、写真を撮ってから逃す。私は手を洗うためトイレに行った。汚いものを触った気は全然しないが野生動物の糞の中にいた虫を素手で触ったのだからよくよく洗うべきだろう。広場隅のトイレから出ると芝生に人はさらに増えており、登山用杖とバックパック姿のやや年配の人々のグループ、中型犬を連れた家族連れなども芝生に位置を占めている。おかーさーん、ポカリーと言いながら子供が簡易テントに走りこんでいく。「おれもー」「うちもー」我々はお昼を食べることにして3人でレストハウスに向かった。

昼どきには少し早いためか人は少なく、1組がうどんを食べ、1組が料理を待っているらしく座っているだけ、どちらも中高年の男女連れだった。広場にたくさんいたような家族連れはお弁当持参なのかもしれない。でも、ああいうグループでそれぞれお弁当を持ってくるとなると緊張するなあ、いっそコンビニ弁当とかを一律で買った方が気楽かもしれない。感染症対策で席数を減らし席間も開けているから机や椅子を勝手に移動させないでくださいという趣旨の張り紙がしてある。だから余計にがらんとして見えるのかもしれない。メニューは月見やきつねなどのうどん類、ラーメン、カレーライス、牛丼など、価格は素うどん350円からカレーライスの大盛り600円、コーヒー250円、おにぎり1つ150円、全て食券制、こういう行楽地の食堂によくある、カウンターに食券を差し出すと小さい札がもらえて、その後、調理が終わったらその札の番号で呼ばれる仕組みになっている。子供が肉うどん、夫がきつねうどんとおにぎり2つ、私はラーメンにした。券売機の前の床には最近よく見る足型シールが1メートルくらいおきに貼ってあって、『ソーシャルディスタンス確保のためシール位置でお待ちください』と書いてある。券を買ってカウンターに出し21番の木札をもらった。1メニュー1枚ではなく1家族に1枚のようだ。カウンター内の調理スペースには銀色のシンク、鍋がかかったコンロ、刻みネギや天かすや福神漬けなどが入った容器が並んだ作業台があり、揃いの緑のベレー帽に白衣の女性たちが3人立ち働いている。大きな寸胴はカレー鍋だろうか。うどんつゆのらしい鍋からは薄い湯気が立っている。食券はまっすぐ調理台に並べられる。カウンターには七味、一味、塩胡椒に醬油にソースなどがまとめて置いてあり、割り箸、スプーン、子供用食器などが入ったかごもある。セルフサービスの水をとる。プラスチックのやや茶色がかった半透明のコップは表面が少しざらっとしている。壁は一面が全面窓になっていて山が見下ろせる。ちょうど窓を向いた席が空いていたのでそこに座る。窓は1つおきに開け放たれ秋の空気が入ってくる。窓に野鳥の写真が貼ってある。『公園内で観られる鳥たちです』と書いてある。建物のすぐ脇に植えてある彼岸花が満開だ。赤いのと、初めて見るオレンジがかった黄色いのとがある。黄色いのはなんだかきのこっぽい。彼岸花は葉がなくて茎の上に花だけがあるからそう見えるのかもしれない。「18番のお客様ー」という声がした。18番のお客様は2人とも、ハイキングっぽい格好をしている。ネルシャツの首にタオルを巻いた男性が取りに行き、カウンターのところで受け取りながら席に残っている女性に「うどんに七味どうする」と言った。「お願いします」席で老眼気味の角度でスマホを見ていた女性が答えた。首にしわ加工の薄い布のストールを巻いている。男性はカウンターに並べてある調味料からおそらく七味を取り上げて振ったのだろう。少しの間合いでお盆を席に運んできた。真四角で銀色の、どこか給食っぽいお盆にはうどんの丼とカレーライスが載っている。福神漬けの真っ赤がちらっと見える。「ありがとう」と女性が言った。男性は「七味、こんなもんかいの」「ちょうどいい、ちょうどいい」「おう、ほんで、スプーンがいるんじゃ、わしの」男性はお盆を置くとすぐにカウンターに取って返した。女性の分のうどんの箸はちゃんと取ってきていたらしい。「おいしそうじゃない、お父さん」「ほうじゃね。肉もようけ、入っとるね」「ごちそうねえ」男性が座り男女は並んで食べ始めた。「ライスカレー言わんようになったのはいつかいの」「むかしっから、カレーライスって言ってたけどねえ、うちは」「でもテレビやなんか、ライスカレー言いよったろう」「そーうお?・」ライスカレー、カレーライス、大学生のころ、所属していたサークルの演奏会で後輩が、ライスカレーかカレーライスかという繰り返しのある曲を演奏していたなあ、琴と三味線で、と思い出す。あれは古い曲だったのかもしれない。「21番のお客様ー」声がしたので取りに行く。夫と2人で行こうとしたが子供も行くというので3人で行った。お盆の片方にうどんとそばが、もう1つにラーメンとおにぎりが載っている。箸を3膳と、レンゲを2つ取る。レンゲはエンジ色のプラスチック製だ。子供用の器もとる。ピンクのプラスチックのうさぎ柄のお椀だった。子供に箸類を持たせ、大人が1つずつお盆を持って席に戻る。

ラーメンには巻いて成形したチャーシューとメンマと青ネギが載っている。麺は黄色くて細く、スープはかなり薄い茶色、丼は白い焼き物を模した色のプラスチック製、その全てがこういうところのラーメン、という感じがする。うどんとそばは黒い丼に入っていて、油揚げは真四角、肉うどんにはちりちりに煮た牛肉が載っている。あとはどちらにも縁《ふち》がかなり濃いピンクのかまぼこ1枚とワカメと青ネギ、おにぎりは真ん中に帯のように海苔が巻いてあるタイプで、まっ黄色いたくあんが添えてある。いずれも、そうそうこういうところのこういうやつ、そう、という見た目をしている。子供がいらないからといって私にかまぼこをくれたので少し驚いた。育てておいてなんだが、未だに子供がなにを好きでなにを嫌いなのかよくわからない。今まで好きだったのが嫌いになってびっくり、ということもあるが、どうもずっと嫌いなものに私が気づかないでいたようなケースもあるらしく、そういうとき子供はうっすら呆れたような様子でこれ嫌いなんだけど……嫌いにもグラデーションがあるし、同じ食品でもメーカーや調理法でいけたりいけなかったりもするだろうし、まあそういうこともあるのだが、え、かまぼこ、嫌いだったっけ？「うんきらい」単に私はかまぼこをあまり買わないからかもしれない。かまぼこを買うならがんすか中に玉ねぎとか入ったちぎり揚げかさつま揚げを買う……え、ああいうのも嫌いだったっけ？「すきじゃない」そういえばそうだったたか、あんまり進んでなかったか箸、え、でもカニかまぼこは好物だったはず……「いただきまーす」私の混乱をよそに夫は手を合わせ、子供のうどんを小さい容器にとりわけ始めた。私もラーメンを食べた。麺はつるつるちゅるちゅるしていて、スープはあっさりしていて、チャーシューもメンマもネギもそうそうこういうところのはこう、という味、行楽だなあという感じ、全くおいしい。窓から入る空気から山の香りが、子供にもらったかまぼこからうどんつゆの香りがする。

あっ、と18番の男女が窓を指差した。窓のすぐ前にある木に小さい鳥がやってきて鳴いている。「ヤマガラじゃない?」こちらからは逆光で色はよくわからない、スズメくらいの大きさの小鳥だということしかわからない。「ヤマガラだヤマガラだ」2人が確信を持ってそう頷きあっているのできっとそうなのだろう。2人はバードウォッチングに来ているのかもしれない。私と夫はすごくあっという間に自分の麺を食べてしまった。夫のおにぎりは1つが昆布で1つは梅干しだったそうだ。子供も八割方肉うどんを食べ、残した分を夫と私で分けた。いつのまにか来ていた幼児を連れた夫婦が、幼児用イスの子供に小さく切ったうどんを食べさせている様子が懐かしかった。ヌードルカッターも懐かしい。私の子供はもう普通のイスに座って自分で箸で麺をつまんですすることができる。大きくなった。ピンクのかまぼこも切り刻まれて子供用のお椀に入っているのが見えた。

林道ではそこまできのこは見られなかったが変形菌がたくさんいた。粘菌という呼び方のほうが馴染みがあるかもしれない。南方熊楠がキャラメルの空き箱に入れて献上したとか、あるいはイグ・ノーベル賞で迷路を最短距離で通ったとかいう逸話が人口に膾炙しているあのベトっとした感じの単細胞生物、本では見ていたが本物の変形菌を見るのは初めてだった。いや、それまでも風景の中に気づかずに見ていたのかもしれないが、これがそれだと確信を持って見たのは初めてだった。白い泡みたいなの、ピンクの豆粒みたいなの、乾きかけの接着剤みたいなのが朽木の表面や切り口にくっついている。そっと触ると冷たくて柔らかく湿っていた。興奮してたくさん写真を撮ったがいまいち感じが出ないしピントも合わない。でも本当にきれいだね面白いねかわいいね、きのこも変形菌も似たような場所にいるはずだからきのこだってもっとあってもいいのにねなどと言いながら林を出て芝生広場を通り駐車場に向かった。でも変形菌見れてよかったよね。「あっ」と子供が叫んだ。広場の隅のベンチの下に、立派な、童話に出てきそうなきのこらしい形のきのこが生えていた。きのこだ！　きのこだ！　ベンチの下で影になっているので定かではないが傘の表面は薄赤を含んだ茶色で、裏側はスポンジ状の細かい穴が空いている。高さは10センチ弱くらいだろうか。「イグチ系だね」と夫が言い、子供も私もそうそうとうなずいた。結局林じゃなくて広場にあったんだねえ、きのこ、と言いながら車に乗って帰宅した。図鑑で調べたが、やっぱり、変形菌もきのこもどの種類かははっきりわからない。丸い粘菌は多分マメホコリとかいう種類ではなかろうか、きのこはやっぱりイグチ系だろう、でもそれ以上わからない。同じ公園で来週きのこ探しツアーというのがあると知って問い合わせたがもう定員いっぱいですと言われた。

呉のクリームパイ

2010年に新潮新人賞を同時受賞した太田靖久《おおたやすひさ》さんとオンラインでトークイベントをした。イベントは大阪の書店toi books《といぶっくす》さん主催で、太田さんの単行本『ののの』の出版を記念して開催された。夜9時からで、収録ではなくリアルタイムでの配信だった。お客さんの反応が一切わからないのがやや不安ながらも、太田さんと話をするのはとても楽しかった。初対面は10年前、お互いデビューが決まった直後、受賞インタビュー収録のため私が上京した際に新潮編集部が引き合わせてくれて食事をした。その時点ではまだ誌面ができておらずお互いの作品を読んでいなかったのもあり、そんなにたくさん話をすることはなかった。なんというか、気後れもあったし、緊張もしていた。食事の席で、太田さんはとても熱心に新潮の編集長と文学論らしき話をしておられ、私は副編集長と好きなお弁当のおかずについてなどの話をした。まだ本当に自分が新人賞を受賞したのだということ、雑誌に小説が、なにがどうなるのかわからないながらも3年かけて書いた小説が全文掲載されるということ、それをこれから私の知らない誰かが読むのだということが信じられていなかったしなんなら有休をとって新幹線と地下鉄（広島には走っていない）に乗って東京都の新宿区の神楽坂という場所に来たのだ、ということさえどこか嘘のようで、なにせ原稿を応募する封筒の宛名に東京都新宿区と書いたとき、シンジュクってよくテレビなどの音声で聞くけれど実在しているのだろうか本当にこんな普通の切手なんかで届くのだろうかと思っていたのにいま自分がそこにいて生ビールなど飲んでいる……お互い10年経って画面越しにでも顔を合わせてみると、あのときはこうだった、という記憶があれこれ鮮明に蘇り、お互いの記憶がややずれているところもあり、それぞれしか知らなかった挿話や密かな内心のようなものも当然ながらあり、なんというか、10年経って初めて、お互いにたどり着いたような不思議な感じがした。太田さんと私の作品は誰が読んでもおそらく全然似ていないのだが、お互いが小説を書くときに感じている、考えている、あるいはお互いの小説を読んで感じることを言葉にすると意外なほど共通する言葉が出てきて不思議だった。一方で、全く重ならない話もあった。イベントが終了しこのたびは本当にありがとうございました、こちらこそ、などと言い合ってお辞儀しながらズームから退出しパソコンを閉じ風呂に入り小腹が空いたので夜食を食べ缶のレモンハイを飲んだりしている間に時間が経ち、寝たのは普段より4時間ほど遅い時間だった。

翌日は所用があり呉へ行った。呉は久しぶりだった。定かではないが確かおととしくらいに行ったはずと思ったが、なにしに行ったのかよくよく思い出してみると友人、新卒で勤めていた出版関係の会社で同期だった子の出産祝いに訪ねたときだったからええと、もう4年も経っている。あのときの赤ん坊もだからもう年中さんかそれくらいになっているということか、あれから彼女は県外に引っ越してしまって会っていないが元気だろうか……朝予定の時間に目覚めるとものすごく眠かった。寝たのが遅かったし、寝つきも悪かった。普段話さない人と話した興奮もあり、いくら自分としては楽しく話せたと言ってもお客さんが聞いているイベント、その反応が見えないということはいくらでも悪く想像することもできて、ああ言えばよかったああ聞けばよかった、早口すぎたんじゃないかしょうもないことを口走りはしなかったか、眠りも多分浅かった。夢もいくつか見た気がする、とにかく眠い。顔を洗っても覚め切らず、着替えながらうとうとし朝食を食べながらぼんやりし家を出てもしゃっきりせず移動中は何度か本式に居眠りもした。

主たる用事の他に、呉へ行くには楽しみがあった。呉に行くと必ず食べるクリームパイ、有名な洋菓子店の多分ガイドブックにも載っているような名物、1階が店舗で2階がカフェになっている。やや塩気の効いた生地にカスタードクリームが分厚く載っかってさらに生クリームで飾ってある。カスタードクリームはしっかりした食感で、生クリームがふわりとして、強くも控えめでもない甘さ、生地と2種類のクリームを一緒に食べるとなんとも懐かしい味がする。用事が済んだら行って食べるのだ。それもだから4年ぶりということになる。初めて食べたのは新卒時代で、同期の彼女が差し入れに持ってきてくれたのを気に入って後日わざわざ取材に行った、カフェでパイの写真を撮った。私は写真が下手糞で、とにかく三脚を使って手ぶれだけはしないようにしてあとは数を撮りまくり、帰社してから選ぶのに苦労した。光も、色も、構図も、記事にふさわしい的確な文章の書き方も取材先とのやりとりの機微も、先輩からあれこれ教わったが身につく前に辞めてしまった。続けていさえすれば身についたとも限らない。仕事にまつわる嫌な記憶、思い出すだに腹がたつ顛末も冷や汗をかくような失敗もなにをどうして乗り越えたのか不可解な混乱もあったが、自分が好きだと思った店に連絡して約束して取材して紹介する、というような楽しさも確かにあった。すごくおいしいレストランの気難しそうなシェフに家庭向きレシピを習ったり、地元のイラストレーターの人を探して絵を描いてもらったり……あのイラストレーターの人は元気だろうか。レストランはシェフ高齢のため閉店してしまった。在職中に小説を書こうと思い立ち、書き始め、そのこととは関係なくストレスで退職し転職した。自由な時間を使って30歳までは書いてみようと思った。30歳までは書いてみて、それで箸にも棒にもかからなかったら諦めよう、「箸にも棒にもかからなかったら」が具体的にどういう状況なのか、最終選考に残っていなかったらなのか一次を通っていなかったらなのかなにも書き上げていなかったらなのか、そんなことすらはっきりしなくて、それは多分意図的に、具体的に決めないようにしていた気がする。とにかく、まだ時間はあるという暗示だけかけて、そのころ私はまだ23、4歳で、30歳はものすごく遠い先に感じられていて、それで書き上げた作品を応募して太田さんと同時受賞となった。不思議だ。

用事の合間に昼どきとなった。まだ眠い。人と話したりしていると少しパチッとするのだが、口を閉じると途端に頭に霧がかかった感じになる。クリームパイの店はここからは別に近くないので帰りがけに寄るとして、本当なら動線からあまり離れない範囲でよさそうな店を探すところ、呉だと呉冷麺とか好物だし細うどんもいいし、確か独自のお好み焼きもあったはず、しかし、あまりの眠気にそういう情報を調べる気力もわかず、近くにあった店に入ってタコ天丼（小）というのを食べた。魚介類が中心らしい、いけすがあり壁に大漁旗が飾ってあるような店だった。海鮮丼とか煮付け定食とか本日の刺身天ぷら御膳とかがある。広い店内は座敷席とテーブル席、お客さんは3分の1の入りといったところで、かすかに水が濁っているかガラスが曇っているかしているいけすに鯛が泳いでいる。中年女性のグループが生ビールで乾杯している。賑やかに喋っているが内容は聞こえない。老夫婦と娘らしい3人連れがそれぞれ違う丼の具を分け合っている。大きな、穴子のらしい天ぷらやマグロのらしい赤色が見える。単品の海鮮天ぷらなども魅力的だったし、タコ天も小ではなくてフルサイズのもあってそれには小鉢などついているらしかったがでも今回はクリームパイのことを考えて小にした。またうとうとしているとマスク姿の若い店員さんがお盆を運んできた。通常のご飯茶碗よりふた回りくらい大きい陶器の丼に、木の葉型のタコ天が4枚とかぼちゃ、ナス、シシトウの天ぷらがお互い立て掛けるように立体的に載せてある。それに赤だしらしい色の味噌汁にたくあん、想像よりボリュームがある。タコの天ぷらを齧る。タコ天はしょうゆの下味がついていることも多いがここは茹でたタコにそのまま衣をつけて揚げたものだった。味つけはタコそのものの塩気と控えめにかけてある天丼のタレ、タコは刺身として出るゆでダコのような平たい切り方で足部分はない。嚙み切ろうとするといかにもタコ、という感じで伸びてきしんで衣からすっぽ抜ける。衣の内側が小豆色になっている。それを眺めながらもまだ眠気が抜けきらない。衣はわりと分厚く硬めに揚がって食べでがある。ご飯も豊富だ。味噌汁はわかめとねぎ、たくあんは甘口、580円、お腹も膨れ、更に眠くなった。

食べ終えて店を出た。海が見えた。防波堤からのぞくと意外なほど水が澄んで、海底の岩やそこに付着したフジツボなどがゆらゆらしつつくっきり見える。黒い大きな魚が傾《かし》ぎながら泳いでいる。銀色の小さい魚が大きな岩の上に群れている。堤防から釣り糸を垂れている人もいる。潮は引きつつあるのか満ちつつあるのか、砂浜が少しだけ見えていて、波がそこを通るたびに白い細かい貝殻がじゃらじゃら動いているのを見ているとまた眠気を誘われる。潮の匂いが間歇《かんけつ》的に鼻に入ってくる。海に向かってカメラを構えている男女がいて、男性が「最高じゃなあ」と言っているのが聞こえた。「ええ構図じゃあ」眠気が飛び切らないまま用事の残りを済ませる。いい天気で、日陰は涼しく日向は暑い。あくびをしながらストールを巻いたり外したりする。

ケーキ店に着いたのは夕方だった。店の道路に面したガラスに近隣の迷惑になるから路上駐車はしないでくださいという注意書きが貼ってあるにも関わらず、明らかにこの店目当てらしい路駐車がある。少し離れたところで車から降りて小走りに店に入っていく女性もいる。やっぱり人気なのだ。私も入る。２階のカフェは閉鎖中だという掲示がある。えっ？　と思う。あそこもうないのか……理由はわからないが、感染症のせいなのか、改装とかなのか、ならば買って帰ろう。ドライアイス多めに入れてもらおう、と思って見るとケースの中にクリームパイがない。本日クリームパイ売り切れましたという小さい札がケースの中に立ててある。売り切れている……いや、名物だしそれは売り切れていたってなんの不思議もない。もっと早く来るか、確認の電話を入れておいたらよかったのかもしれない。そうかないのか……今日が特別よく売れたのか、いつもこうなのか、もしかしていままでいつも買えていたのは幸運だったのだろうか、私はなんのために呉に来たのだろう、いやそれはだから用事があったのだが、でも、それすらも、済ませたらクリームパイと思ったからこその、クリームパイこみの用事だったようなもので……ようやっといまになって目が覚めたという感じもした。

私が住む近所にも好きなケーキ屋はある。徒歩圏内にもないことはないし、ちょっと足を延ばせばもっとある。栗だったりチョコレートだったり顔をしかめるくらい酸っぱいレモン味だったり、形も色もとりどりのケーキ、しかし、クリームパイはどこにも売っていない。あんな感じのやつ、というのもない。あの塩気、まったりさっぱりしてぷるんとした口触りのクリーム、生クリーム、懐かしさ、緊張した取材、結局やっぱりどこかさえない私の写真（なんでこんな斜めな構図で撮ってきたの？　わざとなの？　もっといいのないの？」)、そして、それを呉で食べている、呉で買ってきたという遠出感、そうか売り切れか……私と同じように落胆しているのだろう、店をのぞいてなにも買わずに出て行く人もいた。仕方がないので私は別のケーキを買って店を出た。次来るときは予約をしておこうと思った。それかもっと早い時間に確実に行く。

帰宅してケーキを食べた。おいしかったが呉に行ったという実感自体がどこか消えていくような気もした。この1日自体がすべて幻だったような気がする。布団に入って、眠って、目覚めたらまた同じ1日が始まるような、全部長い夢だったような、タコ天、海、その日は久方ぶりに深く眠って、目覚ましを聞き逃して夫に起こされ起き上がるとちゃんと次の日が始まっていて、私は顔を洗って弁当を作った。

喧嘩つけ麺

夫とかなり大きな喧嘩をした。きっかけはささいなことだったが双方に言い分があり感情がありいままでの結婚生活中にお互いが抱いていた不満や悲しみの蓄積や記憶もあり歩み寄りのための問いかけがさらなる諍いを産み私は泣き夫はひどい頭痛になり出勤していった。借金や暴力のような、圧倒的にどちらかが悪いことをしたわけではない。おそらく、私がこの経緯を誰かに話せばその人は私に同情的な反応をするだろうし、夫が同様にすれば夫が気の毒がられるだろう。結婚当初に比べると喧嘩の頻度は激減しているが、逆に、そのきっかけや経緯は年が経つごとに洗練というか研ぎ澄まされてなんだか伝統芸能の型のような、これをこう受けてこう返すとこうきてこう、こう、ここまできてはいバーン！　毎回同じ、お互いの調子がいいときはだからそれを回避するよう動けるのだが、疲れているとか別の気がかりがあるとかいうときにうっかり型が発動し気づけば最後まで行ってしまう。もういい加減お互い諦めるところは諦めて、鷹揚に構えるところは構えて、慣れて、許して、見過ごしてそうして自分自身を省みて、いくら頭にきても悲しくなってもこんな風にならないように……

夫はいまどういう体調でどういう精神状態で仕事をしているだろう。失敗などしていないか、頭痛は治ったか、出勤し他人の目の中で社会人らしく振舞わねばならないのは大変だろうが、自宅、喧嘩をしたまさにその場所で仕事せねばならない私も割に辛い。いつも昼時に送られてくる仕事の状況や帰宅予定時間などを知らせるメッセージもこないし私も送らない。悲しいし悔しいし情けない、私は家を出た。いい天気だった。11月も半ばを過ぎ、先週は冬のコートでも寒くて震えていたのに今日は汗ばむくらいの気温だ。コスモスは終わりかけ、イチョウもモミジもサクラもどれも紅葉している。今年は柿の裏年らしくどの家の柿も実がまばらかほとんどついていない。去年はだから表年で、もう、どう見てもこれは食べきれないだろうというような量の柿の実が樹上でどんどん熟れて透けてとろけて鳥に突かれて路上に落ちて潰れているのを見て胸が痛んだが、といって葉も落ち果実もないすかすかの枝を見るとそれはそれで寂しい。むき出しの幹は苔で覆われている。苔の濃い色と木の背後にある暗い色の瓦屋根のせいで枝にカラスがとまってこちらを見ているのにかなり近づくまで気づかなかった。目が合うと襲われそうなので慌てて顔ごとそらし先を急いだ。

保育園の園庭が見える。子供たちは誰もいない。お昼ご飯の時間なのだろう。もうお昼寝しているのかも、どうして春には急になにもかも休みになったのにいまはならないのだろう。決してまたあんな風に突然全国の小学校がお休みになってほしいそれに準じて保育園とかも休園要請とか出て親も現場も困るような状況になってほしいと思っているわけではない、が、感染者数は当時を超えたという報道で、結局だったらあのときの混乱はなんだったのだろう？　子供たちは新学期直後の保育や教育を失い、親たちだって万障繰り合わせの上で収入が減り喧嘩が増え学校現場だって医療現場だって奔走し尽力し、あらゆることに気を遣い……いまだって、子供たちは給食時間中以外ずっとマスクをつけていて、地元小学校の運動会は縮小したが修学旅行は普通にあったと聞いた。Go To のおかげで料金は例年より安くなったそうだ。誰がなにをどう判断してそうなっているのか、多分誰にもわからないのだろう。空気、空気、これから本式に冬が来て空気が冷えて乾燥して風邪にインフルエンザに帰省に受験に……ぶんぶん足を動かして角を曲がると前に夫と2人で来たつけ麺屋があった。

広島風の辛い冷たいつけ麺、そうだ、何気なく入ってみたらおいしくて、2人でそれぞれの麺を食べ終えてから、もっと食べたいねということになって替え玉を頼んで分けたんだった。辛いの食べるとすっきりするね、本当じゃね、ここのタレおいしいね、混んでいなさそうに見えたので中に入った。外食だってこれからまたできるだけ控えるべきだろう……混んでいないというかお客さんは男性が1人カウンターの端っこに座っているだけだった。カウンターの中から頭に黒いタオルを巻いた男性がいらっしゃいませ、と言った。夫と来たときは4人掛けテーブル席に座った。今日は先客と反対側の端っこのカウンター席にした。椅子が、私の身長からするとやや高い。向こうの壁際の小さいテレビがワイドショーをやっている。普段見ないから出演者を見てもどの局のかわからない、『感染爆発の可能性？　Go To キャンペーンの影響は？』という文字が画面の上に固定されているのが見えた。私はカウンターに置いてあるラミネート加工のメニューを見た。つけ麺の並盛り大盛り特盛りなどと卵やチャーシューダブルなどトッピング、サイドメニューとしてのライス類、それからタレの辛さが書いてある。0辛から10辛まで並んでいて、3辛のところに「ちょい辛」6辛のところに「辛いのが好きな方」、10辛には「辛さに自信のある方」と書き添えてある。さらに頼めば10辛より上の数値も設定できるらしい。前に夫と来たときは何辛にしたんだったっけ、いきなりでそんなに辛くはしなかったはずだから多分5か6くらいだろう。少し悩んで8辛に決めた。灰色のマスクをした店員さんはうなずいて「並盛り、8辛」と復唱しカウンターの中でくるりと向きを変え容器から生麺の玉を1つとった。カウンターの中の低い位置に作られたコンロの大鍋で湯が煮えている。ほぐしながら白い麺が入れられる。

　広島のつけ麺は細くも太くもない角張った中華麺を茹で、水で冷たく硬く締めてから茹でキャベツ、千切りキュウリ、脂の少ないチャーシュー、青ネギの細切りなどを載せるか添えるかして、唐辛子やラー油の入った冷たい醬油ベースのタレにつけて食べる。私からしたらこれが「つけ麺」なのだが、全国的にはそうではないことはお好み焼きと同様把握している。全国的に「つけ麺」と呼ばれる麺を食べたことがないので比較はできないが広島のつけ麺はとてもおいしい。さっぱりしているし野菜も食べられる。難点は白い服を着ているとタレが飛んで赤いシミになりがちなところ、あとは割とネギネギしているので食後のにおいが気になる場合があるっちゃあるか、あとは値段、麺、肉、キャベツとネギという布陣はほぼお好み焼きと同じなのだが、だいたいノーマルな1人前で比較するとつけ麺のほうがお好み焼きより2〜300円くらい高い、この店のも並盛りで900円、大盛り特盛りとなると1000円を超える。日常のランチとしては高い方だろう。でも疲れるとき食べると元気が出るよね、そうだよね、辛いのもあんまり辛いって感じんよね、そうそう、ストレス溜まってると辛いの辛く感じないよねあれなんでだろう、そんなようなことを夫と話した、どうして昨日はあんな風に話せなかったのだろう。きつい返し、無視したわけではないがという間合い、傷んで捨てた常備菜、仕事のメール返信しなきゃ、散らかった部屋……店員さんが辛そうな赤い液体を小鉢に小さい匙で移している。多分あれを何杯入れるかで何辛か決まるのだろう。先客の男性はちょっとミリタリーっぽい上着を着ている。麺を茹でる鍋の水面が丸く膨らんでいる。水流に麺が動いているのも見える。火加減が絶妙なのかそういう仕様なのか、家だとびっくり水をするか火を弱めないと吹きこぼれそうなくらい沸いて見えるのに寸前でその膨らみはしぼんでまた膨れる。店員さんは赤い液体の小鉢を調理台に置き、木の柄に平らな網がくっついた麺掬いを鍋の湯の膨らみの奥に突っこんだ。「引き続き三密を避けて」とテレビが言った。「これから年末にかけて会食の機会も増えますからね、お店側も徹底的に対策をですね」たくさんの店がすでにできる対策をしているだろう。席数を減らして、アルコールを置いて換気も増やしてテイクアウトを拡充して、「感染爆発、医療崩壊を防ぐためにはやはり、我々ひとりひとりが気を引き締めてですね」平たい網の上に私の麺が載っかり、軽く弾む店員さんの手の動きで小さく丸くまとまっていく。

「お待たせしました！」と声がしてカウンターに麺の皿とタレの小鉢が置かれる。ひとつずつ受け取る。どちらの皿も冷えている。割り箸を割る。平皿に広げるように麺が盛られ、上に薄緑の茹でキャベツがひとつかみくらい、千切りキュウリ、脂の全くない、多分モモ肉のチャーシューの極薄切りが4枚、真ん中に細く切って水にさらした青ネギがこんもり載って、8辛のタレはすりごまとラー油に覆われている。キャベツの下から麺を掘り出してタレにつける。割り箸の先と麺が凶暴に赤黒くなる。口に入れようとして、いま唇が荒れているんだったと思い出す。私はいらいらすると唇の皮をむいてしまう癖があって、だからいまはもうむしってむしって小さい血膨れが端っこにできていて、これはタレがしみるかも、いやだな、大きく口を開け唇をまくりあげ、前かがみになって麺を口にたくしこむ。舌にすりごまの感触があり、すぐに直接的な醤油の味がして、だしというか、ラーメンのスープっぽい動物性の香りが少しだけする。ラー油のだろう、トロンとした油の舌触りもする。噛むと硬くしまった麺がこきこきして、遠い酢の刺激もある。酢がタレに入ってない店も多いが、ここのはうーんとかすかに、しかし厳然と、酢です、という風味が感じられてそれもまた爽やかだ……全然辛くない。全く辛味を感じない。前に5か6辛を食べたときより辛くない。

え、本当にこれ8辛ですかと聞きそうになるくらい、ミリタリー上着の男性が会計をした。「ポイントカードお持ちですか？」「あ、はい」「どうもー！」男性が店を出て行き、店員さんは彼の食器を片づけた。ポイントカード、前来たときもらったけれど夫が持っているな……また来ようね、そうだね来たいね、茹でキャベツを折りたたんでタレに浸す。すりごまの量が多いので水没するともうキャベツも箸の先も目視できなくなる。黒いタレ、赤い透明なラー油、白茶にところどころ黒や赤が混じるすりごまが浮き沈みしてなんだか原始宇宙のイメージ図のようだ。ビッグバン、空想科学、キャベツもよく冷え歯ごたえがある。チャーシューは脂がなくて硬くなりがちな部位だろうが、薄切りなので柔らかい、ネギもキュウリもそれぞれの香りと歯触りがする。キュウリかもしれないな、と突然思う。キュウリは旬以外の時期はスーパーなどでも結構高いから、それでつけ麺はお好み焼きより高いのかもしれない。お好み焼きにはその代わりに卵が入るが、卵のほうが多分値段は通年安定しているのではないだろうか……脳内で夫にそう分析してみせる。夫がそうだね、と頷くかそうかなあ？　と訝しがるか、当たり前だがわからない、夫婦だって、どんなに長く一緒にいたって他人だし、だからこそ尊いというかありがたいわけで、そんなことはわかっている、でも、いやだからこそ、それにしても全然辛くない。うっかり唇にタレが垂れてとっさに前歯でしごいて吸うとまるでそれが自分の血のような感じがした。

私の後にお客さんは来なかったが、カウンターの中で店主はずっとなにかしら作業をしていた。

刻む音、水の音、ビニール袋を触る音、麺をすべて食べ、チャーシューもキャベツもキュウリもなくなり、すりごまもあらかた麺やキャベツに付着したためにタレはむしろ序盤より澄んで見え、1口飲むとまだ冷たい液体がじんわり喉にしみた。初めて少しだけ辛味を感じたような気もして、もうひと口飲むとやっぱりでも辛くなかった。口を拭いて会計を頼んだ。「ポイントカードはお持ちですか?」あー、いや、持ってるんですけど今日、持ってきてなくて……「でしたら後日お持ちいただいたらこちら、合算いたしますんで!」店員さんはそう言ってひとつだけハンコが押された新しいポイントカードを私に差し出した。ありがとうございます。ごちそうさまでした。おいしかったです。「ありがとうございました!」私は店を出た。帰り道にコンビニに寄って夫の好きなお菓子を買う。アーモンドのやつ、辛子色ハーフコートに濃緑色のハイネックセーター、白髪に茶色のベレー帽というお洒落なおじいさんが突然車道を自転車で横切り大きくクラクションを鳴らされていた。誰かの落し物らしい白いイヤフォンがガードレールに引っかけてあった。コードの途中が剥けて中から錆びたワイヤーというか電線が何本も見えている。イヤフォンってこんなに単純な内部なのか、なんだか昔理科の実験で使った豆電球につながる電線みたいだ。長い信号待ちで、迷いつつ夫に、いまあの店でつけ麺食べたよ、とメッセージを送った。すぐに「何辛?」と返ってきて自分でも異様なほどホッとして、それがやや悔しくて、8辛。「辛かった?」そうでもなかった。「そうか」またスマホは黒く黙りこんだ。ヒヨドリが激しく鳴いている。ピィーともビギィーとも聞こえる鳴き声は、多分縄張り争いをしているのだろう。どこからかサザンカの匂いがする。子供のころは液体糊の匂いみたいだと思って苦手だった。いまはいい匂いに感じる。甘くて、どっしりしていないのにどこか沈むような、しかしサザンカの花はどこにも見えなくて、見回しているうちに匂いも消えて、ヒヨドリの鋭い声だけが残った。

広島のお好み焼き

年の瀬のばたばたした夕方、お好み焼きの出前を近所の店に頼むことにした。お好み焼きの出前は広島では一般的で宅配専門店もあるくらいだが、以前に東京の編集者の人にそう話すと「広島風のお好み焼きを?!」「出前で?!」「どうやって?」と驚かれた。もしかしたら広島以外では普通のことではないのかもしれない、それも新型コロナウイルス感染症の影響もあってデリバリーが増えたいまだとまた事情が違うのかもしれない、とにかくうちでは普通にしょっちゅう頼む。ホットプレートがないため家では作らないせいもあるが、疲れていて料理を作りたくないとき、でもある程度ちゃんと栄養があるものを食べたいし子供に食べさせたいとき、そしてそんなにお金がかけられないときお好み焼きは本当に助かる。夫に電話を頼む。初回注文を夫の携帯からしたためにその番号が向こうに登録されていて住所など言わなくて済む。「すいません、出前お願いします。肉玉そば3枚、で、1枚はそばダブル、1枚はそばハーフ野菜ダブル、もう1枚は普通でお願いします」間があり、「あ、そうです。あ、全然大丈夫です」多分住所の確認と、混んでいるから少し時間がかかるとか言われているのだろう。夫が言わないので私は夫の前で右手をチョキにして口元に持って行くジェスチャーをする。箸、箸。「あ、それと、割り箸いらないです。あと予備のソースもいりません。あー、いえいえ、はい、じゃ、よろしくお願いします」夫が電話を切り「40分はかかるって」と言う。じゃあ先に風呂済ませようか。私は風呂場へ行き湯を溜め始める。夫が電話し終わるのを待ち構えていた子供は夫に遊びの続きをせがんでいる。「わかったわかった」遊んでもいいけど、お風呂溜まったらすぐ入るんよ。「はーい」私はその隙にパソコンに向かって仕事をする。

子供のころは、お好み焼きはいつも母がホットプレートで焼いてくれるもので、出前も店で食べることも想像すらしなかった。月に1回多いときはそれ以上、食卓にホットプレートを出し小麦粉と水で作った生地のボウル、豚肉と卵のパック、焼きそば、生地のよりふたまわり大きい千切りキャベツが山盛り入ったボウル、もやしと青ネギ、ちぎったイカ天とソース、削り節や青のりなどが用意される。風呂から出た順に母が1枚ずつ焼いてくれる。ホットプレートの半分に生地を丸く広げ削り節を載せる。みるみる生地に透明感が出て縁が乾いてめくれたように立ち上がる。すぐにキャベツ、ちぎったイカ天、もやし、刻んだ青ネギを載せる。イカ天、おつまみやおやつ用に売っているサクサクした硬いのではなくしんなり柔らかいやつ、つまみ食いするとそれ高いんよと少しだけ叱られる。イカ天をちぎらず丸ごと1枚むしゃむしゃ食べるのが子供のころの夢だったが、大人になったいまやろうと思えば容易にできるはずなのにそういえばまだやったことがないな、テレビのカープ中継かクイズ番組か、曜日によってはアニメの音声の隙間に生地からはみ出てホットプレートに直に当たっている千切りキャベツがシーと鳴っているのが聞こえる。野菜の山の上に豚肉を広げながら載せ、ちょろっと生地を垂らしてひと呼吸置いて生地と野菜をひっくり返す。ヘラはないので普通のフライ返しを2本使う。生地が上、豚肉が下になりジュウウと音が立つ。生地は所々薄茶に焦げている。散ったキャベツなどをフライ返しでかき寄せる。もうキャベツのシーは聞こえない。ホットプレートの半分に焼きそばを入れソースを垂らして炒める。フライ返しで生地と野菜の山を軽く押さえる。かさが減っていく。ちょっと下をめくって豚肉が焼けていることを確認してから焼きそばを丸く整え、その上に2本のフライ返しで持ち上げた野菜と生地を載せる。いままで生地があった場所に卵を割り、フライ返しの角で黄身を潰して丸く広げ、その上に野菜と生地と焼きそばをまた2本のフライ返しで載せる。店だとここで再度ひっくり返す場合も多いがうちではいつもそれで完成、下から卵、焼きそば、豚肉、青ネギともやし、イカ天、キャベツ、1番上に生地、皿に移し、ソースは自分でかける。子供のころはマヨネーズが苦手だった。青のりと削り節を振る。母は次の分を焼き始める。お好み焼きの日はだからいつも家族で食べる時間がバラバラだったが団欒感があった。いつも自分の分を最後に焼く母は、生地がキャベツが余っちゃったとか足らんかったわなどと言いながら他のより大きかったり薄かったりするお好み焼きを食べていた。

高校生になったとき、違う県から広島にやってきた友達ができ、何人かで彼女の家でお好み焼きをやろう、ということになった。彼女は店では食べたことがあるが家では焼いたことがないと言う。「だって難しそうじゃない?」こちらのではないイントネーションで彼女は言い、「ひっくり返すのとかさー」いやそんなことないよ、全然難しくないよあんなの。私は母に生地の配合などを聞いて彼女の家に行った。母が家でやるのを見ていたし、生地を混ぜたりひっくり返したりする手伝いもしていたので余裕だろうと思い作り始めたのだが、焼き始めた途端、丸く広げようとした生地がおたまの背にくっついておかしな形になってしまった。修復しようとしてもさらにおたまにくっつきなんだかくしゃくしゃした立体になっていってしまう。あれ、おかしいな、その生地を捨てもう1度やったがそれもダメ、ごめんうち無理じゃ、なんでじゃろ、ちょっと代わりにやってや。「えー」別の子がやってもなんだかうまくいかず、作った生地が底をつきかけ追加で作ってもうまくいくとはかぎらないしもうそのまま行こうということになったが基盤となる生地がないためにキャベツも他の具材もとりとめがなく、それを無理やりひっくり返すと普段以上にキャベツが周囲に飛び散り、さらに強引にそばや卵と合わせ生地の不在を隠すようたっぷりソースをまぶしたものの食べたら全然お好み焼きの味ではなく、皆で笑い転げたが私はとても決まり悪かった。生地はあんなに薄いのにあれがないとお好み焼きにならないのだ。母はいつもこともなげにやっていたのに……「みんなが来るからきのう掃除したのに」と笑いながら友人は部屋のあっちこっちに飛び散った油まみれのキャベツをつまみ上げた。いま思えば卵を倍使って上下を挟んで生地代わりにでもすればよかったのだが、そのときは思いつかなかった。私たちはここにもある、嘘じゃろこんなとこにも飛んどる、と笑いながらキャベツを拾い集めた。

初めて店でお好み焼きを食べたのは多分大学生になってからだ。大学のそばにはいくつかお好み焼き屋があったが、大学の近くにあったその店はおいしくなくて、なんだか具が多い湿った焼きそばみたいで妙にもやし臭くて、よそから来てそこのを食べてなんだ全然おいしくないじゃんと思って広島のお好み焼き自体を軽んじたまま地元に帰る人もいるのだろうと想像するとややうっそりした。そして高校時代自分が作ったお好み焼きのことを思い、母が作ってくれていたお好み焼きがいかにおいしかったのかも知った。その後、就職してからはちょくちょく職場近くにある店で食べるようになった。当然ながらおいしい店もちゃんとあった、というか大半がおいしいのだ。普通かな、という店はあれどまずい方が珍しい、そうなれば、他の外食に比べてお好み焼きは値段に対してちゃんと栄養があるものを食べている感じがするしお腹も膨れる、仕事終わりに同僚とコンビニで買った缶ビールを飲みながら名店と言われる店の大行列に参戦したこともあったし、小さい、でも知る人ぞ知るなんよというような店を教えてもらったこともあった。ラードで荒々しく焼いたのや、ニンニクが効いているのや、糸のように細く切ったキャベツが甘く蒸されて柔らかいのやソースがひと味違うのや半熟に焼かれた卵がこれみよがしにとろっと垂れているのやいろいろなお好み焼きがあった。

あるとき、結婚前の夫と開店したばかりのお好み焼き屋へ行った。なんでも有名店の暖簾分けというか直弟子が独立して開いた的な店らしく、話題になっていたためオープン当初から行列ができていてその日もかなり待ってから鉄板前のカウンター席に案内された。カウンターの奥で、やや年配の男性が生地のボウルをかき混ぜていた。鋭い目つき、伸びた背筋、リズミカルながらどこか重厚なそのテンポ手の動きは熟練の職人感というか、あの人が店長というかこの厨房の主的な存在なのかなあと思って見ていたら厨房のステンレス製の壁からなぜか突然赤い丸いマグネットが落ちてきてそのボウルに入った。ひらっと、なにかが手書きされたメモも調理台に落ちた。マグネットが留めていたメモだった。値段だか分量だからしい数字がボールペンで書いてあった。男性は一瞬手を止めその生地まみれになったマグネットを素手で素早くつまみ出し、軽く振って生地をボウルに落とし（多分山芋とか隠し味とか入っているのだろう、粘りのある生地であまり落ちなかった）、シンクに投げ入れ（大きな音がした）、指先をボウル脇にあった布巾かなにかで拭いてそのままその生地をかき混ぜ続けそして鉄板前に陣取っていた若い男性に渡した。若い男性はその生地を鉄板に薄く丸く広げ焼き始めた。私はえええ、と思った。横目で見たが夫は全然あらぬ方向を向いていていまの所業には気づいていないようだった。まあ、マグネットったって厨房内のものなら全部うちは徹底的に清潔にしておりますんで汚くないんですよ、ということなのかもしれないけど、でも、やっぱりそれどうなんだ、そして出てきたお好み焼き（タイミングが違ったのでマグネットが入ったのとは違うボウルの生地で焼かれた）は仰天するくらいおいしくなくて、学生街のよりはるかにおいしくなんなら私が友人宅で失敗したやつより下なんじゃないか、生地が変に分厚くぼとぼとのごとごとで、全体が不快に湿っていて味もぼんやりしていて、いくらソースをかけてもその茫漠とした味は修復できなくて、夫の顔を見ると今度は夫もなにこれ、という顔をして私と目を合わせその後しきりにマヨネーズを絞りかけていた。二度と行くもんかと店を出たがその後もずっと行列は絶えなくて、多分、私たちが行った日は料理人の体調不良かなにかだったのだろうということになった。

その後、転職のたび転居のたびに近くの店へ行き、市内ならここ、近所ならここ、という店が定まった。市内、つまり広島の繁華街にある某店はおいしくて混んでいなくて立地が至便かつ全体の感じがいい。相席前提の細いテーブル、2人がけと4人がけのテーブル、という狭い店だ。鉄板前にもカウンター席があり一応椅子が置いてあるのだがそこに客が案内されるのを見たことがない。観光客らしい姿もときどき見るがだいたいが老人やサラリーマンなど近所の住人や労働者に見えるお客さんが多い。お好み焼きは1枚焼くのに時間がかかる。だいたい20分くらい、混んでいる店だとどうしても時間がかかってしまう。おそらくガイドブックに載っているような、観光客がたくさん行くような店が大行列になってしまうのもそのせいで、ようは回転率が悪いのだ。だがその店は席数が少ないのにどういうわけか満員で入れないようなこともなく、それでいておいしく、厚みはかなり押しつけられて平らになって、麺は鉄板に接していた部分がパリッと硬く焼けて、キャベツは太めのが歯切れよく、それが縁《ふち》が膨らんだように高いクリーム色の平皿で出てくる。食べ終えると皿の中央のソースメーカーのロゴが見える。壁にはカープのカレンダーが貼ってある。壁と壁の角に小さいテレビがあってワイドショー的なものが放送されている。店は高齢の女性が1人、中年男性が1人、中年女性が1人の3人で運営されている。やりとりから、おそらく3人は家族、中年男性が高齢女性の息子、中年女性はその配偶者のような間柄に思われる。私がこの店に行きだしたころ、いまから10年くらい前には年配の女性が主に鉄板の前に立ってお好み焼きを焼いていた。小柄で笑顔が絶えない感じの女性が両手にヘラを持ってひょいひょいひょいとひっくり返していく。そばをヘラの角を使ってほぐしつつ焼く、キャベツやそばのかけらをヘラでこすって鉄板手前の溝に落とす、透明な油を鉄板に塗る、平たい大きなハケの先端にソースが絡まって粘って光っている。シャッ、とかチッとかシューとかジューとかいろいろな音がする。それが、最近行くと焼いているのはいつも中年男性で中年女性がお運び、高齢の女性は店の奥に置かれた丸椅子に座ってマグカップをかたわらに置いてにこにこ店内を見回している。彼女の仕事は、ごちそうさま、と立ち上がる客に向かってありがとうございました、と言うことのように見える。会計はソースメーカーのエプロンをして頭にバンダナを三角巾巻きした中年女性がしてくれる。

インターフォンが鳴り、今日の分、2020年12月某日のお好み焼きが配達されてきた。夫がまだ風呂から出ていなかったので私が出て、女性の配達員さんからほかほかしたビニール袋を受け取ってお金を渡す。届けてくれるのは女性だったり男性だったり、いつも若い人だ。今日の人も見ようによってはまだ高校生くらいに見える。分厚い上着を着ている。鼻の頭が赤くなっている。外は寒い。「ありがとうございましたー」ありがとうございました、お気をつけて。よいお年を、と言おうか迷い言いそびれる。袋には平たい丸い蓋つきの発泡スチロール容器が縦に3つ重なっている。蓋にそれぞれマジックで『ソW』『野菜Wソハーフ』と書いてある。1つにはなにも書いていなくて、これはつまり普通の肉玉そばだ。容器は輪ゴムで留めてあり、通常ならそこに小袋入りの追加用ソースと割り箸が挟んであるが注文時に断ったのでない。容器越しにもまだ十分熱い。子供、そしてちょうど風呂から出てきた夫を食卓に呼び麦茶と箸を配りそれぞれの蓋を取る。上からヘラでざっくり8分割してあるお好み焼きは完全には切れていなくて、上からその切れ目に箸を差しこんでつながっている生地やそばをちぎって持ち上げた断面から湯気が立つ。キャベツや麺が垂れ下がる。いままで何十回何百回と嗅いできた、1枚1枚全部違うけれど、やっぱり同じ、お好み焼きの匂いとしか言えない、ソースの、油の、生地の、そばの卵のキャベツのネギの青のりの、いろいろなものが重なり混じり合って熱せられたあのいつもの匂いの湯気が部屋に広がっていく。

思い出の汁なし担々麺

いまから十数年前、私が新卒で就職したばかりだった当時、終わりそうにない残業中に先輩に声をかけられた。「今日も遅くなりそうだしみんなで元気出るもの食べに行こうよ」あーいいですね。「最近ハマってる店があるんだけどそこに行かない？ 仕事先の人に教えてもらったんだけど、すごいおいしいの。辛いの好き？」あ、好きです好きです。「汁なし担々麺、食べたことある？」汁なし担々麺、いやないです。聞いたこともなかった。汁のない担々麺？ ねりごまのスープが入った担々麺なら食べたことがあるがあまり好きではなかった。ごまのまったり感が強すぎて塩気や辛さが遠く感じられ、麺を食べ終える前に飽きてしまう感じがあった。「じゃあ食べに行こう、なんかね、ただ辛いんじゃなくて、舌が痺れて、食べた後に冷たい水飲んだら味がついてるみたいな感じがするんだよ。水の味が変わるの。それすごい、不思議なの」

当時働いていたのは給料は安いのに労働時間が長くいま思うと労働基準法的にも精神的にもいろいろ問題があるのでは、という会社だった。私は大学の少し上の学年がいわゆる就職氷河期に苦労しているのを見て慄《おのの》いていた世代で、自分のときは有効求人倍率などの数字はややマシになりつつあったはずだがでも全然楽ではない就活、資格も特技も特になく、滑舌が悪いのに早口な喋り方と顔つきの暗さを就活イベントの面接対策セミナーで指摘されていた私はエントリーシート試験面接連戦連敗、同級生が着々と内定を得、公務員試験を受けた人の結果も聞こえ、とにかくどんどん就活を終えていき秋も終わるころというかほとんど冬ごろにようやっと得た内定先で、しんどいけれども仕事内容には楽しさややりがいがなくもなかったし同期とも仲良くなったし気の合う先輩もいたので、まあやるしかないよな、そんな苦労ナシで社会人務まらないよな……先輩と同期と連れ立って4人で行った先輩おすすめの店はカウンターしかない小さい店で食券式、メニューは汁なし担々麺の並盛り大盛りなどサイズ違いとネギや温泉卵などのトッピングのほかセルフサービスのライスのみ、「このライスをさ、食べ終わったタレに入れて食べるのがおいしいんだよー」じゃあ私もライス頼みます。おのおの食券を買った。カウンターの横並びに空いていた4席に座って食券を差し出した。見るからにストイックそうな男性のスタッフが数名ほぼ無言で動いている。厨房は古びたというか、やや雑然として見えた。「疲れたねー」ですねー。「今月間に合いそう?」どうですかねー。ぼそぼそ喋っていると結構すぐ出てきた担々麺は本当に汁が全然なかった。へー! 麺、ひき肉、ネギ、「底からよーく混ぜて食べるの」先輩に言われ割り箸で混ぜると底からタレが出てきて麺を染めていった。嗅いだことがない、スッとするようなむずむずするような香り、しっかり混ぜて全体が均一にタレ色になったところでひと口食べる。醬油のようだがそれだけではない中華っぽい塩気、ネギの香り、あっ、辛い！　麺に絡んだタレから香辛料のらしいざらつきが感じられ、単純なような複雑なような、ネギの歯触り、微かに発酵っぽいふくらんだにおいもする、唐辛子の辛さとあとはなんだかわからないこの舌がシャアシャアする感じ「これね、中国の山椒だって」へー！　いまでこそうちの台所には中国の山椒である花椒《ホワジャオ》が粉とホールで常備され麻婆豆腐とか焼きそばとか焼いた肉とかに平気でかけたり入れたりして食べているが、当時はその存在も知らなかった私はその鮮烈さに目が覚める感じがした。汁あり担々麺のまったり感とは全く違う、すっきりきっぱり辛い。おいしい！　おいしい！　疲れが取れる！「ね！　そうでしょ！」巨大な炊飯器から自分で盛りつけたライスは米の質か水加減か私の口にはちょっと合わず、表面がネバっとしているのに奥がばさついている、あっ、ライスはちょっと……ただ、麺を食べ終えた後にどんぶりに残ったネギとひき肉が入ったタレを十分絡めたらベトついた塊もほぐれて味が染みこみライスの質感もあまり気にならない。全て食べ終えて冷たい水を飲むと先輩が言う通り、水なのに味がする！ダシっぽいうまみも感じるし、ちょっと酸味みたいな、炭酸みたいな感じもする！　えー！　不思議！「でしょ、そうでしょ！」以来ときどき残業中にその店に行った。店員さんは大概静かだった。いつ行っても店内はぴかぴかではなかった。ときどき店のにおいが気になるときもあった。とんこつラーメン店で嗅いだことがある獣臭に思われたがこの店の汁なし担々麺からはそんなとんこつ臭はせず、なんでだろうと不思議だった。店が多少におっても汚れて見えても、疲れているとき、くさくさしているとき、それでもちょっとふんばってがんばりたいときは辛いものが欲しくなって辛いものといえばまっさきに汁なし担々麺が浮かんだ。結局私はその職場を1年経たずに辞めた、辞めたった。一緒に汁なし担々麺を食べたメンバーも全員数ヶ月の差で辞めた。もうあそこで働かなくていいんだという解放感！　しかし薄給でも過労働でもなんでも一応正社員だった身が無職になったときの心許なさ！　私はハローワークに通い始めた。

当時、私が新卒で就活したときに引き続き、求人事情は好転していたはずなのだがやっぱり一失業者の体感としては全く良好ではなく、不景気、ハロワにはもう、見るからに暗い空気の老若男女がひしめいていた。スタッフの人になにごとか食ってかかる人消え入りそうなボソボソ声で訴えている人いまにも溶けて流れ落ちてしまいそうな体勢で座り目を閉じて窓口の呼び出しを待つ人、求人を検索するパソコンの前で背中を丸めマウスをクリックし続ける人、圧倒的な負の空気、いやまいったなー、そもそも就職活動がうまくいかずようやっと入れた会社を3年どころか1年も辛抱できずに辞めた特に資格や経験のない引き続き目つきは暗く滑舌悪く早口の女性がどんな仕事ならできるというのか、できますと主張できるのか……転職先探しは難航した。ハロワのパソコンで求人を検索してもお互いの条件が合う求人はなかなかなく職員さんとの面談はすごい順番待ち、ようやく対面してここのことか、受けたいんですけどと言ってもここは応募者数がとか経験がとか正直言いますけどおすすめできませんだとかでなかなか面接にすら至らない、あーどうしよう、どうしよう、そんなにすぐに決まるとも思わなかったがしかしいつまでかかるんだろう、お金も……私は毎日ハロワに行った。いま思えばもっとゆったり構えて気分転換とかそれこそ貯金（そんなになかったが）を切り崩して独り旅でもすればよかったと思うが当時はもう不安で不安で不安で私が行かなかった日に突然素晴らしい求人が来て誰かに先を越されるかもしれないし、なんというかお天道様が見てるみたいな、神様私は毎日こうして努力していますのでなんとか、どうか、ひとつ……その日も朝イチにハロワへ行って新規求人を検索したが成果が特に出ずにとぼとぼ帰る帰り道、そうだランチに汁なし担々麺食べよう、つらいときは汁なしだ、汁なし、うんと辛いやつ！　職探し中に外食なんてしたら贅沢かもしれないが喝を入れるっていう意味でもね、ハロワからその店まではちょっと距離があった。普通だったらバスとか市電に乗っていくだろう距離、しかしその日私は歩くことにした。どうせ時間あるし運動不足だし、あとこんな情けない自分は電気なりガソリンなりを用いた移動が許されない的な気持ちも多分あった。山とか坂ではない平坦な道だし、行こう、行ってみよう。その日私はスニーカーではなくてちょっとヒールのある靴を履いていたことに歩き始めた途中で気づいた。あー靴。やっぱりバス乗ろうかな、まあでも、せっかくだし……歩いているとなんとなく想定していたより店が遠かった。道は合っている。ただ、思ったよりランドマークとランドマークの間の距離が長い。まだここか。まだここか。もうやめて帰ろうかな、バス乗るか、いやでもそんなのダメだ、バチが当たるし疲れて空腹のときこそ辛い汁なしが染みるはず！　いま、当時は持っていなかったというか多分まだ日本で発売されてもいなかったスマホでハロワから店までの所要時間を調べると徒歩で50分強と表示される。距離にして約3・5キロ、いや遠い！　心身しんどいときに運動不足がヒールで歩く距離じゃない、暑くてちょっとくらくらしたし足も途中からはっきり痛かった。ようよう店についてああやっと、と店に入るとむっとにおいがした。獣臭、ん、ちょっと今日いつもよりなんかにおい強い、初見だったらびっくりして引き返したかもしれないくらいの、そして店内はお客さんでいっぱいだった。カウンターの席は全て埋まっているしその後ろの空間にもびっしりと人が立って待っている、いままでこの狭い店にこんなに人がいるのを見たことがない。仕事をしていた私がそこで担々麺を食べたのは大概残業前つまり夜で、だからランチタイムには来たことがなかった。平日のお昼こんなに混んでるんだ！　店内にいるのは全員男性だった。座って食べているのも立って待っているのも厨房で働いているのも男性、待っている人の手に食券が見えたのでとりあえず券売機、券売機の前だけは人がいない。千円札を入れると飲みこんでくれずべーと吐き出されてくる。裏返してシワを確認して入れ直す。今度は受理される。いつもの並盛りを買う。ライスはやめておく。食券は買った。それで、ええと、待ち最後尾は……店の奥ほど長く待っていると仮定して、つまり店の入り口に最も近い人が最後尾、だと思ったが、狭い店内に待っている人は列というよりもっと塊で、こっちではなんか前後重なり合っているしあっちでは向こうを向いている人もいて、ええと、あの、こっちが後ろですかと問うようにそれでも一番手前と言えそうな場所にいる人を見たが目を合わせてもらえない。ほかの人も眺め渡すが誰とも目が合わないのにちらちら不審そうな目線を向けられているような気もして、戸惑い、場違い、カウンター内で立ち働くスタッフを見てもこちらを一切見ることなく鍋や食器に向かっている。そういえば今日はいらっしゃいませとかも言われなかった気が……湯気、水の流れる音、漂う異臭、ええと、ええと、もうランチタイムのラストオーダー済みましたという時間でもない、名前を順番に書いていく表みたいなやつもない、そもそもこんな狭い店内でこんなぐしゃっと立って待つなら、店の外でちゃんと列になって並んで待った方がわかりやすいんじゃないか、でもそれだと狭い道で近所迷惑とかなのか、私は外に出て待っていてもいいのか、でも順番が来たら呼んでくれるだろうか、くれなさそう、だから、そうよ、列にこだわらなくてもいま現在店にいる人が全員座ったら次が私の番だ、だから、いまいる人の顔を、見て、いや数えたらいいのか、それだけの人数が座ったら私、ひいふうみい、外から空気が入ってきてドアが開いて新しいお客が入ってきたので私は券売機の前からズレた、すぐそばに立つことになった男性が不審というか不快そうに私の顔以外の全身を見た気配がした。私の次に、つまりこの店に最後に入ってきた男性は素早く食券を買い終えるとふっと男性の塊に入りこみ、いままで待っていた男性たちと溶けて混じった。え、私の前、後、どの人。私は急に泣きそうになった。平日昼の汁なし担々麺屋にいるのは、スーツ、作業服っぽいの、もっとカジュアルなTシャツ短パン、でも、多分全員この辺りで働いている人たち、きちんと仕事を持ちそれで給料を得ている人たち、汗染み、ネクタイ、腕時計、貧乏ゆすり、今日、こんな混んで、順番もぐちゃぐちゃで、それとも私以外はみんなわかっていて私だけなにかのルールや常識がわかっていないのか、だからこんな、だからこんな転職も難航して、こんな、こんな、くさいし、こんなの飲食店のにおいじゃない、冗談じゃない、私は無性に腹が立ってきて悲しくもなってせっかく買った食券を持ったまま店を出た。待っていたお客も店員さんも誰もなにも言わなかった。いい天気だった。においは換気扇を通って店の外にも漂っていた。くせえよ！　店の庇屋根《ひさし》の下の影が濃く、ばかみたいだ、ばかみたい、結局その日はなにも食べずに家に帰った。食券は買い損だった。いま思えば大人なんだし悪いことしてるわけじゃないんだからこれ順番ってどうなってるんですかねと近くの人に聞くとか、とにかくひたすら待つとか、お店の人にすいません混んでそうなんで帰ります食券買っちゃったんで返金してもらえますかとかどうでもやりようがあったのに、若かった、弱っていた、疲れていたし不安だった……その後どうにか転職したがそこも長続きせず、私はフリーター派遣主婦パートという非正規労働ビンゴタイムみたいな時期に入りフルタイム勤務のパート労働者という矛盾した立場で比較的長く働いている最中に新人賞を受賞した。

新卒の私にとって未知の料理だった汁なし担々麺はいつしか広島名物とされるようになり専門店もたくさんできパンダのゆるキャラまで設定された。広島で有名な店が東京にも出店しているとも聞く。その過程で、本来中国の担々麺は汁がないらしく、汁あり担々麺が実は日本式のものなのだという事実も人口に膾炙《かいしゃ》した。つまり「汁なし」と銘打つ担々麺はなんというかマンゴーが好きで巻き寿司にマンゴーが入ってるのが人気の国があったとしてその国のある地域でマンゴーが入らず生魚が入った寿司が「マンゴー抜き寿司」と呼ばれ名物とみなされている、みたいな座りの悪さがあるような、しかも広島の人はしばしば「担々麺」の方を省略し「汁なし」とだけ呼ぶこともあり、そうなるともはや「マンゴー抜き」が寿司を示す語とされているのと同じ、それは奇妙すぎるんではないか……

最近になって、初めてその店で汁なし担々麺を食べたときのメンバーで、結婚しいまは他県に住んでいる人が所用で広島に来るというので一緒にお茶を飲んだ。近況、新しい家庭について、いまの仕事についてなど話した。お互い楽しいことも大変なこともある。「あ、そういえばさ、みんなでときどき行ったあの汁なし担々麺の店、あそこっていまもある?」え、あー多分。閉めたっていうのは聞いたことないですね。コロナのときは休んだりとかはしてたかもですけど。「あーよかった、いまもよく行く?」いやー、いまの家からはあんまり、近くなくて……実のところハロワ帰りに食券を無駄にして以来あの店には行っていなかった。なんとなくとても悪い印象というか、なにかに弾き返されたような……自分が悪いのだが、だからこそ余計に、うーん、そう、でも、とにかく店は多分まだありますよ。今日広島に泊まり明日帰るというその人は「じゃあせっかくだし汁なし食べて帰ろうかなー。いま住んでるとこにも汁なし担々麺出す店あるけど、やっぱりあの味がね。違うよね、忘れられない」あー。うん、わかる、わかります。そう、私はその店にはあれ以来行かなかったがほかの店では何度も汁なし担々麺を食べた。路面店で、ショッピングモールに出店している店舗で、サービスエリアで、ラーメン屋や中華料理店のいちメニューとして、コンビニで、冷食で、1回だけ本当に仰天するくらいまずいのに遭遇したがそれ以外はどれもおいしかった。甘味が感じられるの、やけにラー油の赤が目立つの、しょっぱいの、ごまごましてるの、ひき肉の味が濃いの、麺が細いの太めの平たいの、ネギが青いの白いの、タレの出汁っぽさが強いの、スパイスが粗挽きでギシギシするの、香りが独特なの……どの店もそれぞれおいしく、でも、どこかずっと物足りないとも思っていた。初めて食べた店の味が刷りこまれているだけかもしれないが、食べた後の水があんなふうに痺れて弾けるような汁なし担々麺はほかにには、あんなに鮮烈に口から鼻に香りと刺激が抜けるのは、ほかでは味わえないのだ。知人とはじゃあまた、ぜひ今度はそっちで会えたら、うんぜひ、ご家族にもよろしく、などと言い合って別れた。後日その人のSNSを見ると店の写真がポストされていた。行ったんだー、と思った。店、やっぱりまだちゃんとあるんだ。

私も久しぶりに行くことにした。もう多分、仮に順番待ちのルールが分からなくても堂々と誰彼に聞くくらいの図太さも身についたはず、20代前半だったあのころとは違う、とはいえ混んでいるのは嫌なのでランチタイム口開けを目指して家を出るつもりがばたばたしてオープンから30分ほど経ったころに店に着いた。外観は変わらない。古びた建物、汁なし担々麺の文字、外観は多分なにも変わっていない。壁に価格改定のお知らせの張り紙がしてある。麺もトッピングも数十円の値上げ、日付は書いてあるが何年かの記載はなく、紙は古びて雨に濡れて乾いた跡があってもしかしたらこの日付は今年じゃなくて去年のかもしれない。店に入った。記憶より薄暗い。薄暗いというかはっきり暗い。晴れた天気との対比のせいか、え、こんなに暗い店だったっけ、「いらっしゃいませー」思いのほか明るい声がかかり、見ると、カウンターからメガネをかけた男性店員さんがこちらを見て微笑んでいた。ほほえみっ、ここの店員さんは愛想がないというか仕事に集中しているというか、えっ、微笑んで、この人には見覚えがある。多分前からいた。あのころからいた人、違うかな、「お席、こちら、どうぞー」明るく誘導される。えっ、あっ、はい。厨房にはほかにも数名の男性スタッフがいて、全員うっすらと見覚えがある。カウンターは椅子ひとつおきに人が座っている。店員さんが示したのはカウンターのすみっこの席だった。「券売機で券お願いしますねー」あ、はい。やっぱり愛想がいい、券を買う前にカウンター椅子に荷物を置こうとするとゴトっと感触があり椅子の背もたれの上部の一部が浮いて外れた。ギョッとしたが、そもそもテープなどで補強してあったようで、つまりすでに外れていたものらしい。おそるおそる元の位置にはめこむとちゃんとはまった。財布だけ持って券売機、この機械も昔のままのような、さすがに新しくなっているような、千円札を入れる。すぐには入らずべー、と出てくる、こういうのが一発で入ったことがない。裏表逆にしてシワも確認して入れる。今度はちゃんと入る。券売機の光ったボタンから汁なし担々麺の並盛りを選ぶ。温泉卵なし、ネギ大盛りとかもなし、あとは悩んだがライス、どんな店のでも、汁なし担々麺は確かにやっぱりライスが合うのだ。この余ったタレをね、ライスにね、という先輩の教えが蘇る。券売機からカウンターに向き直り、カウンター前で待っていた店員さんに食券を差し出した。「辛さどうします」あっ、ええと。ええと、ここの辛さのオーダーはどうだったっけ、特に辛さについての表示はない。数字で5辛とかいうんじゃなくて……。あの、ええと、普通よりは辛めくらいで。我ながら変な言い方になったと思ったが店員さんはうなずいた。「はい。水とライス奥にありますんでセルフでお願いします」あ、はい。立ちあがろうとしてまたつい椅子の背に手をかけて背もたれが取れる、隣の椅子の背もたれもテープで補強してある、半袖シャツを着たその隣に座っている男性の背もたれも多分。やっぱりしばらく来ていないと変わるなあ、でも、変わっていないとも言えるような気もする。もしかして当時からこうだった？　店内の暗さもそうだが、10年以上来ていないとあちこち記憶と齟齬があるというかそもそも記憶自体が曖昧になっている。店の、L字になったカウンターの角近くに設置されたセルフサービススペースから伏せて並べてある陶器のお茶碗を取り、巨大な炊飯器の蓋を開ける。口開けから30分だがライスはいっぱいではなく偏っていて、つまり結構減って見える。見るといま座って食べている人の全員がどんぶりの脇にご飯茶碗を置いている。ライスを山盛りにしている人もいる。しゃもじでライスを入れてからもう1回上に重ねたらしい、ゆるんだ雪だるまみたいな形のライスだ。どれだけ盛っても同じ値段だからそうするのも正しい、脇に置いてある水の張った容器に入れてあるプラスチックのしゃもじを手に取りちょっと水を切る。私はライスはそんなにたくさんはいらない。軽くひとすくい、3口分くらいを茶碗に入れてしゃもじを水に沈めて炊飯器の蓋を閉める。プラスチックのコップもとって冷水機から水を注ぐ。両手に持って席に戻り、カウンターに置く。今度は背もたれが外れないように気をつけて椅子を引いて座る。卓上には唐辛子と酢の容器が並び、割り箸立てには紙袋なしの割り箸が立ててある。厨房では湯気の立つ寸胴の前に人が立ち、調理台の上に大小並んだ容器からどんぶりにタレらしきものを入れる動きも見える。銀色のボウルにネギが入っている。厨房の機器や壁は相変わらず古びている。というか、多分、来なかった十数年分さらに古びている。壁には煤なのかなんなのか黒いくもった色がつき、プラスチック容器の横腹にも茶色い筋が垂れている。紙類が棚に積み上がり空調の風にその端っこがなびいている。梱包などの資材なのかゴミなのかわからない中身が詰まったビニール袋が部屋の隅に積んである。店内にはラジオが流れている。私が苦手なローカルアナウンサーが喋っている。「お待たせしましたー汁なし担々麺です」カウンターにどんぶりが差し出される。普通のラーメンどんぶりより小さくて丸みがある。受け取る。温かい。「よーく混ぜてお召し上がりください」あっハイ！　こんなにこやかなアナウンスも当時なかったような、それとも私が忘れているだけだろうか。白い細い麺の上に緑のネギ、一見タレや肉は見えない。こんなに麺が細かったか、割り箸を差し入れて上下を返すように混ぜると、ネギに隠れていたひき肉と底に溜まっていたタレが麺に混じっていく。ひき肉は白く、素人考えだと炒めたより茹でたみたいな質感で、混ぜる前にそれだけちょっとつまむと塩気があるが強い味はついていないでぽろぽろしている。ネギは輪切りで、でもなぜか一片だけちょっと厚みのある斜め切りのが混じっていて、これはいったいどこからきたネギだろうと思いながら全体をよくよく混ぜる。混ぜると麺も肉も茶色くなっていく。ん、と思う。記憶ではもっとタレが赤かった気がする、なんか茶色い、そして、この香り、魚介っぽい、鰹節とか鯖節とかそういう粉にした魚みたいなにおいがたちのぼる。こんな香り、したっけ？　タレがついてない麺を重点的に箸でほぐして混ぜる。麺は冷水で締めたりしない温かいままだがスープがないから熱々でもなく、それが刻一刻と冷めていく間に表面にタレが染みこんでいく感じがする。混ぜて全体が同じ茶色になり底のタレの溜まりがなくなった。もういいだろう、ひと口食べる。これこれこの味、と思いかけて、ん、この味？　やっぱりちょっというかかなり魚っぽい、おいしいけど、いやおいしいけど、ここの汁なし担々麺ってこんなだったっけ、この、ひき肉のポロッとした舌触り、晒してから水気を切ったネギの歯触り、スパイスのかすかなざらつきなどは懐かしい、が、この魚っぽい味は。いままで食べてきたほかの店の、おいしいけどなんか違うんだよなの汁なし担々麺の味やビジュアルが脳と舌に去来する。辛さももっと強くしてもよかった、激辛でと頼めばよかった、数口食べ、麺に絡んだタレの味が舌に染み渡ったところでライス、記憶よりは普通のライスだ。やや食感が、家庭でちょっとうっかり長めに保温しちゃったご飯的な、おいしくはないがまずくもない、うんうん……私が入ったときいたお客さんは順次退店し、新たにお客さんが入り、店内には常に席をひとつ開けてお客さんがいる程度に人がいる。おいしいけど、でも、記憶のあの、私がそれ以来どこの汁なしを食べてもなんか違うなと思っていたあの雛形というか基準点となっていたあの味とは全然違っていて、それは私の舌が変化したのか記憶が変容したのかこの店の味が変わったのか、もしブラインドでこの汁なしを食べてこの店のかどうかと聞かれたら私は間違いなく自信を持って違いますと答えただろう。10万円くらいなら賭けたと思う。それくらい全然違う。汁なし担々麺は熱いスープを吹いて冷ます工程がないため麺の減りが早い。麺に絡みそこねたネギとひき肉がどんぶりに残りがちになるため意識して具材を麺で包みこむようにして口に入れていく。食べ終え、どんぶりに残ったタレというかタレが染みたひき肉とネギの残りにひと口分のライスを入れてかき混ぜて口に入れ、噛み、飲み、最後に一気に水を飲む。冷水機で注いだ氷無しの水はプラスチックのコップ越しにまだひんやりして、そして、口の中でただの水がシュワっと沸き立って微かな酸味と不思議な旨みが、この、最後の水の味は、これだけはなんだか多分記憶通りだった。プシュ、と音がした。見ると厨房の中で、1人のスタッフが椅子に座り缶ジュースを開けて飲み始めていた。感染症対策か入り口ドアは開けっぱなしになっていて、空調はついているが麺を茹でる湯が沸き続けている厨房はそれは暑いだろう。首に巻いたタオルで顔が拭われる。そういえば今日の店内はあまりくさくない。厨房の中は相変わらずぴかぴか清潔という感じではないのに、あの、獣臭が今日はほとんどしない。もし、あれから、十数年前から、この店にときどきでも来ていたら今日のこの味をやっぱりこれこれ、変わらないねと思ったかもしれない。多分、どんな店のどんな味でもグラデーションで変化していくもので、それを十数年分スキップしたらその落差は無視できなくて当たり前かも、ごちそうさまでした、と言って立ち上がると「ありがとうございましたー！」こんなに明るく嬉しそうにお礼を言われたことが、あのころは、あったか、なかったか、もしかして当時は残業に疲れてこの声を聞いている余裕がなかっただけなのか、マスクをつけて立ち上がるとき摑んでしまってテープのなのかなんか料理の脂か油由来なのかちょっとべとつく感じの椅子の背もたれの一部がまた外れる。そっと戻す。店を出ると日が照って暑い。今年はというか今年も暑い。めちゃくちゃ暑い。ちょっと振り返ると開け放たれたドアの中は日差しの中で真っ暗に見える。マスクの中で鼻水が垂れる。あのとき半泣きで歩いた道を歩いてバス停に向かう。

ファミレスのハッピーアワー

家族でファミリーレストランで昼ご飯を食べていた。ファミリーと称しつつ単身客もいるしスーツの一行もいる。もちろん子連れ客もいる。私が子供のころもファミレスはあったが、そんなに慣れ親しんだ場所ではなかった。いまでこそドリンクバーで長居するとか、気楽に子供に食べやすいものを選べるような感じで利用されているファミレスだが、私が子供のころは少なくとも私の家においては多少は特別な機会で、たとえばピアノの発表会（すぐ辞めたので多分生涯で1回しか参加しなかった。「ドラえもん のび太の大魔境」の曲を弾いた）の帰りとかにご褒美として連れて行ってもらっていた気がする。内装や看板の感じなど覚えているが、いつもなにを食べていたのか思い出せない。多分お子様ランチみたいなやつだっただろう。小さいゼリーだかアイスだかがついていて、おもちゃももらえた。あるとき父と弟と3人でそのファミレスに行った。食事時ではなかった。父はおやつになんでも好きなものを頼んでいい、と言った。プールに顔をつけられたとか自転車に乗れるようになったとか多分そういう、普段より大規模なご褒美のタイミングだったのか、あるいは単に、一緒に過ごす時間が短い男親は母親より子供に甘くなりがち、という話だったのかもしれない。父は子煩悩だったが当時は仕事が忙しく、母が専業主婦だったこともあり母抜きで父と過ごす時間はそもそもかなり珍しかった。えっ、なんでもいいの？　この、パフェとかも？　ケーキも？　いつもはお子様メニューしか選択肢になかったのに、私は興奮してどきどきしてメニューを見た。メニューに印刷してあるフルーツのパフェ、チョコレートのパフェ、アイス、ゼリー、全然選べなかった。なんというか、鑑賞物として見ているときは目移りしてどれもきらきら素敵に見えたがいざどれかひとつと言われると決め手にかけて、どれも食べたいと思うのと同時に別にどれもどうしても食べたいわけじゃないような気がしてきて、えーとえーと。さっさと決めた弟を待たせながらえーとえーと、結局なにを頼んだかもそれがおいしかったのかも忘れたが、なんでも選んでいいという喜びがだんだんなにも選べないという焦りに変わっていくあの感じをいまも覚えている。

子供と夫がドリンクバーのおかわりに立つ。男女が隣のテーブルにいて、卓上に空になったジョッキをいくつも並べながら男性はビールを、女性はチョコっぽいパフェを食べている。ふたりの間にはフライドポテト、女性がポテトにパフェのクリームをちょっとつけて食べてうふふと笑った。楽しそうだった。反対隣の席の作業服姿の男性も背筋を伸ばしてビールを飲みながらテーブルに置いたスマホを眺め、ときどきスワイプしている。そうかビールか、と思ってあまり見たことがなかったアルコールのページを開いたら平日昼間はハッピーアワーで生ビールがジョッキで273円（税込300円）、と印刷してあった。通常価格は455円（税込500円）だからかなり安い。こんなのやってるのか、いいな、と思ったがその日は平日でなく、午後に予定もあったので飲まなかった。

いつか飲みたいなハッピーアワー、でもなかなか行く機会がないまま時間が過ぎた。平日昼間は子供は学校だし夫は就労中の時間で、私は自分の作業時間を調整すればそれは昼酒を飲むことは可能なのだが、旅先でもない、ごく普通の平日の昼酒はどうしても気が引ける。夫は仕事子供は学校、それでおかーさんは飲酒ですか！　マーアいいご身分で！　というような、思っていないし他人に対しても思わないが、でもどうしても私の中にこびりついたように存在する正しい母や妻のあるべき像ジャッジ委員会みたいな人からの非難の声が聞こえてくる気がするし、単に知ってる人に見られたら気まずい気持ちもあるし店の場所的に子供繋がりの知り合いが店員さんとして働いている可能性も全然ありえるし、あと私は性格というか体質的に少しでも飲んだら仕事も家事もめんどくさくなるのが目に見えており、つまり午後に労働や複雑な家事をしないでいい日、という日程の策定には慎重にならざるを得ない……と、今回、この、結構前にネットに掲載していた連載を本にしませんかという話がきて、つきましては書き下ろしを、と言われたとき、エッセイを書くためにハッピーアワーに行けばいいのでは、と頭に浮かんだ。仕事の一環としての飲酒、昼酒、いままでこの連載でビールを飲んだことを書いたことはあったがそれは旅先のことだったたし、ファミレスも確か書いたことがないし、地元で昼酒、ファミレスでハッピーアワー、そうだそうだそうしよう、ハッピーアワーは10時半から18時と記載されていた。ランチタイムは普通にさっと昼食を済ませたい人で混むだろうから11時くらいに行けばいいんではないだろうか。あまり遅いと子供が学校から帰ってきてしまう。そうだ、子供が学校に行っているということは体調不良などでのお迎えを要請する連絡が学校から来る可能性がある、ということで、万が一そうなっても安全に迎えに行って看病できる程度の飲酒にとどめる必要もある。そもそも私はお酒に弱いので量は飲まないが、飲むことによって気が緩んでまあいいやいけるやろみたいになってバンバン飲んだ結果、周囲に大変な迷惑をかけたことがあるので留意する。

いつも行く休日の昼時には混んでいて待つことも多いが、夏の初めの平日薄曇り11時のファミレスは空いていた。混雑時には名前を書いてお待ちくださいの紙がつけてあるスタンドに『お好きな席をご利用ください』と書いた紙が挟んである。お好きな席でいいのか、どこに行こうかな、と思っていると店員さんが出てきて「何名様ですか」1人です、指を立てる。「こちらのお席どうぞ」店員さんが示したのは2人掛けの小さい席だった。そうか、単独客がでっかいテーブルを占拠したりしたらお店的にはあまりよくないっていうことかな、全然構わない、机の真ん中に三角柱の形に折ったメニューが立ててある。座る。私が座った向きから見て右側は通路を挟んで4人から6人掛けくらいのテーブル席が窓際に並んでいる。子連れで来たときは大概そういう席に誘導される。左側には、仕切りを挟んで4人掛けのテーブル席があってその向こうにドリンクバーがある。窓際の大きめテーブルに、斜め向かいに座ってそれぞれノートパソコンを広げた男性が座っている。ノートパソコンは充電コードで壁際にあるコンセントに繋がれている。何度もおかわりしたらしく、カップやコップがたくさん並んでいる。その隣の隣の4人席には女性ふたり連れの人が向かい合って座って話しながらカップでおそらくドリンクバーのスープを飲んでいる。机の上には三角柱メニューのほかフォークとか箸が入った箱形の容器、タブレット、メニュー立てとメニュー、紙ナプキン立てなどが設置してある。開くと折り目が入った横長の1枚になる三角柱メニューは季節メニューで、レギュラーメニューの冊子はメニュー立てに横向きに格納してある。この大きなメニューを手に取るとファミレス（的な店）に来たなあと思う。タブレットは注文には楽だがこっちのメニューとこっちのメニューはつけ合わせがどう違うか、みたいなことを見比べるときは圧倒的に紙がいい。人件費とか制作費とか、いろいろ事情はあるだろうが、いつまでも紙のメニューがあってほしいが多分遠からず全てタブレットあるいは客のスマホもしくはいまは存在すらしないあたらしいアイテムになってしまうのだろう……ぴしっとしているし清潔だが過去たくさんの人がめくったり閉じたりしてきた、というのが縁《ふち》や折り目の質感と触り心地でわかるレギュラーメニューを開いてまず当然生ビール、記載の数字をタブレットに入れる。ハッピーアワー専用の注文番号があるのではなく、普通に生ビール番号を入力するとハッピーアワー価格になって表示される。それをひとつ、あとは、ええと、こまごました、小皿に入ったビールに合いそうなメニューもいろいろある。カキフライ2個とか、小盛りのポテトフライとか、煮卵とキムチとほぐした蒸し鶏盛り合わせなどという魅力的なものもあって200円から400円くらい、ページをあっちこっち見て、結局、でもこはファミレスなのだからと思ってハンバーグにエビフライ、薄いカツ、ウインナー、目玉焼きが盛り合わせになったメニューを頼むことにした。タブレットに入力する。ファミレスと言ったらハンバーグだ。

杉浦日向子《すぎうらひなこ》に『4時のオヤツ』という本がある。そこに、女の子が「バイトね、ファミリー・レストラン、行ってるんです。もー、すんげえ重労働。足太くなっちゃう。で、十人中、七、八人がハンバーグなの。ほとんど、ハンバーグ。毎日、何百個、ハンバーグ運んでるんだろ。（略）」と語る場面がある。私が持っているのは2006年の新潮文庫版なのだが、単行本の初版が2004年だから雑誌掲載はそのもう少し前だろう。いまから20年以上前からファミレスったらハンバーグだったし、さらにいえば寺沢大介《てらさわだいすけ》の『ミスター味っ子《あじっこ》』1987年初版の第3、4巻のハンバーグ対決で味吉陽一《あじよしよういち》の敵役となるのは悪名高い味将軍率いるファミリーレストランチェーンであり、つまり、ほとんど40年前からハンバーグと言ったらファミレス、ファミレスと言ったらハンバーグなのだ。実際、多くのファミレスチェーンでハンバーグ関連メニューは充実している。チーズが中に入ってるの、ソースがいろいろ選べるの、形が独特なの、ビーフ100%や手捏ね等を誇るの、ビーフシチューをかけて紙で包み焼きしてあるの、レアのをステーキ皿のぽっちで自分で焼き直すの……こう列挙してハッとしたのだが、味吉陽一が作ったハンバーグは中にチーズが入っていたし、敵役のファミレスチェーンのシェフが作ったのはビーフシチューをかけ紙で包み焼きしたハンバーグだった。またそれとは別のステーキ対決の回で陽一が切り札として開発したのがひと口分切るごとに自分でステーキ皿のポッチ（焼石が入っている）に載せて焼き直すという手法で、陽一がファミレスを先取りしていたのかファミレスが陽一に追いついたのか……ドリンクバーから水を取ってきて席に戻って読みかけの文庫本を開く、1ページも読まないうちにタブレットが、まもなく！ごちゅうもんのおりょうりがとうちゃくするにゃん！と言い、画面に『青く光っている棚のお料理をお取りください。』という文字が表示される。微かな音楽とゴトゴトという音とともに配膳ロボが近づいてきた。ロボが、ごちゅうもんの！おりょうりを！もってきましたにゃん！と言う。下に青く光る筋がある棚にビールが載っている。手を伸ばして取ろうとしたがちょっと距離が不安だったので途中で中腰に切り替えてジョッキを取り、隣に丸めて立てて添えてある伝票を取る。配膳ロボの頭部にある、料理を取り終わったらここを押すように、というボタンを完全に立ち上がって押す。ごちゅうもん！ありがとうにゃ！おしょくじ！たのしんでください！と言ってまた音楽を流し足元をごとごと鳴らしながらロボが去っていく。さて、ビール、よく冷えている。

結構空きっ腹で、いまビールを飲んだら胃がキュッとなるだろうな、と思いながらつい飲んでしまう。おいしい。今日は曇っていて蒸し暑い。晴れていたらもう外にいられないくらい暑い季節になった。ハンバーグはまだ時間がかかるのかな、焼いたり揚げたり時間がかかるんだな、先に料理を頼んでからビールを時間差で発注すればよかった。混んでない時間帯だから余計にそうなのかも、厨房にまだそんなに人が揃ってないのかも、私はメニューを開いて、煮卵とキムチと蒸し鶏の小皿を追加注文した。これなら火を使わないから早いだろう。配膳ロボが脇を通り過ぎていって奥の席に料理を運んでいく。このロボが当たり前になったのはいつくらいだろう。最初は逐一わあロボが！　と思っていた気がするがすっかり見慣れた。店が混んでいてあちこちの席に子供がいるような時間帯にこの配膳ロボがハンバーグなりパフェなりを輸送しているのを見るといつも、私が子供時代にこれに遭遇したら他のお客さんの料理とかわからずに輸送中の料理に指とか突っこんじゃっただろうなと思う。それで火傷して泣いたり、ダメにした料理のことを親が別のお客さんや店員さんに謝る様子を見て罪悪感とパニックでまた泣いたりしていただろう。いまのところ私はファミレスでそういう事故を目撃したことがないが、性善説で成り立っている輸送方法だとつくづく思う。ビールを飲み干してしまったのでもう1杯入力する。どこか遠い席で配膳ロボがお客さんに喋りかける声が聞こえる。おしょくじ！　たのしんでください！　想像よりずっと早く店員さんが生ビールを持ってきて「生ビールです」と言ったのでちょっと狼狽《うろた》える。あ、ありがとうございます。配膳ロボに慣れると逆に人が運んで来てくれるとびっくりする、わざわざ！　人力でビールを運んできてくれた……！「こちらあいた食器お下げしてよろしいでしょうか」店員さんが濡れたジョッキを手で示している。あっはいお願いします。伝票に『ハッピー生ビール』と印字してある。２杯目のジョッキを流石にこれは料理が届いてからにしようと思って飲まずに置いてまた本を読もうとしていると仕切りを挟んだすぐ横の席に、園児くらいの子供２人を連れた女性が案内されてきた。より幼なそうな子供と母親が並んで座り、母親の正面に年上に見える方が座った。より幼なそうな子供は早速靴を脱いだのか席に立って私との仕切りに手をかけて外を見始めた。彼らからすると外向きの窓は私越しにある。ごく粗い格子状の仕切り越しにその子の顔は座った私の顔のすぐ横にある。幼児らしい集中で、仕切りにもう顔がめりこむようにして、多分その子には私の存在は見えていないが、大人同士だったら満員電車でもない限りあまりないくらいの接近だ。私は仕切りと子供越しに女性を見た。女性はもう片方の子供にキッズメニューを見せながら「おうどん？　ラーメン？」真剣に窓の外を見ている視線の焦点が手前にずれて目の前に、目の前というにはあまりに目の前にいる私に気づき、それがものではなく自分と同じく生きて動く人間であることにも気づき、私がちょっと微笑みかけると子供は驚いた顔で後ずさりへたっと座ると母親の腕というか袖を摑んだ。「セーちゃんはパンクック？」女性が言った。私は顔を前に戻した。答えは聞こえなかったが多分うなずくかなにかしたのだろう「じゃあパンクックと、ラーメンでいいね？」パンクック、ここのお子様メニューにはパンケーキがあるからそれだろう。小さいゼリーがついていて、さらにお子様ドリンクバーもついている。配膳ロボが近づいてくる音楽が聞こえ、なんとなく私かな、と思っていると違って女性2人連れのところにハンバーグのらしい皿が運ばれていった。この、自分のかと思ったら違うところに運ばれていく配膳ロボもかなりファミレス的と言うか、人が運ぶときはその目線や足取りでここじゃないな、というのがなんとなくわかるものだが、配膳ロボの動きは一定だからそれがわからない。人間というのは、歩いているだけで、立っているだけで、それだけでものすごい量の情報を周囲に発信しているのだということがよくわかる。そうか、だから、その差を埋めるためにさっきみたいにタブレットで予告がなされるのか。ジョッキの表面の曇りが水滴となりビールの泡がへたっていく。子供は再び立って外を見始める。母親が彼らの席のすぐ横にあるドリンクバーから小さいカップに入れた飲み物を運んでくる。子連れでドリンクバーが遠いと大変だから、店員さんは多分意識的にここに彼らを誘導したのだろう。タブレットが光る。音楽が聞こえてくる。ゴトゴト、私の料理だった。配膳ロボは真横よりちょっと前寄りに停止し、私が手を伸ばそうとするとそこから全身を捻るような動きをしたので慌てて手を引っこめる。ごちゅうもんのおりょうりを！　もってきましたにゃん！　ハンバーグと煮卵とキムチと蒸し鶏の小鉢が両方載っていた。一気に来た。横長の食器に手を伸ばす。熱くなっているだろう部分に触れないようにして、手首と指先に力を入れて持ち上げる。小鉢も取って新しく来た伝票も取る。さっきまでビールしかなかったのにいきなり大量の料理が卓上に並んだ。鉄板風に黒いが鉄製ではない多分陶器の横長皿には、左手に黄身に膜がかからない半熟の目玉焼きが載ったハンバーグ、右手奥には薄いカツ、カツに立てかけるようにエビフライとウインナー、その脇に枝豆とコーンを炒めたもの、が載せてある。箱から箸を出してとりあえずハンバーグを、目玉焼きを避けて切って食べる、ファミレスの、家で作るのとも冷凍食品ともファミレスじゃないレストランのとも違うハンバーグ、柔らかく、ときどきミチッとした肉の筋というかそういうものの細片が歯に当たる。胡椒が効いている。ハンバーグの下にはデミグラス風のとろみのあるソースが敷いてある。めちゃくちゃおいしくて感動するということはないがとにかく想像通りという味、おいしい、ビールを飲む。泡が粗く消えかけているがまだちゃんと冷たい。おいしい。ふと見ると子供がまた立って外を見ている。私と目が合うと喜怒哀楽がわからない目で見返してきたのでちょっと微笑んでビールを飲む。私がもし、あーらかわいい、おばちゃんのハンバーグひとくちあげようねえ、などと言いつつ自分の箸でその子の口にハンバーグを突っこむこともできそうな距離感で、私はもちろんそんなことをしないが、でも、されうる状態にあることを保護者の人が認識していないということにちょっとどぎまぎする。こういうことはときどきある。薄いカツも箸で切って食べる。柔らかい。一瞬もしかしてこれトンカツじゃなくて薄く伸ばしたチキンカツかな、と思う。それくらい淡白だが、原材料を見るとやっぱり豚肉だった。ハンバーグの下のはデミグラスっぽいとろみのあるソースだが、カツやエビフライ側の下には粘度のない、さらっと茶色いおそらく醤油だれ的なソースが流してある。ビールを飲む。煮卵はラーメンに載ってるような醤油味のでよく冷えている。キムチは刻まれていてあっさりしている。細かくほぐした蒸し鶏は塩味がつけてある。再びハンバーグ、冷めてはいないし十分熱いがすでにちょっと熱々ではない感じがする。「バス！」すぐそばで声がした。さっきの子供が立ったまま窓の外を指さしている。その手は仕切りを超えて私の席の領域に進出している。指さす方を見ると窓越しにバスが走っていた。「バス！　バス！　バス！」ファミレスの横腹を横断する広いガラス窓からバスが消える直前に私は小さい声でバスだね、と言ってみた。子供は私を見て真顔でうなずいた。「あっ、すいませーん」と女性が言って私に会釈した。私はイエイエ、というようなことを言った。「ほら、セーちゃんすわって」子供は座らないが、私がその目を見てニッと笑うとストンと座った。私は平日昼間にビールを飲んでいる私を、2人の幼児を連れたお母さんがなにかしらネガティブに思っていないといいな、というようなことを考えながら2杯目のビールを飲み干した。まだ料理はたくさん残っている。もう1杯、ビールじゃなくてほかのものにしようか、レモンサワーとか、ハッピーアワー価格じゃないけどそもそも安いし。と多分前なら思って頼んでいた。レモンサワーが私はとても好きだった。最近は全然頼まなくなった。なぜならレモンサワーに使われているレモン果汁がしばしばイスラエル産だからだ。イスラエルはパレスチナ人が耕していた、居住していた土地を奪って自らのものとしそこで収穫された作物を自国産の農産物として輸出している。レモンなど柑橘類はその筆頭だ。これが個人店なら、あと店主と話せるような間合いなら、あの、ここのレモンサワーのレモンってどこ産ですかと聞けるかもしれない。あ、国産ですよ瀬戸内産ですとか即答してくれるかもしれないし、原料の瓶のラベルとか確認してくれる人もいるかもしれない。が、こういうチェーン店の店員さんにそんなことを聞いても多分迷惑だろう。配膳だって大半をロボが担っている状況で、それは人手も足りないだろうし、タブレットで店員呼び出しボタンを押して呼び出して、えっ？　レモンですか？　アレルギーのこととか、肉が国産かどうかとかならまだ尋ねられたことがあろうが、レモン、イスラエル？　はい？　そこで、私は、多分いや実はこういう話なんです、と彼らに伝えるべきなのかもしれない。私はいま、イスラエルがパレスチナで行っている虐殺や民族浄化をひどいことだと思っていてそれを止めたいと思っていて、超超超超超微力ながらイスラエル産のものをボイコットするようにしているんです。あとイスラエルを支援する企業のものもできるだけ、完全にはなかなか無理なんですけど、そうやってひとつひとつの力は小さくてもみんなで声を上げていったら意味があると思うから、それで、店員さん、このレモンサワーのレモンはイスラエル産ですか？　言えないそんなこと、と思う私は多分根性が足りない。でも聞けない。言えない、そんなことで相手の時間を奪ってとか考えてしまう、いや全然全く〝そんなこと〟なんかではないのだが……そんな細かいことをごちゃごちゃ言うならそもそも、どこ産とか以前に、だったら外食なんかせずにその分のお金を寄付に回したりするべきじゃないか、パレスチナのことを考えるならハッピーアワーとかはしゃいでる場合か、飲んでる場合か。いやしかしそういうことを言い始めると多分逆にしんどくなって苦しくなって社会活動に割く力も失っていきそうで、自分を楽しませることだって必要だし……考えるとどうしていいかわからなくなる。天秤として成立しないものとものとを比べている気がする。全収入に対する寄付の範囲、全気力のうちパレスチナのために声を上げることに割ける割合、格子の隙間から子供の小さく丸くぷっくりした指が見える。オレンジ色の半球型のミニゼリーを容器ごと口にくわえている。どこか私の席からは見えない場所に配膳ロボが料理を運んでいる。おもちしましたにゃん！　ふたり連れの女性客が潜めていた声を急にちょっと高めてアハハハハ！　と笑った。「うそでしょー」「うそみたい」パソコン2台の男性客はいつの間にか帰っていて、そこにいま座っているのは女性2人と子供1人、多分祖母と母と孫の組み合わせに見えた。隣席の子供よりさらに幼く見える幼児に、祖母が、「おいしい？」と尋ねている。母親が持参したらしいパックの離乳食、懐かしい私も子供が小さいころよくあれを外出に持って行った、とろみがついていて野菜とかしらすとかいろいろ入っている、それを小さいスプーンで食べさせている。「おいしい？　おいしい？　おいしい？」「おいしいねー」と母親が答える。多分まだ話せないのだろう幼児は手をピーンと伸ばす。「あらこの子」「まあこの子」ふふふ、ふふふ、「おいちいのねー」私は3杯目のビールを頼んで料理を全て食べてビールも飲み干して店を出た。いつの間にかランチタイムに入っていて待っている人もいた。できることをする、できることしかできない、でもできることの範囲をできるだけ広げて、でも自分を圧迫しない、どうしたらいいのか本当は全然わからない、でも、でもだからなにもしない見ない知らない聞かないでいることをしない、誰もが、パレスチナの人々ももちろん、誰もがハッピーなアワーを過ごす権利がある、それを忘れないようにする。ちょっと酔っている、でもまだ普通に歩ける。

初出
WEBマガジン『考える人』
2019年1月22日～
2021年1月12日

書き下ろし
「思い出の汁なし坦々麺」
「ファミレスのハッピーアワー」

小山田浩子
（おやまだ・ひろこ）
１９８３年広島県生まれ。２０１０年「工場」で新潮新人賞を受賞してデビュー。２０１３年、同作を収録した単行本『工場』が三島由紀夫賞候補となる。同書で織田作之助賞受賞。２０１４年「穴」で第１５０回芥川龍之介賞受賞。他の著書に『庭』『小島』、エッセイ集『パイプの中のかえる』『かえるはかえる』がある。

小《ちい》さい午《ご》餐《さん》

２０２４年９月６日初版第一刷発行
２０２４年11月14日　第二刷発行

著者　小山田浩子

発行人　ignition gallery
発行所　twililight
〒１５４-０００４
東京都世田谷区太子堂４-28-10鈴木ビル３F
☎０９０-３４５５-９５５３
https://twililight.com/

装画　塩川いづみ
デザイン　横山 雄
印刷・製本　株式会社シナノ

ISBN978-4-9912851-7-2　C0095　ign-022